Heike Abidi lebt mit ihrer Familie in der Pfalz bei Kaiserslautern, wo sie als freiberufliche Werbetexterin und Autorin arbeitet. Heike Abidi schreibt vor allem Unterhaltungsromane und erzählende Sachbücher für Erwachsene sowie Geschichten für Jugendliche und Kinder.
Ursi Breidenbach lebt mit ihrer Familie in der Steiermark / Österreich. Sie schreibt romantische Unterhaltungsromane und wurde mit dem DELIA-Literaturpreis für den besten Liebesroman 2022 ausgezeichnet.

Zusammen veröffentlichten sie das Sachbuch *Eine wahre Freundin ist wie ein BH*, das sich monatelang auf den Bestsellerlisten hielt. Mit ihrem Roman *Freundinnen bleiben wir immer* setzen sie ihre erfolgreiche Zusammenarbeit auch in der Unterhaltungsliteratur fort.

Außerdem von Ursi Breidenbach und Heike Abidi lieferbar:

Eine wahre Freundin ist wie ein BH

Geschwister sind wie Gummibärchen

Großeltern sind wie Eltern, nur mit Zuckerguss

Wetten, ich kann lauter furzen?

www.penguin-verlag.de

HEIKE ABIDI
URSI BREIDENBACH

Freundinnen bleiben wir immer

ROMAN

PENGUIN VERLAG

FSC www.fsc.org
MIX
Papier | Fördert gute Waldnutzung
FSC® C014496

Penguin Random House Verlagsgruppe FSC® N001967

3. Auflage

in der Penguin Random House Verlagsgruppe GmbH,
Neumarkter Straße 28, 81673 München
Redaktion: Katharina Rottenbacher
Umschlaggestaltung: www.buerosued.de
Satz: Uhl + Massopust, Aalen
Druck und Bindung: GGP Media GmbH, Pößneck
Printed in Germany 2024
ISBN 978-3-328-11055-2

www.penguin-verlag.de

Judith – geschrieben von Heike Abidi

Eva – geschrieben von Ursi Breidenbach

Hallo Eva! Unser letztes Telefonat ist ja schon drei Wochen her … Der Alltagsstress lässt so wenig Zeit. Aber ich denke dauernd an dich. Wie geht es dir? Und vor allem: Freust du dich genauso auf unsere Reise wie ich?

Stimmt, liebe Judith, die Zeit verfliegt! Aber zum Glück sind es ja noch ein paar Wochen bis dahin – da können wir uns noch länger vorfreuen. Ich kann es kaum erwarten! 💘

Ach so, ja: Mir geht es gut. 😍
Bei dir auch alles okay?

Jaaaa, bei mir auch alles bestens! 😍 Aber was meinst du mit ein paar Wochen? Eher ein paar Tage … Nächsten Mittwoch geht's doch schon los! Ich bin irre gespannt, was du dir diesmal für uns ausgedacht hast!

What??? 😨 24. April, oder?

Ganz genau! Ich hab sogar schon angefangen zu packen. Wenn du mir das Ziel verraten würdest, wäre das hilfreich. Sonst geht es mir wie dir letztes Mal, als ich Rom gebucht habe und du einen Sweater mit griechischer Aufschrift anhattest. 😉

Ach, ich Schussel hatte mich im Kalender vertan. Bin wieder auf Schiene. Juhu, in ein paar Tagen sehen wir uns. Wohin es geht? Das ist eine Überraschung!

Mensch, Eva, mach es doch nicht so spannend! Aber ein schickes Outfit fürs Theater ist auf keinen Fall verkehrt, richtig? Muss ja nicht wieder Oper sein, ich liebe auch Musicals, wie du weißt …

Pack einfach Sachen ein, in denen du dich wohlfühlst. Du siehst immer schick aus. Und vielleicht noch eine Regenjacke zur Sicherheit. Man weiß im Frühling nie …

Ich hole dich dann mit Cary Grant vom Bahnhof ab und wir düsen los. Das werden tolle Tage!

Okay, ich werde dir wohl keinen Hinweis entlocken … Eine Überraschung ist eh am schönsten. Ich freue mich riesig! Übrigens: Mein ICE kommt um 12:05 Uhr auf Gleis 1 an. Zum Glück gibt es eine durchgehende Verbindung von München nach Köln – da sollte eigentlich nichts schiefgehen.

Ich freu mich schon so!
Endlich wieder Judith-Eva-Zeit!
Quatschen bis zum Abwinken.

Jaaaa, und ganz viel Kultur! Du ahnst ja nicht, wie sehr ich mich danach sehne – Frank und die Jungs sind einfach nicht dafür zu begeistern. So etwas erlebe ich nur mit dir. Es geht doch nichts über beste Freundinnen!

Die gemeinsame Zeit wird auf jeden Fall großartig! Hauptsache, wir verbringen schöne Tage zusammen.

Du, ich muss los. Hab gleich ein Interview und dann muss ich auch schon in die Maske. Ich umarme dich!

Umarmung zurück, liebe Eva! Ich bin so froh, dass es dich in meinem Leben gibt. Bis sehr bald!

Kapitel 1

JUDITH

Mit einem Buch in der Hand kann ich die Zeit völlig vergessen. Auch heute. Die Bahnfahrt ist dank des Romans von Elisabeth Strout wie im Flug vergangen.

Doch mit der Durchsage, dass wir in wenigen Minuten Köln erreichen, ändert sich das schlagartig. So fesselnd *Mit Blick aufs Meer* auch geschrieben ist, es gelingt mir keine Sekunde länger, mich darauf zu konzentrieren. Vergessen sind Olive Kitteridge und all die anderen skurrilen, aber liebenswerten Figuren aus dem Küstenstädtchen in Maine.

Ich verstaue das Buch und greife nach dem Weekender in der Gepäckablage. Früher hieß so was einfach kleine Reisetasche, aber Weekender trifft's eigentlich ziemlich genau. Auch wenn es bei uns ein verlängertes Wochenende wird und er entsprechend vollgestopft ist. Bequeme Sachen für tagsüber, was Schickes fürs Abendessen und natürlich ein elegantes Outfit fürs Theater habe ich vorsichtshalber dabei.

Schade, dass das Wetter so unbeständig werden soll. Jedenfalls in London. Und ich tippe ganz stark auf die britische Hauptstadt! Warum hätte mir Eva sonst geraten, unbedingt eine Regenjacke einzupacken? Damit sind Valencia, Paris und Florenz schon mal ausgeschieden. Zumindest laut meiner Wetter-App.

Eva ist diesmal eine echte Geheimniskrämerin! Letztes Jahr war ich immerhin so fair, ihr einen Hinweis zu geben. Dass sie beim Stichwort Pantheon auf Athen tippte statt auf Rom, weil sie es mit dem Parthenon verwechselte, war schließlich nicht meine Schuld. »Tempel ist Tempel«, hat sie damals gut gelaunt kommentiert und ihren Sweater mit der Aufschrift *Kalimera* trotzdem getragen. »Das heißt *buon giorno*«, erklärte sie ungefragt dem süßen jungen Kellner in unserem Frühstückscafé am Campo de' Fiori.

Ich bin heute noch stolz auf das großartige Programm, das ich für uns beide organisiert hatte. Sightseeing bis zum Umfallen, von Kolosseum bis Sixtinische Kapelle, und als Highlight Puccinis *Madame Butterfly* im Teatro dell'Opera. Nicht zu vergessen die nächtliche Gastrotour durch Trastevere inklusive Weinprobe und der abschließende Wellnesstag in einem Spa mit antik-römischem Ambiente.

Dieses Mal ist Eva an der Reihe, unseren jährlichen Freundinnentrip zu planen, und sie hat mit keiner Silbe verraten, wo es hingeht. Doch ich bin fast sicher, sie durchschaut zu haben …

Ob sie wohl Tickets für das London Eye gebucht hat? Die Aussicht von da oben soll gigantisch sein. Noch spektakulärer wäre die ABBA-Show. Eva weiß, dass ich ein Riesenfan bin – schon immer war. Sie steht zwar eher auf Jazz, aber mir zuliebe würde sie bestimmt auch zu *Dancing Queen* und *Don't Shut Me Down* abfeiern.

Ich bin die Erste, die an der Tür bereitsteht, als hätte ich es eilig und müsste dringend einen Anschlusszug erreichen. Dabei ist es bloß die Vorfreude, die mich antreibt.

Ein Jahr ist es her, seit Eva und ich uns zuletzt getroffen haben. Natürlich haben wir regelmäßig telefoniert, uns unendlich viele Nachrichten geschrieben und sogar ein paarmal gezoomt, aber es geht doch nichts über echte Begegnungen.

Wer weiß, ob unsere Freundschaft die Trennung überstanden hätte, nachdem Eva vor gut fünfzehn Jahren von München nach Köln gezogen ist, gäbe es nicht diese Freundinnenurlaube. Zu zweit eine spannende Stadt erkunden, Theater und Museen besuchen und natürlich in den gemeinsamen Erinnerungen schwelgen – gibt es etwas Schöneres? Für mich jedenfalls nicht. Und ich bin sicher, Eva geht es ebenso.

Als der Kölner Dom in Sicht kommt, beschleunigt sich mein Puls. Herzklopfen aus lauter Vorfreude – ein Gefühl, das ich schon fast vergessen habe, und umso schöner finde ich es, das mal wieder zu spüren.

Eva steht auf dem Bahnsteig und winkt. Dann läuft sie mir entgegen. Dass sich immer wieder Köpfe nach ihr umdrehen, scheint sie gar nicht zu registrieren. Man kennt sie eben aus dem Fernsehen. *Schau mal, da ist die Gruber! Die Moderatorin der Nachmittagsshow* Talk mit Eva *im Dritten.* Entweder ignoriert sie, dass sie erkannt wird, oder sie glaubt tatsächlich, in ihrem Freizeit-Outfit inkognito zu sein. Zwar trägt sie vor der Kamera immer schicke Kleider in Rot, Pink, Königsblau oder anderen kräftigen Farben, aber privat bevorzugt sie einen modischen Schlabberlook in Naturtönen. Doch ein Hingucker ist sie trotzdem – auch ungeschminkt und mit hochgezwirbelter Mähne.

Strahlend steht sie vor mir. »An mein Herz!«, ruft sie.

Für einen Moment muss ich an das braunhaarige Mädchen mit Zöpfen in Jeansrock und geringeltem T-Shirt denken, das im Sommer 1982 mit einem breiten Lächeln auf mich zukam und fragte, ob ich Lust hätte, Ball zu spielen. Ich war damals gerade in die Nachbarschaft gezogen und fühlte mich noch ziemlich verloren. Aber nur bis zu diesem Moment. Seitdem sind wir beste Freundinnen.

»An mein Herz«, erwidere ich, dann fallen wir uns um den Hals.

Eva trägt meinen Weekender, während wir gemeinsam den Bahnhof verlassen.

»Was hast du da drin – Wackersteine?«, neckt sie mich.

»Nur das Allernötigste«, versichere ich. Eva neigt zu Übertreibungen. In Wahrheit ist sie diejenige, die meist mit großem Gepäck reist. Jedenfalls mit deutlich größerem als ich.

»Sorry, es ist ein Stück bis zum Auto«, sagt sie. »Parkplätze waren mal wieder Mangelware.«

Ich schmunzele in mich hinein. Im Gegensatz zu mir ist Eva nicht gerade eine leidenschaftliche Spaziergängerin. Bewegung ist nichts, was ihr Spaß macht, wenn man vom Energy-Dancing absieht, mit dem sie sich fit hält und das sie mit Freude betreibt. Im Vergleich zu anderen Moderatorinnen ist Eva sehr kurvig. Und eine der attraktivsten. Jedes Gramm am rechten Fleck.

In Hinsicht entspannter Einstellung zum eigenen Körper sind wir ziemlich ähnlich gestrickt, obwohl ich im Gegensatz zu ihr schon immer zierlich war. Ich treibe überhaupt keinen Sport, aber ohne Bewegung fühle ich mich unwohl. Deshalb laufe ich jeden Tag zur Arbeit. Die Bibliothek liegt rund fünfundvierzig Gehminuten von unserem Haus entfernt, das macht anderthalb Stunden pro Tag. Inzwischen bin ich so sehr daran gewöhnt, dass mir diese rund zwölftausend Schritte an Tagen wie heute, die ich überwiegend im Sitzen verbringen muss, regelrecht fehlen.

»Meinetwegen könnten wir gerne noch weiterlaufen«, sage ich, »aber ich seh ihn schon. Schön wie eh und je, dein Cary Grant.«

Das himmelblaue Peugeot-Cabrio fährt Eva seit gut zehn Jahren, und da hatte es bereits stattliche siebzehn Jahre auf dem Buckel, beziehungsweise auf dem Faltdach. Aber sein Alter sieht man ihm nicht an, dank Evas guter Pflege. Ich persönlich käme nie auf die Idee, einem Fahrzeug einen Namen zu geben, aber Cary Grant ist ja auch kein normales Auto. Leider kann der Komfort mit der extravaganten Optik nicht wirklich mithalten. Es ist irre umständlich, das Verdeck zu öffnen und zu schließen, der Stauraum ist winzig und Platz auf einer Rückbank gibt's auch nicht – Cary Grant ist nämlich ein Zweisitzer. Immerhin ein sehr stilvoller Zweisitzer.

Ich rechne schon damit, dass ich meine Taschen in den Fußraum des Beifahrersitzes stopfen muss, weil der Kofferraum dank Evas Sachen bereits aus allen Nähten platzt. Sie packt meistens in letzter Sekunde und geht dabei so chaotisch vor, dass sie viel zu viel mitnimmt. Aber nein – diesmal hat sie tatsächlich noch weniger Gepäck als ich.

»Tu nicht so erstaunt!«, sagt sie grinsend, während ich meine Sachen verstaue.

»Ich tu nicht nur so, ich bin es«, gebe ich zu und nutze gleich die Gelegenheit, ihr Informationen zu entlocken: »Ich nehme an, du willst in London erst mal shoppen gehen, stimmt's?«

»Netter Versuch«, gibt sie zurück und setzt ein Pokerface auf. »Los, einsteigen!«

»Du verrätst mir also noch immer nicht, wo es hingeht?«, erwidere ich, während ich mich anschnalle.

Eva rückt in eine bequeme Sitzposition. »Abfahrbereit?«

»Jawohl, du Geheimniskrämerin.«

»Wir machen noch einen Abstecher bei meinem Lieblingsbäcker. Ich habe einen kleinen Picknickkorb für unterwegs bestellt. Reisen macht hungrig.«

Den Proviant muss ich doch zu mir nach vorne nehmen. Neugierig inspiziere ich den Inhalt. Es gibt belegte Camembert-Brötchen, herzhaft gefüllte Croissants, ein bisschen Obst, zwei Flaschen stilles Wasser mit Kirschgeschmack und vier hart gekochte Eier.

»Damit wir nicht anhalten müssen, nur weil uns der Hunger übermannt«, zitiert Eva unsere Klassenlehrerin aus der Mittelstufe.

»Keine Fahrt über fünfzig Kilometer ohne Eier«, ergänze ich automatisch.

»Und keine Freundinnentour ohne diesen Spruch.«

Während Eva Cary Grant sicher durch den Kölner Stadtverkehr lenkt, denke ich darüber nach, wie schön es ist, wenn man sich schon so lange kennt wie wir beide – seit über vierzig Jahren. Die Sätze der anderen beenden zu können und auch die ungesagten zu verstehen. Und gemeinsam über alberne Erinnerungen, Running Gags und Insider-Sprüche zu lachen.

»Worüber denkst du nach?«

Okay, Gedankenlesen können selbst beste Freundinnen nicht immer, und das ist auch gut so.

»Darüber, wie wertvoll unsere gemeinsame Zeit ist«, erwidere ich. »Und dass ich alle hart gekochten Eier der Welt dafür gäbe, wenn du mir unser Ziel verraten würdest.«

»Keine Chance. Es macht einfach zu viel Spaß, dich schmoren zu lassen.«

Ich gebe auf. Vorerst jedenfalls. Ich werde es ja bald erfahren – spätestens, wenn sie in Richtung Flughafen abbiegt und die Tickets nach London zückt.

»Na gut, dann kann ich mir ja gleich mal ein Ei pellen. Willst du auch eins?«

»Gern. Irgendwo müsste da sogar ein Salzstreuer sein.«

Wir sind jetzt auf der Autobahn – aber nicht auf der in Richtung Flughafen, sondern nach Norden. Ernsthaft? Eva will die ganze Strecke mit dem Auto fahren? Das würde ich mir niemals zutrauen. Ich komme zwar selbst aus einer Großstadt, doch London ist eine ganz andere Liga als München, und dann der Linksverkehr …

Aber okay, wenn sie sich das antun möchte. Ich bin mal gespannt, wo wir übersetzen. Was sind noch gleich die bekanntesten Fährhäfen? Spontan fallen mir Hoek van Holland und Zeebrügge ein, wobei Letzteres in Belgien liegt, dafür müsste sie sich südlicher halten. Wir fahren wohl in Richtung Niederlande. Alles klar.

»Erzähl doch mal, was gibt es Neues bei dir?«, beginnt Eva, nachdem sie ihr Ei gegessen hat.

»Nicht viel«, sage ich, »wenn man davon absieht, dass jetzt beide Jungs aus dem Haus sind.«

Robin macht gerade ein Auslandsjahr und Linus studiert zwar in München, wohnt aber schon seit dem ersten Semester in einer WG. Was ich natürlich unterstützt habe, denn ich will ja, dass er selbstständig wird. Dass ich ihn nur noch alle vier Wochen zu Gesicht bekomme, ist die Kehrseite der Medaille.

»Wann ist Robin denn aufgebrochen? Work and Travel in Neuseeland, sagtest du?«

»Nein, Australien. Letzten Samstag ging der Flieger.«

»Wow, wie aufregend! Das wird sicher eine spannende Erfahrung für ihn. Schade, dass wir das damals nach dem Abi nicht gemacht haben. Den Sommer über im Biergarten jobben und am Wochenende am See zelten – auf eine andere Idee sind wir gar nicht gekommen.« Sie lacht.

»Aber es waren auch tolle Zeiten.« Ich klinge wehmütiger, als ich es möchte. Nicht wegen der verflossenen Jugend – ich bin mit meinem Älterwerden wirklich im Reinen –, sondern weil ich Robin vermisse. So sehr, dass es wehtut. Mit dieser Reaktion habe ich selbst nicht gerechnet. Ob es wohl an den Hormonen liegt? Schließlich sollen Wechseljahre für gewaltige Stimmungsschwankungen sorgen können, das hört man ja immer wieder.

Ich habe mich eigentlich stets für eine coole Mutter gehalten. Die ihren Kindern Wurzeln gibt, aber auch Flügel, wenn sie so weit sind. Und die kein Problem damit hat, sie loszulassen.

»Super, dass Robin das macht«, stellt Eva gut gelaunt fest. »Und genießt du die neue Freiheit? Richtest du dir endlich ein Lesezimmer ein?«

Eva ist zwar unglaublich empathisch, aber als kinderlose Frau kann sie die Gefühle einer Mutter einfach nicht nachvollziehen. Das war schon früher so, als die Jungs klein waren und sie mich mit ungebetenen Ratschlägen zu Trotzphasen, Pubertätskrisen und anderen Erziehungsfragen beglückt hat, die weitab der Realität lagen. Damals war ich oft genervt davon, aber natürlich habe ich mir nie etwas anmerken lassen.

»Mein Lesesessel steht im Wohnzimmer, das genügt mir vollkommen«, erwidere ich, ohne auf das Stichwort neue Freiheit einzugehen.

»Du lässt ihre Kinderzimmer also unangetastet? Für den Fall, dass sie mit dreißig den Koller kriegen und wieder einziehen?«

Eva schneidet eine Grimasse, die so albern aussieht, dass ich lachen muss, obwohl mir bei dem Thema eigentlich gar nicht danach zumute ist.

»Ich bin eben eine Glucke«, gebe ich zu. »Vermutlich leide ich gerade unter akutem Empty-Nest-Syndrom. Dabei bin ich natürlich superstolz auf meine Jungs. Auch darauf, wie gut sie in dieser komplizierten Welt zurechtkommen. Aber gleichzeitig fühle ich mich dadurch irgendwie … überflüssig.« Besser kann ich die Leere in mir nicht beschreiben. Robin nachzuwinken, als er freudestrahlend und abenteuerlustig in Richtung Sicherheitskontrolle verschwand, war mit das Schwerste, was ich in meinem Leben bisher tun musste. Vor allem, die ganze Zeit über zu lächeln und mir nicht anmerken zu lassen, dass ich am liebsten losgeschluchzt hätte. Dabei bin ich sonst nicht nah am Wasser gebaut.

Es ist ja nicht so, als hätte ich ihn rund um die Uhr bemuttert. Weit davon entfernt! Ich habe schließlich meinen Beruf, meine Bücher, meinen Garten. Die Jungs brauchen mich schon lange nicht mehr. Aber immerhin war Robin bis letzte Woche noch da.

Jetzt sind Frank und ich allein in einem viel zu großen Haus. Und mir wird bewusst, dass unsere Ehe all die Jahre vor allem durch die gemeinsame Elternschaft zusammengehalten wurde. Würde ich mich heute wieder für ihn entscheiden? Mich in ihn verknallen? Liebe ich ihn überhaupt noch? Und er mich?

»Warum schreibst du nicht einen Ratgeber darüber? Über das Loslassen und das Frausein nach der Erziehungsphase«, reißt mich Eva aus meinen trüben Gedanken. »Du hast doch früher immer so geniale Kurzgeschichten verfasst. Und du verbringst dein halbes Leben zwischen Büchern, aber keins davon ist von dir. Höchste Zeit, dass du unter die Autorinnen gehst!«

»Ach, das waren ja bloß laienhafte Versuche«, wehre ich ab. Doch Tatsache ist: Eva hat völlig recht. Einmal ein Buch zu schreiben und zu veröffentlichen, war schon immer mein größter Traum. Aber sicher würde es nicht von den dunklen Abgründen meiner Seele handeln. Außerdem ist das jetzt nicht der richtige Zeitpunkt dafür.

»Sei nicht so bescheiden! Du bist ein Naturtalent, meine Liebe, und solltest es unbedingt ausprobieren. Du wirst nie erfahren, ob du zur Bestsellerautorin taugst, wenn du immer irgendwelche Ausreden vorschiebst. Einfach mal anfangen! Ich wette, du hast sogar schon eine Idee für eine Geschichte.«

Zugegeben, vor einiger Zeit habe ich tatsächlich ein kurzes Exposé für einen Roman verfasst, aber dabei ist es geblieben.

»Mir fehlt einfach die Energie. Mein Arbeitstag ist lang, und da ist ja noch das große Haus … Abends habe ich nicht mehr die Muße, und an den Wochenenden bin ich lieber draußen im Garten als am Schreibtisch.«

»Du könntest deine Stunden in der Bibliothek reduzieren«, lässt Eva nicht locker.

»Ich weiß nicht – Schreiben ist bekanntlich eine brotlose Kunst. Die wenigsten Autoren können davon leben.«

»Frank verdient doch Geld wie Heu. Das reicht locker.«

»Nicht gerade wie Heu, aber ganz ordentlich«, erwidere ich. »Trotzdem: Ehemänner sind nun mal keine Altersvorsorge.« Mein Mantra. Schon als Jugendliche war mir klar, dass ich niemals finanziell von einem Partner abhängig sein wollte. Ich musste damals miterleben, wie sehr sich meine

Mutter abstrampelte, damit wir über die Runden kamen, nachdem mein Vater uns verlassen hatte. Seine Unterhaltszahlungen kamen nur sporadisch, und da Mama nie einen richtigen Beruf gelernt hatte, sondern nach der Heirat ganz in ihrer Hausfrauenrolle aufgegangen war, musste sie putzen gehen und kellnerte an den Wochenenden. Trotzdem war das Geld bei uns meistens knapp. Das war mir eine Warnung. Nie würde ich in diese Falle tappen! Und meinem Mantra bin ich bis heute treu geblieben.

»Habt ihr Eheprobleme?«, will Eva wissen. Sie war schon immer gut darin, Schwingungen zu spüren und mit ihren Fragen zum Wesentlichen vorzustoßen. Deshalb ist sie ja auch eine so hervorragende Talkshow-Moderatorin.

»Ach was«, sage ich. Probleme kann man das nicht nennen. Ich bin nur … einsam in unserer Zweisamkeit. Und zweifele an meinen Gefühlen – ganz zu schweigen von seinen. »Das mit dem Schreiben passt bloß gerade nicht in diese Lebensphase. Vielleicht fange ich damit an, wenn ich mal in Rente bin.«

»Echt jetzt? Bis dahin dauert es noch ewig. Wir sind viel zu jung, um überhaupt daran zu denken, dass wir je ins Rentenalter kommen.«

Ich muss lachen. Eva schafft es wie immer, mich aufzuheitern.

Wir überqueren die niederländische Grenze. Es ist schon halb zwei, und mein Magen knurrt. Seit dem Frühstück in aller Herrgottsfrühe habe ich bisher nur das hart gekochte Ei gegessen. Kein Wunder, dass ich Kohldampf habe.

»Ich esse mal ein Käsebrötchen«, verkünde ich. »Willst du auch was?«

»Nein danke, aber einen Schluck Wasser könnte ich vertragen.«

Ich schraube die Flasche auf und halte sie ihr hin. »Erzähl mal von dir«, fordere ich sie auf, während ich das Brötchen auspacke. »Gibt's was Neues in deinem Leben? Was macht die Liebe?«

»Du glaubst nicht, was in einer meiner letzten Sendungen vorgefallen ist …« Eva berichtet von einem Paar, das mitten im Interview einen saftigen Ehekrach anfing. Und dann von einem Talkshowgast, der während der Live-Sendung eingeschlafen ist. »Ich habe ihm unauffällig gegen das Bein getreten, damit er aufwacht. So etwas ist mir noch nie passiert! Zum Glück hat eine andere Gesprächsteilnehmerin gerade ohne Punkt und Komma geredet und die Kamera war sowieso auf sie gerichtet. Dem Penner von Rechtsexperten war sein Nickerchen nicht mal peinlich.«

Eva war schon immer eine gute Erzählerin. Ich könnte ihr stundenlang zuhören und mich kringeln vor Lachen. Allerdings habe ich diesmal das Gefühl, dass sie meiner eigentlichen Frage ausweicht.

»Klingt ja lustig. Ich nehme nicht an, dass du diesen Kerl inzwischen datest, oder?«, erkundige ich mich.

»Sehr witzig.«

»Triffst du dich noch mit diesem Typen von der Produktionsfirma?«

»M-hm.«

»Erzähl!«

»Warte, hier müssen wir die Autobahn wechseln. Ich sollte mich mal konzentrieren.«

Wenn sie hofft, dass ich das Thema fallen lasse, hat sie sich getäuscht. Eva und ihre Affären interessieren mich brennend.

Schon verrückt, dass ich, deren Eltern unglücklich miteinander waren und sich scheiden ließen, nach wie vor an den Bund fürs Leben glaube, während Eva, deren Eltern eine Bilderbuchehe führen, Beziehungen grundsätzlich skeptisch gegenübersteht. Ich bin mir ziemlich sicher, genau deshalb – weil sie bezweifelt, dass sie es jemals schaffen kann, in einer Partnerschaft so glücklich zu werden wie die beiden. Statt ihnen nachzueifern …

»Nun erzähl schon! Wie heißt dein aktueller Favorit noch mal? Ihr geht doch inzwischen monatelang miteinander aus.«

Sie verdreht die Augen. »Du wartest wohl weiterhin darauf, eines Tages meine Brautjungfer zu sein. Glaub mir, so weit wird es nie kommen. Ich habe Abenteuer, keine Beziehungen. Den ganzen Stress mit der großen Liebe brauche ich eigentlich nicht. Oder kennst du auch nur ein einziges rundum zufriedenes Paar? Irgendwelche Abstriche machen alle. Und jetzt fang bloß nicht von meinen Eltern an! Oder von dir und Frank.«

Ich schlucke. Wenn es doch nur so wäre, dass wir zur Kategorie glückliches Paar zählen würden. Ich bin mir da längst nicht mehr sicher. Obwohl ja nichts Gravierendes zwischen uns vorgefallen ist. Es gibt in unserer Ehe keine Gewalt, keinen Streit, keine Fehltritte. Jedenfalls keine, von denen ich weiß. Aber allein, dass ich Frank eine Affäre zutrauen würde, ist schlimm genug. Warum fasst er mich kaum noch an? Oder ist es normal, dass mit den Jahren die Leidenschaft nachlässt?

Aber ich will jetzt nicht über meine Unzufriedenheit reden, schließlich würde das die Stimmung trüben, und das kommt bei einem Freundinnenurlaub nicht infrage. Da soll es lustig zugehen, entspannt. Auszeit vom Alltag!

»Was meinst du mit *eigentlich*?«, frage ich stattdessen.

»Du sprichst in Rätseln.« Eva lässt das Lenkrad mit einer Hand los und fährt sich durch die Haare, wodurch einige Strähnen aus dem unordentlichen Knoten rutschen.

»Du sagtest: Den ganzen Stress mit der großen Liebe brauche ich eigentlich nicht. Das heißt, du bist dir inzwischen unsicher? Jedenfalls ein bisschen?«

Eva druckst herum. Dann lässt sie die Katze aus dem Sack. »Timo und ich sind seit ein paar Monaten zusammen. Locker zusammen, aber mehr zusammen, als ich es in den letzten zwanzig Jahren mit jemandem war. Er ist unglaublich! Aber wie du weißt, bin ich kein Typ für etwas richtig Festes.«

Ich grinse. Und bin kein bisschen überzeugt. Dennoch lasse ich das Thema vorerst auf sich beruhen. Ich kenne Eva gut genug, um zu wissen, dass sie nicht bereit ist, es weiter zu vertiefen. Aber wir haben ja ein paar gemeinsame Tage vor uns. Da wird sich bestimmt die Gelegenheit ergeben, mein Verhör fortzusetzen.

Es fängt an zu regnen. Ich bin froh, nicht selbst am Steuer zu sitzen, denn die Tropfen behindern die Sicht, und es ist sicher anstrengend zu fahren. Immerhin kann man die Schilder noch gut erkennen. Moment! Hätten wir hier nicht die Autobahn in Richtung Rotterdam nehmen müssen? Jedenfalls wenn wir wirklich zum Fährhafen wollen. So langsam zweifele ich daran. Ade, ABBA-Show. Mich beschleicht eine neue Ahnung, die aber mindestens genauso großartig ist. Na klar, warum bin ich darauf nicht gleich gekommen? »Gib's zu, wir fahren nach Amsterdam!«

Ob sie eins der letzten Tickets für die große Vermeer-Ausstellung ergattert hat? Das wäre so genial! Einmal im Leben *Das Mädchen mit dem Perlenohrring* im Original sehen, der Wahnsinn!

»Ich verrate nichts.«

Eva zieht das wirklich durch. Vermutlich, bis wir im Hotel einchecken. Na gut, wenn es ihr Spaß macht. Ich google schnell nach Shows und Musicals, die zurzeit in Amsterdam laufen. Vielleicht hat sie *Les Misérables* gebucht? Oder sogar *Mamma Mia*?

»Zeit für eine Pause«, verkündet Eva und lenkt den Wagen auf den Parkplatz einer Raststätte. Der Regen hat inzwischen nachgelassen.

»Lohnt sich das überhaupt noch? Es ist doch gar nicht mehr weit bis Amsterdam.«

»Besser jetzt austreten, als im Stau nervös werden«, erwidert Eva. Tatsächlich – der Verkehr stockt. Rushhour eben. »Außerdem brauche ich eine Dosis Koffein, um nicht müde zu werden.«

Da hat sie natürlich recht. Dass ich sie am Steuer ablösen könnte, kommt eh nicht infrage. Ich bin keine geübte Fahrerin, auf der Autobahn schon gar nicht, und Cary Grant hat eindeutig seine Eigenheiten.

»Milchkaffee heißt hier übrigens *koffie verkeerd*«, sagt Eva.

Eigentlich bin ich ja diejenige von uns beiden, die gerne mit solchen Infos auftrumpft.

»Hast du das etwa recherchiert?«

»Weiß ich von Timo.« Sie beißt sich auf die Unterlippe.

Ihre Mimik verrät, sie will die Sprache nicht wieder auf ihren Lover bringen. Ich bohre nicht nach.

Eva will telefonieren und spaziert dabei mit dem Kaffeebecher in der Hand auf dem Parkplatz hin und her. Ich mache währenddessen ein paar Dehnübungen.

Dann googele ich *koffie verkeerd*. Das ist tatsächlich die niederländische Entsprechung von Milchkaffee und bedeutet, wörtlich übersetzt, falscher Kaffee. Verkeerd bezieht sich auf das Mengenverhältnis: mehr Milch als Kaffee. Aha. Wieder was gelernt.

Es geht weiter. Evas Gesichtsausdruck verrät, dass sie wohl mit Timo telefoniert hat. Sie wirkt irgendwie verklärt. Von wegen nur eine lockere Geschichte. Sie ist total verknallt.

Ich kommentiere das aber nicht.

Der Verkehr fließt wieder. Ich suche im Autoradio einen guten Sender und finde Radio Veronica. Gerade läuft *That's What Friends Are For.* Spontan singe ich mit. Eva fällt mit ein. Ich liebe diesen Song! Fast hätte ich vor lauter *Keep smiling, keep shining* ganz übersehen, dass Eva an Amsterdam vorbeifährt …

»Müssen wir hier nicht runter?«

Eva lacht. »Nun sei mal nicht so ungeduldig! Du kannst darauf vertrauen, dass ich den Weg kenne.«

Nördlicher liegt aber keine Großstadt mehr. Jedenfalls nicht auf dieser Strecke. Nach Groningen hätte Eva einen ganz anderen Weg wählen müssen.

Ich checke die Karte der Niederlande auf meinem Handy und bin ratlos. Wohin entführt mich Eva?

Wir passieren Haarlem. Bei Alkmaar fährt sie ab. Okay, darauf wäre ich nie gekommen. Schnell mache ich mich online über das Städtchen schlau.

»Ernsthaft, Käsemarkt und Rudi-Carrell-Statue, das sind unsere Ziele?«

Eva grinst gequält. »Steck doch endlich das Handy weg und entspann dich. Diesmal gibt's ein etwas anderes Programm. Aber du wirst es lieben!«

Kapitel 2

EVA

Die Wegbeschreibung war zwar super, aber kurz vor Julianadorp muss ich dann doch noch einmal anhalten und nachsehen, wo ich abbiegen muss. Ich gebe vor, unbedingt meine Nachrichten checken zu wollen, und fasele etwas von »dringende Infos vom Sender, auf die ich warte«. Dabei fühle ich mich mies, weil es mir gegen den Strich geht, meine Freundin anzuschwindeln. Aber ich will einfach nicht, dass Judith sofort durchschaut, wie schlecht ich diesen Urlaub vorbereitet habe. Sie ist immer dermaßen organisiert und strukturiert, dass ich mich umso mehr dafür schäme, wie das alles gelaufen ist: Zuerst habe ich es verbummelt, eine Reise zu buchen, und mich dann auch noch im Kalender vertan. Ich war tatsächlich der Meinung, ich hätte noch jede Menge Zeit. Wenn ich Judith verrate, dass Nordholland einfach die erstbeste Notlösung war, wäre sie enttäuscht. Auf keinen Fall will ich, dass sie denkt, unsere gemeinsamen Tage wären mir nicht wichtig.

Unauffällig mustere ich sie von der Seite, aber sie scheint nichts von dem, was mir durch den Kopf geht, zu ahnen. Sie wischt auf dem Handy herum und wirkt nicht davon irritiert, dass ich kurz rechts rangefahren bin. In welch herrlichen Farben die Tulpenfelder bis an die Straße heranreichen, bekommt sie gar nicht mit.

»Den Helder?«, murmelt sie. »Nicht gerade eine Metropole, aber sieht hübsch aus.«

Mir bricht der Schweiß aus. Wir fahren nicht in besagte Kleinstadt an der Küste, sondern in ein Touristen-Kaff irgendwo im Nirgendwo auf dem Weg dorthin. Soweit ich weiß, kein Theater oder Museum weit und breit. Nur Ferienwohnanlagen umgeben von Landwirtschaft. Am Meer zwar, doch das sieht man wegen der Dünen nicht. Diese Gegend ist bestimmt das Richtige für einen Entspannungsurlaub, aber ich weiß genau, dass Judith etwas ganz anderes vorschwebt. Was, wenn sie furchtbar enttäuscht ist? Ich bin eine schreckliche Freundin!

Mit schlechtem Gewissen starte ich den Motor. Nur noch ein paar Hundert Meter und dann rechts ab. Als ich Judith erneut bange anschaue, treffen sich unsere Blicke. Sie lächelt mich auf diese unvergleichlich strahlende Judith-Art an. »Das ist ja echt mal eine Überraschung«, meint sie. »Nie im Leben hätte ich erraten, wohin wir fahren. Ich war überzeugt, es ist London.«

Bilde ich mir das nur ein, oder sehe ich da tief in ihren Augen richtiggehende Niedergeschlagenheit? Himmel, warum habe ich das nur so vergeigt?!

»Du wirst es mögen«, antworte ich und klinge dabei genauso wenig überzeugt, wie ich mich fühle. Ich sollte mir langsam ernsthaft Gedanken über meine Lebensorganisation machen. Vielleicht eine Planungs-App runterladen oder eines dieser schrecklich pedantischen Bullet-Journale führen. Damit ich nicht so verdammt oft etwas vergesse. Und ich muss aufhören, den Job für meine Nachlässigkeiten verantwortlich zu machen. Andere haben weit mehr um die Ohren und kriegen dennoch alles auf die Reihe. Vielleicht könnte ich Judith diesbezüglich um Rat fragen? Sie hat schon immer jedes Detail in ihrem Leben perfekt hinbekommen – auch als die Kinder noch klein waren. Nie hat sie aufgehört zu arbeiten und war trotzdem das Ideal einer Mutter, die an alles denkt. Schön verzierte Kuchen fürs Schulsommerfest, messerscharfe Bügelfalten für Frank und in der Bibliothek die besten Buchtipps für jeden.

Wir biegen in die Anlage mit den Ferienhäusern ein. Ockerfarbene Backsteine, dickes Reetdach, blau gestrichene Türen und Fensterläden. Alle Gebäude gleich, eines putziger als das andere – genauso wie auf den Bildern.

Judith runzelt die Stirn, und ich rufe »Überraschung!«, weil ich den Drang verspüre, ihr das hier als den ultimativen Urlaubstraum zu verkaufen.

Ich suche nach Häuschen Nummer Neun und lenke Cary Grant auf den Abstellplatz davor. *Dotterbloem* steht in geschwungenen Lettern neben dem Eingang. Um mir darüber Gedanken zu machen, dass jemand wie Timo eine Immobilie besitzt, die »Dotterblume« heißt, bleibt jetzt keine Zeit. Denn ich muss all meine Energie in Begeisterung stecken, die dann hoffentlich auf Judith überspringt.

»Schau doch nur, die süßen Dachgiebelfenster! Von dort aus sehen wir sicher auf die blühenden Tulpenfelder. Was für eine Farbsinfonie!«, jubele ich und hüpfe so dynamisch aus dem Auto, dass Cary Grant wackelt. »Jede von uns hat ein hübsches Zimmer dort oben.« Ich deute auf das graue Reetdach.

Judith steigt auch aus und sieht sich um.

Im April ist in diesen Ferienhausanlagen noch nicht viel los, weiß ich von Timo, aber mit dieser Leere habe ich dann doch nicht gerechnet. Nur vor einem weiteren Gebäude steht ein Auto – ebenfalls mit deutschem Nummernschild. Hoffentlich sind das keine Zuschauer meiner Sendung! Nichts gegen mein treues Publikum, aber im Urlaub bin ich nicht scharf auf Selfies.

»Das hier hast du gebucht?«, fragt Judith in meine Gedanken hinein. »Welche Suchkriterien hast du denn da eingegeben? Arsch der Welt und kulturelle Einöde?« Sie lacht, aber ich kann sehen, dass sie tatsächlich etwas geschockt ist.

»Viel besser! Timo hat uns diese wunderschöne Minivilla überlassen. Einfach so. Weil er uns was Gutes tun wollte.« Ich öffne den Kofferraum, um die Ikea-Tüte, in die ich mein Zeug geworfen habe, rauszuholen. Dabei komme ich mir albern vor. Judith sieht mit ihrer schicken kleinen Tasche und dem dazu passenden Rucksack aus wie eine Profireisende.

»Es gehört Produktionsfirmen-Timo«, wiederholt sie monoton, und ich sehe ihr an, dass sie mich durchschaut hat. Denn ihre Miene wird nachsichtig. Sie fährt sich durch ihre blonden Locken, als könnte sie dadurch auch ihre Gedanken ordnen. »Also die Überraschung ist dir wirklich gelungen.« Sie mustert das Häuschen von der Schwelle bis zum Dach, dann dreht sie sich um ihre eigene Achse.

Mein Blick folgt dem ihren, und ich mag nicht, was ich sehe: Ein hübsches, aber sehr einsam wirkendes Gebäude in einer Anlage, der die gerade erst vergangenen Wintermonate noch in den Knochen stecken, und dichte Wolken, die das Frühlingslicht durch einen Graufilter schicken. Selbst das Kreischen der Möwen, die durch die Luft segeln, klingt deprimierend.

Plötzlich will mich die Angst, dass Judith mir böse sein könnte, schier überwältigen. Nichts wünsche ich mir in diesem Augenblick mehr, als dass sie sich hier wohlfühlt. Meine fleißige, liebevolle Freundin hat es so verdient, ein paar Tage rundum glücklich zu sein. Wenn wir miteinander zoomen, erscheint oft genug diese senkrechte kleine Sorgenfalte zwischen ihren Augenbrauen. Aber sobald ich sie frage, ob alles in Ordnung ist, lächelt sie und macht eine wegwerfende Handbewegung.

Nervös krame ich den Schlüssel aus meiner Tasche. »Im Wohnzimmer gibt es einen offenen Kamin für gemütliche Lesestunden. Im Garten hinter dem Haus ist ein malerischer Steg am Kanal, wenn mal die Sonne scheint. Und die Verkehrslage ist echt günstig.«

Judith grinst. »Du hörst dich an wie eine Immobilienmaklerin. Will dein Timo das Haus verkaufen?«

»Er ist nicht mein Timo!«, antworte ich reflexartig. Dann muss ich lachen. Ich lege ihr den Arm um die Schultern. »Jetzt komm erst mal rein und sieh dir das charmante Schmuckstück an!«

Natürlich ist Judith enttäuscht, was habe ich denn gedacht?! Schon als wir die Tür aufmachen und das Regal mit den bunten Gummistiefeln von Timos Töchtern erblicken, ist ihr wohl sonnenklar, dass es sich bei dieser Unterkunft um eine Last-Minute-Verlegenheitslösung handelt. Alles hier schreit nach Familienurlaub, nichts nach hippem Freundinnen-Wochenendtrip. Judith kennt mich zu gut, um nicht sofort zu durchschauen, wie es gelaufen ist: Eva hat sich nicht rechtzeitig gekümmert und deshalb einfach rumgefragt, ob nicht wer was weiß, wo man auf die Schnelle hinfahren kann.

Natürlich lässt sie mich aber nicht direkt spüren, dass ich es wieder mal verbockt habe. Das ist einfach nicht Judiths Art, und dafür liebe ich sie. Trotzdem wäre es mir jetzt fast angenehmer, sie würde mit mir schimpfen. Ein bisschen Frust rauslassen. Aber stattdessen nimmt sie mich in den Arm und bedankt sich dafür, dass ich die ganze Strecke gefahren bin.

Und dann besteht sie auch noch darauf, einen der beiden Räume von Timos Teenagertöchtern zu nehmen. »Macht doch mehr Sinn, wenn du in seinem Bett liegst. Guck mal, hier hängt ein Poster von Harry Styles. Zu dem leg ich mich«, sind ihre Worte. Dann sagt sie, sie möchte sich kurz zurückziehen und frisch machen.

Ich sehe ihr nach, wie sie im Bad verschwindet, dann betrete ich Timos Schlafzimmer. Eigentlich muss ich gar nicht auspacken. Ich kann die paar Tage genauso gut aus der Tasche leben. Kraftlos sinke ich aufs Bett, seufze und sehe mich um: Die Inneneinrichtung ist sehr geschmackvoll. Ich liebe die Kombination aus Blau und Orange. Von außen ist das Haus wirklich süß, aber ich habe nicht erwartet, dass es innen so gemütlich sein würde. Timos Einzimmerapartment in Köln wirkt eher kühl und unpersönlich – das hier ist etwas ganz anderes. Fläschchen voller Sand in verschiedenen Größen auf dem Fensterbrett, entzückende Fotos von den drei Töchtern an der Wand, Gardinen mit Lochstickereien und dazu passende Bettwäsche. Ich nehme eins der Kissen, drücke mein Gesicht hinein und rieche daran. Der Duft von frischer Wäsche steigt mir in die Nase. Nicht ein Hauch von Timo hängt darin. Ich lege es zurück und hole mir das von der anderen Hälfte des Doppelbettes. Einen Moment habe ich Angst, es könnte nach seiner Exfrau Yvonne riechen, aber das tut es nicht.

Wieso ist das Bett frisch bezogen?, frage ich mich. Er wusste nicht, dass ich spontan mit einer Freundin herkommen würde, als er das letzte Mal hier war. Das ist zwei Wochen her – war also noch vor dem Schreckensmoment, der mich hat erkennen lassen, dass dieser Urlaub unmittelbar vor der Tür steht. Und das vergangene Wochenende hat er bei mir verbracht.

Hat etwa Yvonne hier alles für uns hergerichtet?

Mit einem komischen Ziehen im Bauch stehe ich auf und gehe zur Kommode hinüber, auf der eine gerahmte Aufnahme von ihr zusammen mit den drei Töchtern am Strand steht. Bildhübsch lächelt sie in die Kamera. Der Wind hat ihr die roten Haare in die Stirn geweht, und sie versucht, sie mit einer Hand im Zaum zu halten. Dass sie über vierzig ist, sieht man Yvonne genauso wenig an wie, dass sie mehrere Kinder geboren hat. Irritiert davon, wie eifersüchtig es mich macht, in einem Raum zu stehen, den sie viele Jahre mit Timo geteilt hat, stelle ich das Foto zurück. Auf der Kommode entdecke ich ein Glas voll Lakritz, also hebe ich den Deckel und stecke mir eins davon in den Mund. Ich war noch nie ein großer Fan von seinem typischen Geschmack nach Erde und Rauch. Die Süße, die gleichzeitig auch eine Bitternote entfaltet, erinnert mich an heftig gezuckerten, zu stark gebrauten Schwarztee, der lange in einem schlecht gelüfteten Büro gestanden hat. Aber gerade jetzt passt das Aroma zu meiner Stimmung.

Mit einer Mischung aus Neugier und der Sorge, noch mehr zu entdecken, was an meiner Laune nagt, schaue ich mich weiter um. Man sieht diesem Raum nicht an, dass Timo und Yvonne geschieden sind. Alles erzählt von einer glücklichen Familie. Man hat hier unweigerlich Bilder im Kopf, wie sie an einem verregneten Vormittag zu fünft im Bett liegen. Einer liest aus einem der *Harry Potter*-Bände vor, die auf dem Bord stehen. Die anderen mampfen, was immer man hier in Nordholland zum Frühstück isst, und wie durch ein Wunder landen niemals Krümel auf den Laken.

Ich muss den Kopf schütteln, um die Visionen von Liebe und Harmonie loszuwerden. Warum machen mich diese Vorstellungen nur so aggressiv? Ich weiß ja, dass sich Timo mit Yvonne nach wie vor gut versteht. Sie leiten ihre Firma gemeinsam. Wie kollegial es dabei zugeht, habe ich doch ein paar Mal im Sender miterlebt. Wirklich nichts deutet darauf hin, dass da noch über Freundschaft hinaus Gefühle bestehen. Und in Bezug auf die Mädchen haben sie sich fürs Nestmodell entschieden. Das Haus in Köln und das Feriendomizil in Holland gehören ihnen nach wie vor gemeinsam. Nicht die Kinder ziehen zwischen den Eltern hin und her, sondern die Erwachsenen wohnen abwechselnd bei ihnen – daheim in Deutschland genauso wie hier im Urlaub. Diese Lösung behält ausgesprochen vorbildlich das Kindeswohl im Fokus. Es ist einfach vernünftig.

Warum kann seine Ex nicht einfach ein fieser Drachen sein, den er hasst? Aber nein, sie ist natürlich verdammt perfekt, supererfolgreich und nichts als sympathisch.

Auf dem für mein Ego nicht gerade zuträglichen Rundgang durchs Zimmer bleibe ich vor einem Bild von Timo stehen. Er sitzt auf dem Steg, hinter ihm das Ferienhaus, im Garten üben die Mädchen Handstand. Wie kann ein Mann mit so wenig Aufwand nur so sexy aussehen? Das Foto erzählt nichts davon, dass er sich sonderlich bemühen würde, attraktiv zu sein: Cargohose, überfällige Rasur, Strubbelfrisur.

Zum Anbeißen!

Resolut nicke ich. Es ist völlig okay, dass ich diesen Mann erotisch finde. Immerhin ist er mein aktueller Lover. Ein bisschen ausgehen, jede Menge Spaß und guter Sex. Genauso, wie ich es mag: eine schöne Zeit, ohne Verpflichtungen.

»Schau nicht so!«, tadele ich den Timo auf dem Bild. »Lover! Affäre! Abenteuer! Ich habe dir von Anfang an gesagt, dass ich nicht der Typ Frau für eine feste Beziehung bin, Freundchen. Du weißt, warum.« Ich breite die Arme aus und deute mit dieser Geste auf das Zimmer, in dem ich stehe. »Weil es immer so endet. Mit den Trümmern eines gemeinsamen Lebens. Und in den meisten Fällen sehen die nicht so schick aus wie bei dir und Yvonne.«

Das Vibrieren meines Handys lässt mich zusammenzucken.

Hey, gut angekommen?

Wie sehr ich mich über Timos Nachricht freue, ist absurd. Ich zwinge mich, das Telefon vor dem Antworten zumindest kurz aus der Hand zu legen, und beginne, die Ikea-Tasche über dem Lehnstuhl in der Ecke auszuleeren. Unterhosen, BHs und Socken purzeln heraus. Ein guter Teil davon fällt auf den Boden, wo ich die Sachen liegen lasse, um endlich zurückschreiben zu können.

Wir sind seit einer halben Stunde hier. Das Haus ist wunderschön! Danke noch mal!

Gern. In welchem Zimmer schläfst du?

In deinem, Herr Faßbender.

🙂

Judith im Kinderzimmer gegenüber. Alles ist so aufgeräumt und sauber. Ich bin beeindruckt!

Wir haben jemanden dafür. 😇 An der Pinnwand in der Küche findest du die Telefonnummer, wenn du was brauchst. Ist ein nettes, älteres Ehepaar. Und nimm dir bitte aus den Schränken und Schubladen alles, was du möchtest. Gern auch Wein usw.

So weit kommt's noch, dass wir ihm und seiner Super-Ex den Alkohol wegsaufen.

Ich tippe erneut ein überschwängliches Dankeschön und alle möglichen Herzchen, Kussmünder und Umarmungen, zwischen die ich auch eine Aubergine und einen Honigtopf schmuggle, damit es nicht zu kitschig wird.

Dann befördere ich die leere Ikea-Tasche mit einem Fußtritt unters Bett und erkläre meine Mich-in-diesem-Raum-Einricht-Aktion für beendet.

Leise öffne ich die Tür zum Gang und lausche. Ob sich Judith aufs Ohr gelegt hat? Mir wäre lieber, wir würden gleich ein wenig Zeit miteinander verbringen, damit ich weiß, ob zwischen uns wirklich alles in Ordnung ist.

Doch da höre ich schon ihre Stimme. Sie telefoniert in etwas müdem Tonfall. »Melde dich doch auch mal bei Robin«, sagt sie, und ich weiß sofort, dass sie mit Frank spricht. »Er freut sich sicher, wenn er was von dir hört.«

Eigentlich ist es nicht meine Art zu lauschen, aber wie Judith klingt, gefällt mir nicht. Wo ist ihre sonnige Art? Die gute Laune in ihrer Stimme?

»Auf jeden Fall sind wir gut angekommen. Wenn du Zeit hast, kannst du ja zurückrufen.«

Also nur eine Sprachnachricht.

Ich glaube, Judith weiß es nicht, aber ich mochte Frank noch nie. Von Anfang an war ich skeptisch. Dieser Mann fand sich einfach selbst immer ein bisschen zu gut. Und das fiese kleine Gefühl, das er in mir auslöst, hat sich nie geändert. Da hat die schreckliche Aktion, die er sich vor zehn Jahren auf dieser Party geleistet hat, natürlich auch nicht geholfen. Vielleicht hätte ich Judith davon erzählen sollen. Ganz bestimmt sogar! Aber ich war einfach feige. Und jetzt ist es zu lange her.

»Und bitte vergiss nicht, mein Hochbeet zu gießen, sonst geht die Saat nicht auf.« Irgendwie klingt Judith traurig.

Himmel, dieses Wochenende war dazu gedacht, sie aufzuheitern. Sie hat sich rauschende Tage inmitten des pulsierenden Lebens einer Großstadt gewünscht. Inspiration durch Kultur. Jede Menge Ablenkung. Und ich schleppe sie in dieses Dorf.

Schnell husche ich zurück in mein Zimmer und greife mir wieder das Handy.

Was kann man hier richtig Cooles unternehmen? Welche Museen gibt es in der Nähe? Wie weit ist es bis zum nächsten Theater?

Hundertfünfzig Meter die Straße runter Richtung Süden führt ein Weg über die Dünen zum Meer. Es gibt ein Atlantikwall-Zentrum (du weißt schon: Überreste Drittes Reich) in Den Helder. Theater? Puh, da muss ich googeln. Aber schau mal im Wohnzimmer unter dem Fernseher. Da sind jede Menge Prospekte.

Nachdenklich runzele ich die Stirn. Meer? Wie oft hat sich Judith schon die Adria gewünscht, wenn Frank wieder ins Gebirge zum Wandern wollte. Das könnte also gut passen. Aber Drittes Reich? Kriege sind so ziemlich das Letzte an Geschichte, wofür sich Judith interessiert. Sie hat schon öfters darüber geklagt, dass Frank im Urlaub ehemalige Schlachtfelder besichtigen will.

Es ist ein echtes Desaster!

Kraftlos lasse ich mich auf Timos Ex-Ehebett fallen und starre auf die Dachschräge über mir. Wenn ein Mensch sich auf dieser Welt jemals selbst allumfassend verachtet hat, dann ich in diesem Moment.

Verdammt, ich wusste doch, dass Judith von London träumt!

Wieder höre ich sie irgendwas sagen, aber jetzt bin ich zu weit weg, um etwas zu verstehen. Vermutlich ist ihr noch etwas eingefallen, was sie Frank sagen will, weil er von sich aus einfach an gar nichts denkt. Armleuchter, der eine großartige Frau wie Judith nicht ansatzweise verdient hat!

Ich atme tief durch und versuche mich abzuregen. Vermutlich bin ich einfach wegen der Wechseljahre so emotional. In Wahrheit gibt es doch keinen Grund, derart aufzubrausen. Lieber sollte ich darüber nachdenken, wie ich die kommenden Tage für Judith möglichst schön gestalten kann. Immerhin ist es mein täglich Brot, Live-Shows zu moderieren.

Wenn ich etwas kann, dann ist es improvisieren!

Kapitel 3

JUDITH

Dass sich Frank weiter als einen Meter von seinem Handy entfernt, kommt so gut wie nie vor. Als wäre es ein Körperteil. Er fühlt sich einfach unvollständig, wenn er es nicht bei sich hat. Sein Smartphone muss immer in Griffweite sein, sonst könnte er ja eine wichtige Nachricht verpassen. Aber warum ist er dann nicht erreichbar?

Mein spontaner Impuls: Es wird doch nichts passiert sein? Nein, so darf ich gar nicht erst anfangen zu denken. Sonst werde ich verrückt. Allein schon wegen der Jungs. Ich muss mich zwingen, mir nicht ständig die Gefahren auszumalen. Zum Beispiel bei Linus, der so oft mit dem Fahrrad im Münchener Stadtverkehr unterwegs ist. Und ganz zu schweigen von all den Giftspinnen, Schlangen und Krokodilen, die es in Australien gibt. Denke ich an Robin, dann will ich mir lieber vorstellen, wie er dort glücklich ist, neue Eindrücke gewinnt, fürs Leben lernt. Und das gelingt mir nicht, wenn ich immer nur vom Schlimmsten ausgehe.

So auch bei Frank. Bestimmt ist er beim Squash. Oder halt, nein – das ist ja schon wieder out. Statt dass er einfach nur joggen geht oder Krafttraining macht, wechselt mein Mann die Sportarten schneller als andere ihre Zahnbürsten. Zum letzten Geburtstag habe ich ihm noch ein neues Racket geschenkt, und einen Monat später hat er verkündet, er wolle künftig lieber bouldern. Eine Zeit lang fuhr er zwei Mal pro Woche in eine Halle, wo er dann an einer künstlichen Kletterwand herumkraxelte, aber auch daran verlor er schnell das Interesse. Inzwischen ist er auf dem Spinning-Trip. Bestimmt sitzt er gerade mit hochrotem Kopf auf einem dieser Indoor-Bikes und strampelt, als ginge es um sein Leben. Immerhin ist das gut für die Ausdauer. Allerdings macht er den Trainingseffekt schnell wieder zunichte, wenn er anschließend mit seinen Kumpels ein paar Biere zischt und Steak mit Kräuterbutter und Pommes isst. Zur Belohnung. Ich gönne es ihm natürlich von Herzen, aber so wird er sein Wohlstandsbäuchlein, das sowieso nur ihn stört, bestimmt nicht los.

Egal. Wenn er nachher zurückruft, werde ich ja erfahren, wo er sich rumtreibt. Jetzt sollte ich mich lieber darauf konzentrieren, wo ich gerade bin.

Neugierig nehme ich den Raum in Augenschein, in dem ich die nächsten Nächte verbringen werde. Ein typisches Teenager-Zimmer. Weiße Möbel, jede Menge bunte Kuschelkissen, ein Schminktisch, ein Ganzkörperspiegel und natürlich allerhand Poster. Harry Styles, Billie Eilish, Jenna Ortega. Ich muss lachen, als ich auch Wincent Weiss in dieser Fangirl-Galerie entdecke. Wenn schon kein Vincent-van-Gogh-Museum …

Während ich den Inhalt meines Weekenders auspacke und in den Schrank räume, wandern meine Gedanken gut dreißig Jahre zurück. Schon seit Ewigkeiten habe ich nicht mehr an meine Brieffreundin Amélie gedacht, die ich damals beim Schüleraustausch kennengelernt hatte. Eine Weile schrieben wir uns regelmäßig, aber dann, mit dem Erwachsenwerden, verlief der Kontakt irgendwann im Sande. Ob sie mit diesem Vincent zusammengeblieben ist, von dem sie mir seinerzeit so vorgeschwärmt hat?

Ich gluckse vor mich hin, als ich an meine Verwirrung denke: »Er heißt wirklich ›vingt cent‹?«

»Oui, oui, Vincent«, bestätigte Amélie verzückt.

Es dauerte eine Weile, bis bei mir der Groschen fiel und ich begriff, dass ihr Angebeteter keineswegs »vingt cent« – also »zwanzig hundert« – hieß, sondern sich Vincent – französisch ausgesprochen – nur zufällig genauso anhörte …

Ich lege mein angefangenes Buch auf den Nachttisch und stelle die Flasche Wasser, die von der Fahrt noch übrig ist, daneben. Fertig.

In einem Wellness-Hotel wäre es zwar um einiges schicker, aber egal. Wenn ich schlafe, spielt es keine Rolle, wie die Umgebung aussieht. Außerdem hat mich dieses Zimmer eben zum Lachen gebracht. Das ist doch ein gutes Omen.

Es führt sowieso zu nichts, den Museums- und Theaterbesuchen hinterherzutrauern. Freundinnenzeit ist schließlich überall schön. Ich beschließe, das Beste daraus zu machen. Und vielleicht gibt's ja auch hier in der Gegend irgendwo was Sehenswertes. Das lässt sich leicht herausfinden. Aber erst mal schaue ich nach, was Eva gerade treibt.

Vorsichtig steige ich die Treppe herunter. Die Stufen sind extrem steil und schmal, sodass ich fast seitlich laufen muss.

»Die reinste Hühnerleiter, oder?«, ruft mir Eva entgegen. »Das ist in Holland so üblich, sagt Timo.«

»Wäre mal interessant, ob es hierzulande überdurchschnittlich viele Todesfälle durch Genickbrüche gibt.«

Eva nickt. Sie sitzt am Küchentisch und macht Notizen.

»Schreibst du etwa einen Einkaufszettel? Ich dachte, du verlässt dich lieber auf dein Bauchgefühl«, necke ich sie, denn Eva geht gern eher intuitiv als systematisch vor.

Sie zieht eine Grimasse. »Eigentlich schon. Aber du siehst ja selbst, wohin uns das geführt hat. Wie du sowieso längst durchschaut hast: Ich habe wieder mal nicht rechtzeitig mit dem Planen angefangen. Timos Haus als Unterkunft ist aus der Not geboren. So viel also zu meinem Bauchgefühl: Du bist enttäuscht. Tut mir so leid! Deshalb gelobe ich Besserung, und zwar ab sofort.«

Hätte sie damit nicht schon etwas früher anfangen können? Dann wären wir jetzt in einem schicken Hotel mit Saunalandschaft und Sternerestaurant. Ich schiebe den Gedanken schnell wieder beiseite. Eva wirkt ehrlich zerknirscht.

»Wir machen uns einfach ein paar gemütliche Tage«, sage ich beschwichtigend. »Ist doch hübsch hier.«

Und das ist nicht mal geschwindelt. Die Wohnküche, die fast das gesamte untere Stockwerk einnimmt, strahlt eine geschmackvolle Behaglichkeit aus. Dank der vielen Fenster und Terrassentüren ist es wunderbar hell. Der Esstisch aus naturbelassenem Holz wirkt einladend, und das typisch holländische Geschirr in Delfter Blau, das in den offenen Küchenregalen steht, gefällt mir genauso gut wie die Lampe aus Treibholz und die Filmplakate an den Wänden. *Casablanca, Die Reifeprüfung, 12 Years a Slave* und *Harry Potter.* Für jeden Geschmack ist etwas dabei. Ebenso wie in dem Bücherregal, das den Essbereich vom Wohnzimmer abtrennt. Ich entdecke darin sogar eine alte Kamera, die als Buchstütze dient. Timos Leidenschaft für Filme ist unübersehbar.

»Gewürze müssen wir nicht einkaufen«, stelle ich fest, als ich die Küche inspiziere, die bestens ausgestattet ist.

Eva beobachtet mich aufmerksam. »Du fühlst dich wirklich wohl? Und bist nicht sauer?« Ihre feinen Antennen für Emotionen und Stimmungen funktionieren hervorragend.

»Okay, ich hatte mich auf eine Städtereise gefreut. Aber nun sind wir eben hier, und ich habe beschlossen, diesem Ende der Welt eine faire Chance zu geben«, erwidere ich. »Und mit dir ist es ja eigentlich überall schön.« Ich trete näher und deute auf ihre angefangene Liste. »Ist es nicht ein bisschen spät, um jetzt noch einkaufen zu gehen?«

Eva atmet auf. Sie mag es nicht, wenn etwas zwischen uns steht, und mir geht es ja genauso: Missstimmungen kann ich schwer ertragen. Vielleicht bin ich deshalb oft zu nachgiebig.

»Die Läden haben hier recht lange auf«, antwortet sie. »Wir haben Zeit. Der Tisch, den ich im Strandlokal reserviert habe, wird erst um halb neun frei.«

So spät esse ich normalerweise nie. Davon bekomme ich

nur Sodbrennen und Schlafprobleme. Aber egal, heute ist eine Ausnahme.

»Zeig her, was hast du denn schon aufgeschrieben?«

Ich setze mich auf einen der massiven Holzstühle neben Eva. Dank des Schaffells, das ein Kissen ersetzt, ist er erstaunlich bequem.

Wir gehen den Zettel durch. Bisher steht da nur: Kaffee, Milch, Rotwein, Chips und *Stroopwafels*.

»*Stroopwafels?* Nie gehört. Was ist das?«

»Davon hat Timo mir vorgeschwärmt. Eine niederländische Spezialität – zwei dünne Waffeln mit Zuckerrübensirupfüllung in der Mitte. Er sagt, die schmecken einfach göttlich.«

Zugegeben, das klingt verheißungsvoll. Aber nicht gerade hauptmahlzeittauglich. Ich ergänze: Brot, Butter, Käse, Salat, Fisch, Gemüse, Obst …

Das Einkaufszentrum ist nur ein paar Autominuten entfernt.

»Wir könnten auch die Räder nehmen«, schlägt Eva vor, »im Schuppen müssten laut Timo welche sein. Aber für einen Großeinkauf ist Cary Grant einfach praktischer.«

Ich liebe es, in anderen Ländern in Supermärkte zu gehen und das Angebot gründlich zu inspizieren. Obwohl es hier einige deutsche Supermarktketten gibt, steuert Eva ein einheimisches Geschäft an. Sie kennt mein Faible dafür.

Unser Einkaufswagen füllt sich schnell, und natürlich nicht nur mit dem, was auf unserem Zettel steht.

»Schau mal, was für tolle Gemüsemischungen«, stelle ich

begeistert fest. »Alles frisch, schon geputzt, gewaschen und geschnitten. Superpraktisch, wenn man gesund kochen will und es schnell gehen muss. Warum gibt es so was nicht auch bei uns?«

Beim Käse fällt die Auswahl besonders schwer. Ich staune über die vielen Sorten Gouda in verschiedenen Reifegraden; einige sind so alt, dass man Salzkristalle sieht. Andere wurden mit Kräutern und Gewürzen verfeinert, von Bärlauch bis Wasabi, manche enthalten sogar Walnüsse, Trüffel oder Kürbiskerne.

»Den mit Pesto müssen wir unbedingt probieren!«, schlägt Eva begeistert vor. »Der schmeckt bestimmt super zum Wein. Oder den mit Lavendel?«

Ich grinse. »Am besten beide.«

Über einem Regal mit Knabbergebäck hängt ein Schild mit der Aufschrift *slimme keuze*. Schlimme Kotze? Schlanke Käuze? Kann alles nicht sein. Ich ziehe den Google Translator zurate, und er verrät: Das bedeutet »kluge Wahl«. Also ein Sonderangebot. Darauf wäre ich nie gekommen. Dennoch verzichten wir auf Snacks, denn unser Wagen ist schon übervoll. An der Kasse brauchen wir vier große Tüten, um die ganze Beute unterzubringen, weil ich etliche kulinarische Mitbringsel für zu Hause ausgesucht habe.

»Zum Glück haben wir einen ähnlichen Geschmack, sonst hätten wir noch viel mehr gekauft«, stelle ich fest.

»Nicht schlimm, wenn wir nicht alles verbrauchen«, meint Eva. »Die abgepackten Sachen wie die typisch niederländischen Süßigkeiten nehmen wir einfach mit nach Hause oder wir lassen sie für Timos Kids da.«

Der Spaziergang durch die Dünen zum Restaurant ist herrlich. Die Bewegung tut gut nach der langen Autofahrt, zumal der eher trübe Nachmittag unmerklich in einen traumhaft schönen Frühlingsabend übergegangen ist.

Wir sind nicht allein hier draußen. Zahlreiche Spaziergänger – viele mit Hunden – sind unterwegs zu einer Abendrunde am Strand. Andere kommen uns mit vom Wind geröteten Gesichtern und zerzausten Frisuren entgegen. Sie wirken entspannt und gut gelaunt. Eine Modenschau, so wie auf eleganteren Strandboulevards etwa an der Côte d'Azur, gibt es hier nicht. Man trägt Jeans, Softshelljacken und nicht selten auch Gummistiefel. Ich weiß gar nicht, wann ich zuletzt welche besaß. Vermutlich mit acht oder neun.

Als das Meer in Sicht kommt, bleiben wir stehen und lassen das Panorama auf uns wirken. Das Wasser spiegelt den sich bereits violett färbenden Abendhimmel wider, und die Reflexionen der langsam untergehenden Sonne tauchen die sanften Wellen in ein silbriges Licht. Auch die Gräser und Heckenrosen, mit denen die Dünen bewachsen sind, scheinen förmlich zu leuchten. Am Strand toben Hunde, Kinder bauen eine Sandburg, Angler stehen am Ufer und haben ihre Leinen ausgeworfen. Am Horizont sind zwei Schiffe zu sehen, umschwärmt von Möwen.

Ich genieße die salzige Meeresbrise, die Freiheit und Entspannung verheißt.

Dann höre ich, wie Eva tief durchatmet. »Dieser Moment, wenn man im Urlaub das Meer zum ersten Mal sieht, ist einfach umwerfend. Ist es kitschig zu sagen, dass der Anblick das Herz weit macht?«

»Ein bisschen vielleicht«, erwidere ich mit rauer Stimme. »Aber mir geht es genauso. Man fühlt sich ganz klein und dennoch wunderbar frei. Es ist schwer zu beschreiben.«

Inzwischen zaubert die Dämmerung ein wildes Farbspektakel an den Abendhimmel – von Lila bis Knallorange. Dabei ändert sich das Bild beständig, und dank vereinzelter Wolken bricht sich das Licht in immer neuen Nuancen.

Ich mache ein Foto für meine Männer, das die Schönheit dieses Sonnenuntergangs zwar nur unzureichend wiedergibt, aber dennoch beeindruckend wirkt. Und dann noch ein Selfie von Eva und mir als Erinnerung.

»Von der Nordsee ist kaum was zu erkennen«, stellt Eva fest, und sie hat recht – der Wind lässt unsere Haare fliegen, und sie verdecken alles. Meine blonden Locken und Evas dunkle, glatte Mähne wirbeln wild durcheinander, als führten sie einen Tanz auf.

»Da, ein Segelboot«, sage ich und deute auf das Display. »Es scheint regelrecht aus deinem Kopf herauszuwachsen.«

Gut gelaunt setzen wir unseren Weg fort, und ich finde es fast schade, dass wir schon wenig später am Ziel sind. Ich hätte noch ewig so weitergehen können. Andererseits habe ich auf einmal einen Bärenhunger.

Ein paar Unerschrockene sitzen draußen auf der Terrasse. Dazu hätten wir aber wärmere Jacken mitnehmen müssen. Eva hat drinnen reserviert. Unser Platz ist direkt an der breiten Fensterfront, sodass wir das Naturschauspiel der untergehenden Sonne weiter verfolgen können. Ich schaffe es nicht, den Blick davon loszureißen. Erst als sie hinterm Horizont verschwunden ist und die Farben blasser werden, habe ich Muße, mich der Speisekarte zu widmen.

Wir bestellen Wasser, Weißwein und Fisch. Eva wählt Scholle, ich entscheide mich für *Sliptong* – was, wie die Übersetzung auf der Karte verrät, Seezunge bedeutet.

»So schön, mal nicht kochen zu müssen«, stelle ich fest.

»Ist Frank denn immer noch so wenig engagiert im Haushalt?«

»Das kann man wohl sagen.« Ich seufze. Denn ich bin ja selbst daran schuld, dass ich nicht von Anfang an auf eine faire Aufgabenverteilung geachtet habe. Aber damals war ich jung, frisch verliebt und leider etwas naiv. Ich glaubte, so was würde sich schon von selbst regeln. Hat es dann auch. Allerdings nicht so, wie ich es mir gewünscht hätte …

»An sich koche ich ganz gern, und sogar Putzen macht mir nichts aus«, sage ich schnell. Und das stimmt im Prinzip ja wirklich. Aber es ist nur die halbe Wahrheit. Eva weiß das genau, sie kennt mich gut genug. Trotzdem – an einem Abend wie diesem will ich nicht über Geschlechterrollen diskutieren. Meine Freundin führt ein so viel emanzipierteres Leben als ich – im Vergleich zu ihr fühle ich mich manchmal wie eine feministische Vollkatastrophe.

Eva legt ihre manikürte Hand auf meine. »Ich wünschte echt, das könnte ich von mir auch behaupten. Zum Glück habe ich ja eine Haushaltshilfe. Und Timo ist ein begeisterter Hobbykoch.«

»Klingt perfekt.« Von wegen lockere Affäre. Sie redet ununterbrochen von ihm. Dieser Mann scheint inzwischen ein fester Bestandteil ihres Lebens zu sein. Warum gibt sie das nicht einfach zu? »Und es wäre ja auch wirklich schade um deine wunderschönen pinkfarbenen Fingernägel, wenn du sie beim Putzen und Schrubben ruinieren würdest«, füge ich grinsend hinzu.

Eva lacht. »Überzeugendes Argument!«

Die Getränke werden serviert. Wir stoßen an, und ich nehme einen Schluck Wein.

»Hm, wirklich gut«, sage ich, froh darüber, das Thema wechseln zu können. Denn dass Frank und ich unseren Jungs ein dermaßen rückständiges Rollenbild mit auf den Weg gegeben haben, nagt mehr an mir, als ich zugeben will. Was sind wir bloß für ein schlechtes Beispiel! Gut, dass Linus in seiner WG ganz automatisch kochen und putzen lernt und all das erledigt, was eben getan werden muss. Da gibt es niemanden, der ihn verwöhnt und ihm einen Korb mit der frisch gebügelten Wäsche ins Zimmer stellt. Und Robin wird auch verändert aus Australien zurückkommen. Trotzdem. Da hätte ich konsequenter sein können. Aber das wäre ja noch anstrengender gewesen, so ganz ohne Franks Unterstützung.

Das Essen kommt. *»Eet smakelijk«*, sagt der junge Kellner.

Wir machen uns darüber her, als wären wir halb verhungert. Tatsächlich habe ich inzwischen mächtig Kohldampf. Ich würde sogar trockenes Brot essen, wenn es nichts anderes gäbe. Doch zum Glück ist das nicht der Fall. Der Salat ist wunderbar erfrischend angemacht, die Pommes sind knusprig und gut gewürzt, und die Seezunge … ein Gedicht.

»Schmeckt köstlich«, sage ich.

»*Lekker* heißt das hier, glaube ich«, erwidert Eva.

»Ernsthaft? Moment, ich checke das.« Ich zücke mein Smartphone, und wenig später weiß ich Genaueres. »*Lekker* kann in den Niederlanden alles sein«, lese ich vor, »sogar das Wetter.«

Spannend. Sprachen haben mich schon immer fasziniert, und kaum eine ist mit dem Deutschen so verwandt wie die niederländische. Trotzdem verstehe ich von dem, was da am Nachbartisch gesprochen wird, kein Wort.

»Seit wann hat Timo denn eigentlich dieses Ferienhaus?«, will ich wissen.

»Schon ziemlich lange, soweit ich weiß. Seit die Kinder noch klein waren.«

»Und er nutzt es weiterhin gemeinsam mit seiner Exfrau?«

Damit habe ich wohl ein Thema angesprochen, das Eva nicht so ganz behagt. Das erkenne ich an ihrem gequälten Lächeln und daran, wie sie ihre Schultern unwillkürlich hochzieht. Das macht sie immer, wenn ihr etwas unangenehm ist.

»Nicht gleichzeitig, sondern abwechselnd.«

»Logisch.«

»Timo versteht sich noch sehr gut mit Yvonne. Die beiden haben eine ziemlich entspannte Einstellung. Für die Kinder ist das natürlich perfekt«, sagt Eva.

Aber ihr wäre es vielleicht lieber, es liefe anders, vermute ich. Doch diesen Gedanken behalte ich für mich. Ich will kein Öl ins Feuer gießen.

»Also – er ist ein guter Vater, ein guter Koch und hat offenbar auch einen guten Frauengeschmack. Ich werde immer neugieriger. Du hast doch sicher ein Foto von ihm, oder?«

Im Ferienhaus habe ich bisher keins entdeckt, nur Bilder von den Kindern in selbst gebastelten, mit Muscheln beklebten Rahmen.

Eva lässt sich nicht lange bitten. Sie wischt auf ihrem Handy herum, dann hält sie es mir hin. Ich blicke in zwei strahlende Gesichter. Evas Augen funkeln, sie wirkt sehr verliebt – und Timo nicht minder. Ich betrachte ihn genauer. Dunkle, kurz geschnittene und dennoch etwas jungenhaft verstrubbelte Haare, ein markantes Kinn mit leichtem Bartschatten und ein breites, sympathisches Lächeln.

»Ein attraktives Paar«, kommentiere ich.

»Wir sind kein Paar«, gibt Eva zurück und widmet sich wieder ihrer Scholle.

Sind wir denn eins, Frank und ich? Ein Ehepaar – ja, klar. Aber auch noch ein Liebespaar?

Meine Gedanken wandern zurück zu dem vergeblichen Anrufversuch. Natürlich ist Frank oft in Meetings, aber in letzter Zeit passiert es häufiger, dass ich ihn nicht erreiche – viel öfter als früher. Natürlich gäbe es eine weitere Erklärung dafür … Ob es wohl eine andere Frau in seinem Leben gibt? Diese Frage schleicht schon länger in meinem Kopf herum, und ich verjage sie stets eilig. Obwohl sie nicht ganz abwegig ist. Unser Liebesleben ist nämlich schon seit Monaten, wenn nicht Jahren, kaum noch vorhanden. Dabei waren wir beide früher sehr leidenschaftlich, fast unersättlich. Und dass er mich inzwischen offensichtlich nicht mehr begehrt, muss ja nicht zwangsläufig bedeuten, dass er zum Mönch geworden ist. Mir fehlt vor allem die Zärtlichkeit und Intimität unserer Zweisamkeit, weniger der Sex an sich. Aber ich bezweifele, dass Frank das ähnlich empfindet. Ein paar Mal war ich schon kurz davor, ihn geradeheraus zu fragen, habe es dann aber doch nicht gewagt. Aus Angst, dass er eine Affäre zugibt und sich vielleicht scheiden lassen will. Und darauf bin ich einfach nicht vorbereitet.

Aber kann es tatsächlich sein, dass das alles ist, was mich in dieser Ehe hält? Dass ich auf eine Trennung nicht vorbereitet bin? Nicht weiß, wohin und was aus mir werden soll? Und wie die Jungs damit zurechtkommen würden? Wenn das so ist, dann wäre es wirklich armselig.

»Erde an Judith?! Alles okay mit dir? Du siehst bedrückt aus.«

Soll ich Eva meine Lebenskrise anvertrauen? Schließlich haben wir sonst keine Geheimnisse voreinander. Aber ich möchte diese gemeinsame Zeit nicht mit Problemen belasten. Außerdem würde Eva mich ohnehin nicht verstehen – sie hat ja weder Kinder, noch war sie je in einer längeren Partnerschaft.

»Nein, alles gut, ich bin nur ein bisschen müde.« Das stimmt sogar.

Als wir später den Wein ausgetrunken haben, bezahlt Eva – sie besteht darauf, mich einzuladen –, und wir machen uns auf den Rückweg. Inzwischen ist es dunkel, und wir leuchten uns mit der Taschenlampen-App den

Weg. Die kühle Nachtluft tut gut. Sie ist frisch, riecht nach Frühling und nach Meer. Dass mir eine Träne über die Wange läuft, muss am Wind liegen.

»Einen Absacker?«, schlägt Eva vor, als wir zurück im Ferienhaus sind.

Die hellgraue Couch mit den Kissen in Türkis und Orange wirkt einladend, aber noch verlockender ist das Bett. »Bist du mir sehr böse, wenn ich schlafen gehe? Mir fallen gleich die Augen zu.«

Eva, die gerade die Gläser aus der Vitrine nehmen will, hält inne und schließt die Tür wieder. »Himmel, bin ich froh! Ich bin eigentlich auch total müde, wollte aber den ersten gemeinsamen Abend nicht verderben.«

Ich muss lachen. »Hey, wir werden wohl alt.«

»Wir doch nicht!« Eva gähnt. »Das machen bloß die Luftveränderung und die lange Fahrt. Morgen quatschen wir bis in die Puppen, abgemacht? Willst du zuerst ins Bad?«

Eva weiß, dass ich superschnell bin, obwohl ich abends dusche statt in der Früh. Es ist einfach ein tolles Gefühl, so sauber ins Bett zu gehen, und das heiße Wasser ist herrlich entspannend. In ein Badetuch gehüllt, mache ich mich anschließend auf den Weg in mein Zimmer. Im Flur begegnet mir Eva. Sie trägt schon eines ihrer ausgeleierten Nachtshirts.

»Schlaf gut.«

»Du auch. Und träum was Schönes«, erwidert sie.

Ich rubbele mich trocken, dann schlüpfe ich in den

Frottee-Schlafanzug, der sich so kuschelig anfühlt, den Frank aber einmal als maximal unerotisch bezeichnet hat, weshalb ich ihn nur noch hervorhole, wenn ich ohne ihn übernachte. Also bei meinen Freundinnentrips mit Eva oder wenn er auf Dienstreise ist.

Ich will gerade das Licht löschen, als das Handy vibriert.

»Frank! Wie lieb, dass du zurückrufst.«

»Du hast es ja ganz schön dringend gemacht. Ist was passiert?« Er klingt irgendwie mürrisch.

»Nein, ich wollte dir nur sagen, dass wir gut angekommen sind. Und wissen, ob bei dir alles in Ordnung ist.«

Das hört sich ziemlich lahm an. Als wäre ich kontrollsüchtig. Oder kommt es mir nur so vor, weil Frank gar nicht begeistert wirkt?

»Alles fein. Wenn man davon absieht, dass unser Sohn jetzt schwarzen Nagellack trägt.«

»Linus war da?« Wie schade, dass ich einen seiner Besuche verpasst habe.

»Und er hat mir selbst gemachten Hummus vorbeigebracht. Damit ich in deiner Abwesenheit nicht verhungere.« Er klingt nicht sehr erfreut. Vielmehr, als wäre diese Geste vollkommen abwegig.

»Ist doch nett von ihm«, erwidere ich und bemühe mich um einen munteren Tonfall.

»Was stimmt nicht mit dem Jungen? Nagellack, ich bitte dich …«

»Ach, das tragen heute viele. Da ist nichts dabei.«

Frank schnaubt. »Dass du da so entspannt sein kannst.«

Ja, kann ich. Warum schafft er es nicht auch? Er war

doch früher so gelassen in allem. *Keine Panik. Take it easy. Schön locker bleiben.* Das waren immer seine Standardsprüche. Wann habe ich so etwas zuletzt von ihm gehört? Das muss ewig her sein.

»Das darf man *nicht so eng* sehen.« Ich kann mir diese Floskel nicht verkneifen. Ob Frank wohl merkt, dass ich ihn gerade auf den Arm nehme, indem ich ihn zitiere?

»Ich muss morgen früh raus«, sagt er nach einer kleinen Pause.

»Schlaf gut«, erwidere ich und bemühe mich, nicht allzu enttäuscht zu klingen. Wo ist bloß unsere Vertrautheit geblieben? Unser Interesse füreinander? Unser gemeinsamer Humor?

»Nacht.« Einsilbiger geht's ja wohl kaum.

Das Gespräch hat mich traurig gemacht. Ich schicke das Sonnenuntergangsfoto in die Familiengruppe. Linus antwortet sofort mit einer Reihe von begeisterten und staunenden Emojis. Robin ist offenbar schon wach, denn er schickt ein Herzchen. Frank reagiert nicht.

Ich hänge das Handy ans Ladekabel und lösche das Licht. Er hat nicht mal gefragt, wo wir sind. Und ich weiß immer noch nicht, warum er vorhin nicht erreichbar war – das sind meine letzten Gedanken, bevor mich der Schlaf übermannt.

Kapitel 4

EVA

Vorhin war ich so unendlich müde, und jetzt kann ich nicht einschlafen. An Timos Bett liegt es nicht, denn es ist wirklich bequem, aber mir ist trotz der Wollsocken kalt. Draußen weht ein fürchterlicher Sturm und rüttelt an den Fenstern, obwohl der Abend am Strand einigermaßen mild war. Plötzliche Wetterumschwünge sind hier an der Küste bestimmt normal. Doch ich finde das Geheule gewöhnungsbedürftig. Wenn nur Timo hier wäre, um mich in den Arm zu nehmen. Er strahlt immer jede Menge Körperwärme ab. Sobald er sich an meinen Rücken schmiegt, fühle ich mich dermaßen geborgen, dass ich sofort einschlafen kann.

Im Löffelchen liegen? Also wirklich! Seit wann mag ich das?

Ich knipse die Nachttischlampe an, um mir noch etwas anzuziehen. Nach einem langen Tag ist mein Kreislauf oft so heruntergefahren, dass ich eine Schicht mehr brauche, um mich wohlzufühlen. Einer meiner flauschigen Hoodies tut dann gut.

Aber ich könnte natürlich auch …

Mit ein wenig schlechtem Gewissen, weil ich mit Timo beileibe nicht einen so vertrauten Umgang pflege, dass ich einfach ungefragt durch seine Sachen wühlen will, ziehe ich eine Kommodenschublade auf. Resolut schiebe ich sie wieder zu, als ich BHs und Frauenslips sehe. Murphy's Law: Natürlich stoße ich zuerst auf etwas von Yvonne. Die Idee war sowieso reichlich merkwürdig. Warum sollte ich wie ein verliebter Teenager etwas von Timo anziehen? Ich habe genug eigene Klamotten mit.

Einen Moment lang stehe ich unschlüssig vor dem Möbel und schließe einen Pakt mit dem Schicksal. Wenn ich in der nächsten Schublade etwas von Timo finde, darf ich mich in ein Teil kuscheln. Falls es wieder nur Yvonnes Zeug ist, nehme ich meinen eigenen Sweater wie jede andere Singlefrau auch.

Gut nachdenken! Schließlich geht es ums Ganze. Was hat die Einrichtungsexpertin neulich in meiner Sendung gesagt? Frauen gestehen ihren Ehemännern in der gemeinsamen Behausung die eher unattraktiven Stauflächen zu. Schlecht erreichbare Schrankfächer, in der Abstellkammer ganz oben hinten oder ein entlegenes Plätzchen im Keller. Und es sei echte Beziehungsarbeit, das zu ändern. Der Mann ist ja schließlich nicht nur Gast, der dann auch im Haushalt nicht zuständig ist. Gleichwertiger Lagerraum symbolisiere eine Balance in der Aufgabenverteilung und damit auch in der Partnerschaft. Timo und Yvonne sind geschieden – diese Tatsache hat ja sicherlich ihren Grund. Also? Unterste Schublade, für die man in die unbequeme Hocke gehen muss, um sie zu öffnen.

Bingo! Je ein Stapel Jeans, T-Shirts, Jogginghosen und Sweater – unverkennbar in gedeckten Männerfarben. Ich suche einen weichen Kaschmir-Pullover aus und rieche daran. Tatsächlich hängt ein Hauch Timo in den Fasern, was mein Herz einen Hüpfer machen lässt. Glücklich ziehe ich ihn über und schlüpfe wieder ins Bett.

Ich sollte mir mal die Frage stellen, warum ich mich bei Timo anders fühle als in früheren Affären. Es fällt mir deutlich schwerer, mich abzugrenzen, obwohl mir das so wichtig ist. Als ich mir die Bilder seiner Töchter angesehen habe, dachte ich vorhin tatsächlich, dass es vielleicht doch ganz nett wäre, sie kennenzulernen. Timo wünscht es sich so sehr. Aber ich habe den Nachwuchs meiner Lover noch nie getroffen. Was soll das auch? Für die Kids ist das nur verwirrend. Außerdem finde ich es beengend, so tief ins Leben des anderen einzusteigen. Aber auf Timos Mädchen bin ich irgendwie neugierig. Und ich würde gern wissen, wie er sich in ihrer Gegenwart verhält.

Mein Seufzen mischt sich mit dem Heulen des Windes, als wollten die beiden Geräusche sich zu einer dramatischen Melodie vereinen.

Manchmal wünschte ich, ich wäre ein bisschen mehr wie Judith. Bei ihr ist immer alles so geradlinig. Sie wusste schon ihr ganzes Leben lang, was sie will: die Ausbildung zur Bibliothekarin, die Ehe mit Frank und dann die Jungs. Und ihr war völlig klar, dass sie ihren Job und die Familie unter einen Hut bringen möchte, obwohl ihr Mann sie nie dabei unterstützt hat. Wenn es nach ihm gegangen wäre, hätte sie die Stelle in der Stadtbücherei aufgegeben, um bei den Kindern zu bleiben. Richtig Druck gemacht hat er. Aber auch da war ihr klar, wo es in ihrem Leben langgehen soll, nämlich niemals in die finanzielle Abhängigkeit, so wie Judith sie bei ihrer Mutter erlebt hat. Das hat sie durchgezogen, obwohl Frank, der Egoist, echt alles getan hat, um ihre Ambitionen zu torpedieren. Er hat ihren Posten im öffentlichen Dienst belächelt und als unwichtig abgetan. Ständig musste er auf spontane Dienstreise, wenn eines der Kinder krank wurde. Und dass er immer behauptet hat, er sei im Haushalt absolut talentfrei und packe deshalb nicht mit an, ist sowieso das Letzte! Judith hatte es also nie leicht. Und trotzdem schafft sie alles, was sie sich vornimmt.

Was habe ich denn im Vergleich schon groß erreicht? Klar, ich bin gut als Moderatorin, und seit ich den Nachmittagstalk an Land gezogen habe, läuft meine Karriere endlich stabil. Aber ich bin Ende vierzig und habe sonst nichts vorzuweisen. Im Grunde gibt es keine allzu rosigen Aussichten für meine Zukunft. Wenn ich darüber nachdenke, wo Judith und ich in zwanzig Jahren stehen werden, sieht es für mich nicht gerade gut aus. Im Gegensatz zu ihr werde ich nämlich allein alt werden. Ohne Mann, Kinder und Enkelkinder.

Weil ein plötzliches Engegefühl in der Brust drückt, drehe ich mich auf die Seite. Auf dem Nachttisch unter der Lampe liegen ein paar Muscheln. Sie haben alle Querlinien – wie die Jahresringe eines Baumes. Ich nehme die größte in die Hand und sehe mir ihre braunen und grauen Streifen an. Irgendwo habe ich einmal gelesen, dass die

Stelle, an der die beiden Klappen einer Muschel zusammengewachsen sind, Schloss heißt. Vorsichtig fahre ich mit der Fingerspitze darüber. Überall in der Natur bilden zwei Teile ein Ganzes, denke ich. Warum ist mir das nie gelungen?

Als Judith und ich Kinder waren, sah die Sache anders aus:

»Ich heirate bestimmt nie«, beteuerte Judith mit etwa zwölf. Ihre Eltern hatten sich scheiden lassen, und sie konnte sich beim besten Willen nicht vorstellen, warum man sich jemals das Ja-Wort geben sollte, wenn dann hinterher so viel Drama passierte, wie sie es gerade miterlebt hatte.

»Ich schon«, erwiderte ich. »Und ich bekomme fünf Kinder. Zwei Mädchen und drei Jungs. Die Mädchen nenne ich George und Anne, die Jungs Julian, Dick und Timmy.« Judith und ich waren damals ganz wild auf die *Fünf Freunde*-Bücher von Enid Blyton.

Judith schüttelte so heftig den Kopf, dass ihre Locken tanzten. »Ich werde definitiv keine Kinder haben, denn ich will Schriftstellerin werden. Wenn man schreibt, hat man null Zeit für Babys.« Bei der Erinnerung muss ich lächeln. Überall in Judiths Kinderzimmer lagen Stapel von Collegeblöcken, die sie mit Geschichten vollkritzelte, die niemals jemand lesen durfte. Ich war mir immer sicher, dass sie wirklich Autorin wird. Genauso wie ihr Vorbild Astrid Lindgren. Ich sollte sie mal fragen, wann sie eigentlich den Traum vom Schreiben aufgegeben hat. War das noch vor Frank?

Zu welchem Zeitpunkt mein Traum von der eigenen Familie in Schall und Rauch aufgegangen ist, weiß ich selbst nicht so genau. Es gab nie den einen Moment, in dem ich ihn ad acta gelegt habe. Nur irgendwann die Erkenntnis, dass jetzt wohl nichts mehr daraus wird, weil ich zu alt für eine Schwangerschaft bin. Bis dahin passte es einfach nie hundertprozentig. Ich wollte keine Kinder in die Welt setzen, solange ich keinen Mann gefunden hatte, mit dem ich mir eine Partnerschaft vorstellen konnte, die so perfekt ist wie die meiner Eltern. Und ein Typ, mit dem das möglich gewesen wäre, ist schlicht und ergreifend nie aufgetaucht.

»Willst du immer noch fünf Kinder, die so heißen wie die *Fünf Freunde*?«, fragte mich Judith ungefähr ein Jahrzehnt nach dem ersten Gespräch.

»Zwei sind wahrscheinlich auch okay.« Das war während meines Studiums, als ich unfassbar experimentierfreudig lebte und erste Zweifel daran hegte, ob ich für eine feste Partnerschaft gemacht sei.

Judith hingegen wollte mittlerweile auf jeden Fall Familie, sobald sie ihre Ausbildung zur Bibliothekarin abgeschlossen hatte. Frank war noch nicht auf der Bildfläche erschienen, und sie war damals der Meinung, sie würde in ihrem Leben viel reisen, um sich die schönsten Büchersammlungen auf der ganzen Welt anzusehen. »Ich glaube auch, dass zwei eine gute Zahl ist«, antwortete sie. »Auf jedem Elternrücken eines, wenn man unterwegs ist.«

»Das erste Kind nenne ich Linus.« Wir saßen in unserer WG, tranken Cola-Rum und aßen Salzletten mit Frischkäse. »Du weißt schon, wie der aus den Peanuts. Ich mag seine Lebenseinstellung: ein Philosoph mit Schmusedecke und Daumen im Mund. Falls es ein Mädchen wird, wandle ich in Linnea ab.« Ich denke, das war wohl während einer der stressigen Prüfungszeiten. Immer, wenn ich eigentlich lernen sollte, entwickelte ich eine unstillbare Lust auf Comic-Hefte. Das war nur ein Grund dafür, warum ich etwas länger fürs Studium brauchte.

»Und das andere Baby nenne ich Robin, wie Batmans Assistent.«

»Und wenn es ein Mädchen wird?«, gab Judith zu bedenken. Dass ich meine Kinder nach Comic-Figuren nennen wollte, fand sie wohl nicht weiter bemerkenswert.

»Der Name funktioniert für beide Geschlechter. Ich mag, dass Robin in die Geschichte eingeführt wurde, damit Batman auf seinen Abenteuern jemanden zum Reden hat. So ungefähr stelle ich mir das mit Kindern auch vor. Man hat immer wen zum Quatschen.«

Ich weiß noch, wie sie daraufhin ihr ansteckendes Judith-Lachen lachte.

Irgendwann lernte sie dann Frank kennen, die beiden heirateten, und sie wurde mit fünfundzwanzig schwanger. Die ganzen neun Monate hindurch stritten sie sich immer wieder wegen des Namens für das Kind. Frank war mächtig stolz, einen Stammhalter zu bekommen, und wollte unbedingt, dass er seinen Namen bekam. Als Judith das nicht guthieß, plädierte er für Gerold – nach dem Großvater.

»Gerold Wieland?«, regte sich Judith auf. »Frank will im Ernst, dass unser Baby einen Altmännernamen kriegt.

Wenn ich nur eine geniale Idee als Gegenvorschlag hätte. Aber ich bin wie blockiert. Mir fällt einfach nichts Vernünftiges ein. Lukas, Jan, Tim – so heißen jetzt irgendwie alle.«

Als Judiths Fruchtblase platzte, war Frank auf Geschäftsreise in London. Damit sie nicht allein ins Krankenhaus musste, begleitete ich sie, bis er am späten Abend zurückgeflogen kam.

»Wie kann etwas, das noch nicht einmal einen Namen hat, so wehtun!«, schrie sie während einer Wehe. Danach heulte sie wie ein Schlosshund über ihre missliche Lage und das arme Würmchen, dessen Eltern sich nicht einigen konnten, wie es heißen sollte.

Sie tat mir so leid, dass ich ihr meine Kindernamen schenkte, um sie aufzuheitern. Mitten im Kreißsaal, zwischen zwei Wehen. Ohne lange darüber nachzudenken.

So ernst war es mir damit gar nicht. Aber Linus ist jetzt dreiundzwanzig Jahre alt, und ich bin seine Patentante. Robin ist zwanzig. Seit ich in Köln lebe, sehe ich die beiden selten, was ich schade finde, denn unter allen jungen Menschen auf der Welt sind sie es, denen ich mich am nächsten fühle. Judith hat bei ihnen alles richtig gemacht. Sie sind so wohlgeraten und lieb – ganz die Mutter. Robin sieht zusätzlich noch genauso aus wie sie, was mir das Herz aufgehen lässt. Und er scheint auch ihre Reiselust geerbt zu haben, denn für ihn war immer klar, dass er sich die Welt ansieht, bevor er irgendwo zum Studium bleibt. Linus ist zwar äußerlich ein Abbild von Frank, kommt aber vom Wesen her ebenfalls eher nach Judith. Er ist sanft, empathisch und voller Kreativität.

Eine Stunde später bin ich immer noch wach. Timos Pullover hat mich wunderbar gewärmt, aber meine Gedanken hören einfach nicht auf zu kreisen. Ich habe sogar schon versucht, es mir zur Entspannung unter der Decke mit Fantasien von Timo gemütlich zu machen. Denn ich liebe die Vorstellung, wie er mich berührt und überall küsst, wie mich sein Gewicht in die Matratze drückt und sich sein Blick dabei verändert. Aber es war sinnlos. Ich kann mich einfach nicht konzentrieren. Plötzlich denke ich an den leckeren Gouda, den Judith und ich gekauft haben. Und an den Teppich in meinem Flur, auf den die Nachbarskatze gepinkelt hat, als ich sie mal betreut habe. Oder an die Besprechung mit meinem Kollegen Adam gestern. Neuerdings will er nämlich, dass wir für die Sommerpause vorproduzieren, damit lückenlos im wöchentlichen Wechsel *Talk mit Eva* und *Talk mit Adam* ausgestrahlt werden kann. Was soll denn das auf einmal? Es ist eine Live-Sendung! Noch nie wurde etwas Aufgezeichnetes von uns gebracht. Hat er etwa Angst, dass die Leute im Herbst nicht mehr einschalten? Dass endgültig alle zu jung fürs Fernsehen sind und auf Netflix & Co. umsteigen?

Und schon denke ich wieder an Timos Töchter, weil er mir neulich aufgezählt hat, welche Serien sie streamen. Zum dritten Mal heute Nacht stehe ich auf, um mir die gerahmten Fotos von den Faßbender-Mädchen anzuschauen. Schließlich beginne ich, im Zimmer auf und ab zu gehen.

Ich schüttele den Kopf. Was Judith wohl sagt, wenn ich ihr erzähle, dass ich Angst vor meinen eigenen Gefühlen habe? Ich weiß nicht, ob sie verstehen kann, warum es mich nervös macht, dass ich so viel für Timo empfinde. Als ich ihr am Abend ein Bild von ihm gezeigt habe, hat sie wissend gegrinst. Amüsiert sie sich darüber, wie wichtig es mir ist, dass wir nicht als Paar bezeichnet werden? Sie hat keine Ahnung, wie es ist, plötzlich Muffensausen zu bekommen. Weil es Furcht einflößend ist, sich auf etwas einzulassen, was dann auf den zweiten Blick gar nicht so großartig sein könnte, wie es zuerst scheint.

Ich greife nach dem Handy und öffne WhatsApp, um mir das Bild, das ich Judith gezeigt habe, selbst noch einmal anzuschauen. Es ist ein Selfie, das Timo letztes Wochenende von uns gemacht hat, als wir am Rheinauhafen spazieren waren. Er sieht darauf umwerfend aus!

Oje, noch wach?

Hoppla, offensichtlich war er auch gerade auf WhatsApp und hat gesehen, dass ich online bin. Bei jedem anderen Mann wäre es mir zu viel, wenn er nachts in unserem Chat rumgeistert. Aber jetzt macht es mich einfach nur glücklich, dass Timo noch nicht schläft und mir schreibt.

Du wohl auch. 😍

Kaum habe ich die Nachricht abgeschickt, läutet mein Telefon.

»Ist alles in Ordnung?«

Timos Stimme lässt meinen Magen ein Looping drehen.

»Alles bestens. Ich kann nur nicht einschlafen. Was ist mit dir? Warum bist du so spät noch auf?«

»Helena hatte einen Albtraum und hat Paulina und mich aufgeweckt. Wie in alten Zeiten, als wäre sie kein Teenager, sondern ein Kleinkind. Aber es ist schon wieder Ruhe eingekehrt.«

»Hoffentlich kannst du schnell wieder einschlafen.«

Ich höre ihn lachen. »Dann hätte ich dich nicht anrufen dürfen. Jetzt bin ich hellwach und habe Herzklopfen.«

Selig grinsend setze ich mich aufs Bett. Mein Puls rast ebenfalls, aber ich schaffe es nicht, ihm das zu sagen.

»Was habt ihr heute noch gemacht?«, fragt er. Dass ich auf sein Herzklopf-Statement nicht geantwortet habe, scheint ihn nicht weiter zu stören. Oder er lässt sich nichts anmerken.

»Wir waren einkaufen und im Strandcafé essen. Es ist wirklich ganz bezaubernd hier. Danke noch einmal.«

»Ich freue mich, wenn ihr eine schöne Freundinnenzeit habt. Bitte genießt es einfach und habt Spaß. Fühl dich nicht verpflichtet, dauernd Danke zu sagen.«

»Okay.«

Einen Augenblick ist es still, dann sagt er: »Was ist los, Eva? Ich merke, dass dich was bedrückt. Möchtest du darüber reden?«

Dass er nach den wenigen Monaten, die wir uns nun näher kennen, bereits so ein feines Gespür für meine Gefühlslage hat, macht mich sprachlos. Ich muss mich räuspern, um antworten zu können: »Es ist schon spät, und ich will dich damit jetzt wirklich nicht wach halten.«

»Vorschlag: Wir legen uns beide ins Bett, bereit zum Einschlafen. Und dann reden wir bloß so lange, bis der Erste von uns müde wird. Einverstanden?«

Ich muss lächeln. Er ist unfassbar lieb. In diesem Augenblick vermisse ich seine Nähe wie verrückt.

»In Ordnung«, sage ich und kuschele mich wieder unter die Decke. Ich stelle das Handy auf Lautsprecher und platziere es neben dem Kissen.

Ich höre, wie es bei ihm raschelt, während er es sich offenbar ebenfalls bequem macht. »Ich bin bereit und ganz Ohr«, vermeldet er dann. »Erzähl mir, was dich vom Schlafen abhält!«

Ohne darüber nachzudenken, beginne ich: »Ich grübele, wie mein Leben bisher gelaufen ist. Meine Freundin Judith ist so zielstrebig und … ja, mir fällt nur das Wort perfekt für sie ein. Neben ihr fühle ich mich manchmal klein. Also, nicht dass ich mich mit anderen vergleiche, aber da Judith und ich uns schon immer kennen, liegt es einfach nahe, zu ihr rüberzulinsen. Was sie alles geschafft hat!« Es tut erstaunlich gut, das auszusprechen.

»Was macht sie denn, dass du dich so unterlegen fühlst?«, fragt Timo. »Eine gute Freundin sollte dir dieses Gefühl eigentlich nicht geben, oder?«

»Nein!«, erwidere ich schnell. »So ist es definitiv nicht. Sie würde nie auf mich herabschauen oder irgendetwas Derartiges sagen oder tun. Das ist wirklich nur etwas in mir. Ich beneide sie einfach um gewisse Dinge … Ihre tollen Kinder zum Beispiel.« Das, was ich Timo da anvertraue, ist intimer als alles, was wir je zuvor besprochen haben. So sehr habe ich ihm noch nie die wahre Eva gezeigt. Gut möglich, dass er mich jetzt ein bisschen weniger mag, weil er merkt, dass ich eigentlich gar nicht so viel mit der Talkshowmoderatorin aus dem Fernsehen zu tun habe. Die ist nämlich stets stark und dynamisch. Wahrscheinlich ähnlich seiner Power-Ex Yvonne.

»Ich kenne das Gefühl«, antwortet er jedoch.

»Im Ernst?«

»Zeig mir irgendwen, der oder die nicht schon mal so empfunden hat! Wir alle haben einen Freund, eine Kollegin oder Geschwister, von denen wir denken, dass sie das Leben so viel besser hinbekommen als wir selbst. Das ist völlig normal. Sprich doch mit Judith darüber.«

»Das könnte ich natürlich. Aber dafür muss die Situation stimmen. Da warte ich lieber, bis wir uns etwas eingelebt haben.«

»Du wirst spüren, wann es passt.«

»Vermutlich schon«, sage ich und gähne. Plötzlich legt sich eine entspannte Müdigkeit über mich. Es ist so, als hätte sich mein Gedankenkarussell allein durch das kurze Gespräch mit Timo stoppen lassen.

»Gute Nacht«, sagt er leise.

»Bitte noch nicht auflegen!«

»Ich habe dein Gähnen gehört. Ich glaube, du kannst jetzt einschlafen.«

»Und du?«

»Ich auch.«

»Bleibst du noch zwei Minuten dran?«, frage ich und ziehe die Decke über meine Schulter.

»Nichts lieber als das.«

Ich muss lächeln. »Weißt du was, Timo? Ich mag dich echt unglaublich gern.«

»Ich mag dich auch sehr, Eva.«

Kapitel 5

JUDITH

Ich fahre im Bett hoch. Was ist denn das für ein Geschrei? Im ersten Moment weiß ich gar nicht, wo ich bin, doch ein Blick auf die Postergalerie an der Wand genügt, und ich befinde mich wieder im Hier und Jetzt. Weder zu Hause noch in London oder Amsterdam, sondern in Timos reetgedecktem Ferienhaus an der niederländischen Küste.

Der Radau, der mich geweckt hat, lässt nicht nach. Da ich ohnehin hellwach bin, stehe ich auf und trete ans Fenster. Zwei Möwen streiten sich um ihre Beute. Ich wusste gar nicht, dass sie dabei so laut sein können. Und das um diese Uhrzeit! Es ist kurz vor halb sechs und noch nicht einmal richtig hell. Dennoch denke ich nicht daran, zurück ins Bett zu gehen. Von der bleiernen Müdigkeit, die mich gestern Abend so gelähmt hat, ist nichts mehr übrig. Ich fühle mich erholt und tatendurstig.

Wenn ich zu Hause wäre, würde ich jetzt schon mal eine Ladung Wäsche in die Maschine geben oder durchsaugen, bevor ich mich auf den Weg zur Arbeit mache. Die Zeit für mich zu nutzen, kommt mir viel zu selten in den Sinn. Warum schaffe ich das nur im Urlaub? Dass ich überhaupt an Hausarbeit denke, zeigt mir, dass ich noch nicht im Entspannungsmodus bin.

Die beiden Möwen haben ihren Kampf inzwischen beendet – eine schnappt sich das Stück Brot und fliegt damit weg. Die andere stolziert am Ufer des kleinen Kanals entlang, der unser Grundstück umschließt. Dann hebt sie ab und entschwindet in Richtung Dünen.

Gar keine schlechte Idee. So früh morgens war ich noch nie an einem Strand, und schon gar nicht an einem derart weitläufigen.

Nachdem ich im Bad war und mich angezogen habe, schleiche ich mich hinunter, um Eva nicht zu wecken. Wenn sie freihat, liebt sie es, auszuschlafen. Und heute kann das etwas länger dauern, denn obwohl wir beide früh ins Bett gegangen sind, war sie wohl noch die halbe Nacht wach. Als ich gegen drei auf der Toilette war, habe ich ihre Stimme gehört. Entweder hat sie wieder mal eine Idee für ihre Sendung in ihr Handy diktiert, oder sie hat telefoniert.

Ich brühe mir schnell einen Espresso auf, öffne die Terrassentür und trete mit der Tasse in der Hand hinaus in das schmucke Gärtchen.

Puh, es ist kühler, als es von drinnen aussieht! Aber die Luft ist herrlich klar. Ich atme tief durch und genieße den heißen Koffeinbooster in kleinen Schlucken. Dann trete ich eilig den Rückzug an, denn in meinem dünnen Shirt halte ich es draußen nicht länger aus.

Zurück im Schlafzimmer beäuge ich kritisch meine Garderobe. Die schicken Sachen hätte ich definitiv lieber zu Hause lassen sollen. Aber wenn ich einen dünnen Strickpulli über das Shirt ziehe, zusätzlich die Jeansjacke und als oberste Schicht schließlich meine himbeerrote Steppweste, dann sollte ich bestens gerüstet sein für einen Strandspaziergang.

Nachdem ich eine Flasche Wasser in meinem Rucksack verstaut habe, schreibe ich noch schnell eine Notiz für Eva, damit sie mich nicht vermisst, falls sie vor meiner Rückkehr aufwacht, und lege sie auf den Esstisch. Im Rausgehen fällt mein Blick auf die bunte Gummistiefelparade im Vorraum. Spontan greife ich mir eins der Paare, die sicher nicht Timo gehören, und sehe nach, welche Größe es hat. Achtunddreißig – Bingo! Kurz entschlossen streife ich die Sneakers, mit denen ich eigentlich losziehen wollte, ab und schlüpfe in das türkisblaue Paar Stiefel. Zum Glück sind meine Jeans schmal geschnitten, sodass es kein Problem ist, die Hosenbeine hineinzustopfen.

Ich muss grinsen. Für einen Moment bin ich wieder das kleine Mädchen, das mit Eva zusammen im Regen getanzt hat und mit Anlauf in Pfützen gehüpft ist. Was hatten wir damals für eine Gaudi! Wenn keiner zuschaut, sollte ich das unbedingt mal wieder ausprobieren. Für Spaß ist man doch nie zu alt.

Auf der Ablage entdecke ich noch eine Strickmütze, ebenfalls in Türkis. Vermutlich gehört sie einer von Timos Töchtern. Aber sie passt mir – auch wenn sie etwas stramm sitzt. Hauptsache, sie hält meine Ohren warm und verhindert, dass mir meine Locken ständig ins Gesicht geweht werden. Ich werfe einen Blick in den Spiegel und muss losprusten. Okay, einen Schönheitswettbewerb gewinne ich in diesem Zwiebellook nicht. Aber egal – wenn mir um diese Uhrzeit überhaupt jemand begegnet, dann vermutlich in ähnlichem Outfit. Es gibt also keinen Grund für Eitelkeit.

Wie immer bei kühlem Wetter lege ich ein ordentliches Tempo vor, damit mir warm wird. Es funktioniert selbst im Winter bei Minusgraden und natürlich auch heute. Ich habe noch nicht ganz den Fußgängerüberweg erreicht, der über die schmale Küstenstraße führt, als ich den obersten Knopf meiner Jeansjacke öffnen kann. Etwas gemächlicher gehe ich weiter und beobachte die Enten, die sich im Schilf des kleinen Kanals ein Nest gebaut haben. Ob sie wohl noch brüten, oder sind die Entenküken sogar schon geschlüpft? Auf jeden Fall herrscht in der Ufervegetation richtig viel Betrieb. Die Tierwelt ist längst aktiv, während die meisten Menschen schlummernd in ihren Betten liegen und ganz schön was verpassen: Der vorhin noch graublaue Morgenhimmel wird immer heller, und allmählich beginnen sich die Farben zu verändern. Das kühle Blau der Nacht geht unmerklich in ein zartes Flieder und dann in ein sanftes Rosa über, das schließlich zu Apricot wird. Ein Traum in Pastell, wie ein sich permanent verwandelndes Aquarell.

Ich überquere die um diese Zeit noch unbefahrene Küstenstraße und biege in den Dünenweg ein. Der Strandhafer, der gestern im Abendlicht silbrig hell, fast salbeigrün gewirkt hat, wird jetzt in einen warmen Schimmer getaucht. Zwischen den Pflanzen bewegt sich etwas. Ein

Eichhörnchen? Und da – noch eins! Oder waren es Wildkaninchen? Was auch immer da entlanggehuscht ist, sein Fell hatte die perfekte Tarnung, und es ist so schnell wieder verschwunden, dass ich es nicht genau erkennen konnte. Die zahlreichen Vogelarten kann ich ohnehin nicht auseinanderhalten. Vielleicht sollte ich mir mal eine Vogelbestimmungs-App herunterladen.

Inzwischen bin ich ganz oben auf den Dünen angekommen, und der Blick auf die Nordsee raubt mir erneut den Atem. Ich kann mich gar nicht daran sattsehen. Diesmal hat sich das Meer ein Stückchen zurückgezogen, sodass in regelmäßigen Abständen steinerne Wellenbrecher zum Vorschein kommen, die ins Wasser hineinragen. Sie sind über und über mit Möwen bevölkert, die hier offenbar reichlich Futter finden. Muscheln zum Frühstück – zum Glück bin ich keine von ihnen, auch wenn ich unglaublich gerne wüsste, wie es sich anfühlt zu fliegen.

Ich setze meinen Rucksack ab, um das Handy herauszufischen und rasch ein Foto zu schießen, doch ich kann es nicht finden. Was ich dabeihabe, ist eine Flasche Mineralwasser und das Elisabeth-Strout-Buch, für den Fall, dass ich später irgendwo eine Pause mache. Aber kein Handy. Ich muss es im Ferienhaus vergessen haben.

Schade, dann wird wohl nichts aus dem Erinnerungsbild. Ich beschließe, stattdessen einfach den Moment so intensiv wie möglich zu genießen. Langsam drehe ich mich um die eigene Achse und entdecke einen Betonbunker mitten in den Dünen, den Sprayer mit einem Graffiti verziert haben.

Ich drehe mich weiter und halte inne. Das faszinierende Lichterspektakel, mit dem sich die Sonne gestern Abend über dem Meer verabschiedet hat, wiederholt sich nun bei ihrem Aufgang über den orangerot glühenden Reetdächern des Ferienparks. Es sieht aus, als gingen sie gerade in Flammen auf, doch das ist nur der Widerschein des feurigen Lichtzaubers am Firmament. Wie gebannt beobachte ich, wie sich die glutrote Kugel Stückchen um Stückchen über den Horizont schiebt. Und kann es kaum fassen, dass ich weit und breit die Einzige bin, die dieses Naturschauspiel verfolgt. Erst als die Sonne höher steigt und die Farben langsam verblassen, schaffe ich es, meinen Blick abzuwenden und den Weg Richtung Meer fortzusetzen, über dem ein feiner Dunstschleier liegt. Ein paar Möwen schreien, und der Wind pfeift durch die Gräser, ansonsten ist nur das Rauschen der Wellen zu hören. Der Alltag ist weiter weg als der Mond, und ich fühle mich so unbeschwert wie schon lange nicht mehr.

Irgendwann muss ich Eva dazu überreden, einmal ganz früh aufzustehen und mit mir herzukommen. Sie soll dieses Wunder ebenfalls erleben.

Ich erreiche das Ende des betonierten Weges. Im Sand ist das Laufen wesentlich anstrengender, es fühlt sich an, wie durch Tiefschnee zu stapfen. Nur eben mit Gummistiefeln statt mit Moonboots. Doch weiter vorne, wo der Strand bei Flut von Wasser bedeckt ist, wird es einfacher. Jetzt liegt der nasse Sand frei und erweist sich als perfekter Untergrund zum Spazierengehen: weich und gedämpft, aber dennoch so fest, dass ich nicht einsacke.

Ich lasse das Strandlokal hinter mir und marschiere drauflos. Verlaufen kann ich mich hier ja nicht – einfach an der Küste entlang und irgendwann zurück. Nicht zu verfehlen, selbst für Ortsfremde ohne Handy und Navi-App.

Im feuchten Sand entdecke ich immer wieder Seesterne und Muscheln – Letztere in den unterschiedlichsten Größen und Mustern. Ich bücke mich, um ein paar von ihnen aufzuheben und genauer zu betrachten, doch dann lege ich sie zurück in den Sand. Dinge mitzunehmen, weil sie einem gefallen, ist gar nicht nötig, das habe ich im Laufe der Jahre gelernt. Man kann sie ebenso gut im Herzen bewahren.

Ich weiß, Frank fände den Gedanken bestimmt lachhaft. Das Herz ist für ihn bloß ein Organ, ein Muskel, der uns am Leben hält. Und Muscheln würde er wohl einfach nur als nutzlos gewordene Schalen abgestorbener Weichtiere bezeichnen, genauso unspektakulär wie Schneckenhäuser.

Ob er diesen Spaziergang überhaupt zu schätzen wüsste? Die Erhabenheit des Augenblicks spüren könnte? Die Schönheit dieser goldenen Stunde erkennen würde?

Ganz ehrlich: Ich weiß es nicht.

Es ist wohl kein Zufall, dass ich vorhin spontan den Wunsch verspürt habe, dieses Erlebnis mit Eva zu teilen. Und nicht mit Frank.

Wie konnte es nur passieren, dass wir uns so entfremdet haben? Dabei waren wir früher keines dieser schweigsamen Paare, die sich nichts zu sagen hatten. Das hat sich erst in der letzten Zeit so entwickelt. Als die Jungs selbstständiger wurden. Jahrelang haben sich die meisten unserer Gespräche um Erziehungsfragen und Organisatorisches gedreht. Wer bringt Linus zum Klavierunterricht und Robin zum Training? Wann findet das Tennisturnier statt und wann die Theatervorführung? Wer muss wann zur Vorsorgeuntersuchung? Welche Klassenarbeiten stehen an? Auch wenn ich mich meist um alles gekümmert, mit den Jungs gelernt und sie überall hinkutschiert habe, war unser Nachwuchs das, was uns als Paar zusammengehalten hat. Worüber wir uns ausgetauscht haben. Seit sie junge Erwachsene sind und immer besser ohne uns zurechtkommen, ist dieses Projekt mehr oder weniger abgeschlossen – und uns ist damit der Gesprächsstoff ausgegangen.

Was ist von Frank und mir als Paar übrig geblieben? Nun, wir wohnen zusammen. Wir teilen Tisch und Bett, verreisen hin und wieder miteinander und verbringen die Abende gemeinsam. Im Sinne von: im selben Raum. Er lümmelt dann auf der Couch und sieht sich im Fernsehen historische Dokumentationen an – mit Kopfhörern, um mich nicht zu stören –, während ich in meinem Lieblingssessel sitze und in ein Buch vertieft bin. Gerade mal ein Meter liegt dann zwischen uns, und doch sind wir so weit voneinander entfernt, als lebten wir auf verschiedenen Planeten. Früher hatten wir gemeinsame Träume und Ziele. Die meisten davon – Haus, Kinder, Karriere – haben sich inzwischen erfüllt. Neue sind nicht dazugekommen.

Kein Wunder, dass unser Telefonat gestern Abend so kühl war. Bestimmt vermisst er mich kein bisschen. Und ich ihn? Offen gestanden auch nicht wirklich. Ich sehne mich weniger nach dem Frank von heute als vielmehr nach dem, in den ich mich vor fünfundzwanzig Jahren verliebt habe. Vermutlich habe ich ihn vor allem aus Gewohnheit und Pflichtbewusstsein angerufen.

Mich fröstelt, obwohl die Morgensonne immer wärmer scheint. Eine tiefe Traurigkeit macht sich in mir breit. Die endlose Weite hier am Strand vermittelt mir nicht länger das Gefühl von Freiheit und Abenteuerlust, sondern von Einsamkeit und Verlorenheit.

Vor mir hat sich ein Priel gebildet. Langsam kommt die Flut, und das Wasser bahnt sich den Weg durch Rinnen im Watt. Normalerweise würde ich den knöcheltiefen Wasserlauf umgehen, doch dank der Gummistiefel muss ich diesen Schlenker nicht in Kauf nehmen, sondern marschiere geradewegs hindurch. Es macht genauso viel Spaß wie früher als Kind! Flache Wellen umtanzen meine Füße und spiegeln dabei die Sonnenstrahlen wider, sodass mir fast schwindelig wird. Schnell wende ich meinen Blick ab und fixiere den Horizont. Würde gerade noch fehlen, dass ich stolpere und den Rückweg mit nassen Klamotten antreten muss. Mit trockenen Füßen zwar, aber ich spüre durch die Gummistiefel hindurch, wie kalt das Wasser ist.

Als ich die andere Seite des Priels erreicht habe, bin ich erleichtert. Ich bleibe stehen und lasse meinen Blick über das Meer schweifen. Die Möwen zanken sich um die letzten Leckerbissen auf den steinernen Wellenbrechern, bevor diese überspült werden.

Im Sand liegt etwas Treibholz, das zusammen mit Algen und Seetang von der letzten Flut angeschwemmt wurde. Der Anblick deprimiert mich. Das wertlose Strandgut erscheint mir wie ein Sinnbild meines Lebens, meiner Ehe, meiner Zukunft. Übrig geblieben, verloren, unschön. Bald wird alles wieder fortgespült sein, und dann wird nichts daran erinnern. So wie sich auch an mich eines Tages kein Mensch erinnern wird. Spätestens in vier Generationen weiß niemand mehr, wer ich war. Das ist nun mal der Lauf der Zeit. Auch ich kenne von meinen Urgroßmüttern bloß noch die Namen, nicht einmal ihre Geburts- und Sterbedaten, viel weniger habe ich eine Ahnung davon, was sie für Menschen waren, wie ihr Alltag aussah, was sie ausmachte.

»Schluss mit dem Unsinn, Judith! Wolltest du nicht das Hier und Jetzt genießen?«, rufe ich laut aus.

Gilt es schon als wunderlich, wenn man mit sich selbst schimpft?

Die Absurdität dieses Moments bringt mich zum Lachen. Eva wird mir den Kopf waschen, wenn ich ihr von meinen trüben Gedanken erzähle und davon, dass ich hier Selbstgespräche führe.

Ich wende mich um. Das hölzerne Gebäude auf Stelzen, das in der Entfernung mehr zu erahnen als zu erkennen ist, muss das Strandlokal sein. Offenbar bin ich weiter gelaufen als gedacht. Wenn ich denselben Weg zurück nehme, wird die Flut immer näher kommen, und ich werde gezwungen sein, durch den weichen Sand zu marschieren. Da ist es wohl gemütlicher, durch die Dünen zu spazieren.

Ich trinke einen Schluck Wasser. Dann verstaue ich die Flasche wieder im Rucksack und setze meinen Weg fort. Bald schon verlasse ich den feuchten Sand am Ufersaum und stapfe quer über den Strand die Düne hinauf zum betonierten Fußweg. Bereits nach wenigen Metern gerate ich außer Atem und erinnere mich daran, wie anstrengend es war, als Kind den Schlitten am Rand der Piste hochzuziehen. Wäre Eva damals nicht dabei gewesen, hätte ich bald aufgegeben. Die wenigen Minuten Spaß, die die Abfahrt versprach, wären mir der Mühe nicht wert gewesen. Aber zusammen mit ihr war einfach alles lustiger. Selbst das schweißtreibende Erklimmen des Schlittenhügels.

Wäre sie jetzt hier, kämen wir garantiert noch langsamer voran, weil wir uns ausschütten würden vor Lachen. Darüber, wie wir ächzen und stöhnen, immer wieder im Sand zurückrutschen und nur im Schneckentempo vorankommen. Und obwohl Eva gar nicht dabei ist, steigt meine Laune allein bei der Vorstellung, sie wäre es.

Endlich erreiche ich den Dünenweg und bleibe kurz stehen, um wieder zu Atem zu kommen. Außerdem ist es mir inzwischen viel zu warm. Ich ziehe die Steppweste aus und stopfe sie in den Rucksack, ebenso die Wollmütze. Dass meine Haare jetzt garantiert aussehen, als wäre ich gerade eben erst aufgestanden, ist nicht zu ändern. Ich fahre mit den Händen durch, um sie ein bisschen zu ordnen, aber viel bringt das vermutlich nicht.

Egal – es sieht mich ja keiner. Abgesehen von dem Kind mit dem Pony, das mir durch die Dünen entgegenkommt. Morgens am Strand entlangzureiten, muss ein tolles Erlebnis sein. Schade, dass ich das nie ausprobiert habe. In meiner Kindheit war Reiten noch ein echter Luxussport, den wir uns nicht leisten konnten, und später habe ich es einfach nicht mehr gewagt. Jetzt damit anzufangen, kommt nicht infrage. Wahrscheinlich würde ich beim ersten Versuch in hohem Bogen vom Pferd fliegen und mir sämtliche Knochen brechen …

Die beiden Gestalten, die im Gegenlicht zunächst nicht so gut zu erkennen waren, nähern sich, und ich stelle fest, dass ich mich geirrt habe: Das ist kein Kind, sondern eine zierlich gewachsene Frau – und sie führt kein Pony an der Leine, sondern den größten Hund, der mir je untergekommen ist. Lächelnd nickt sie mir zu, und ich grüße zurück.

Ob ein Hund unserer Ehe guttun würde? Quasi als Ersatzprojekt, nachdem die Kinder uns nicht mehr brauchen? Natürlich nicht so ein Koloss, der einem die Haare vom Kopf frisst, sondern ein handlicheres Exemplar. Mittelgroß, mit freundlichem Wesen, das wäre eher nach meinem Geschmack. Wobei ich mir damit vermutlich ein Eigentor schießen würde – garantiert bliebe die ganze Arbeit an mir hängen. Das Ende vom Lied wäre, dass künftig meine Freundinnentrips mit Eva ins Wasser fielen, weil ich keinen Hundesitter hätte. Frank würde sich dafür bestimmt keinen Urlaub nehmen. Und mitnehmen kann man einen Vierbeiner höchstens an ein Reiseziel wie dieses, aber nicht bei Städtereisen, wie wir sie in der Vergangenheit gemacht haben und mit Sicherheit auch wieder in Zukunft unternehmen werden. Okay, also doch kein Hund. Schade eigentlich. Hunde sind gut gegen Einsamkeit und heben die Laune, habe ich neulich erst irgendwo gelesen.

Ich stoße auf einen weiteren Fußpfad. Er verläuft parallel

zur Küste durch die Dünen und besteht aus festgestampften Muscheln, die unter jedem meiner Schritte knirschen. Auf der Straße herrscht inzwischen einiger Verkehr, wie das Motorengeräusch der Autos verrät, doch sehen kann ich sie noch nicht, denn hohes Gebüsch bildet einen grünen Sichtschutz. Sie zu hören, zeigt mir, dass der Tag auch für alle anderen angefangen hat. Ich bin nicht länger allein auf weiter Flur unterwegs.

Dann werden die Pflanzen niedriger, und ich habe freie Sicht. Verblüfft bleibe ich stehen und bestaune den Ausblick, der sich vor mir erstreckt: Tulpenfelder, so weit das Auge reicht. Sattes Kirschrot wechselt sich mit feurigem Orange und leuchtendem Pink ab. Auch gelbe, weiße und tiefviolette Streifen sind zu sehen; zusammen bilden sie einen lebendigen Teppich, der schöner gar nicht sein könnte.

Jetzt bereue ich endgültig, mein Handy nicht dabeizuhaben. Was für ein fantastisches Fotomotiv! Ich muss unbedingt mit Eva zurückkommen und Bilder machen. Sie wird hellauf begeistert sein.

Ob sie inzwischen wohl wach ist und den Frühstückstisch gedeckt hat? Ich habe völlig das Zeitgefühl verloren. Einen weiteren Kaffee könnte ich jetzt durchaus vertragen, aber Hunger habe ich noch nicht. Langsam setze ich meinen Weg fort und genieße den herrlichen Anblick. Meine Stimmung steigt. Vermutlich sollte ich im Garten ein Tulpenbeet anlegen, statt mir einen Hund anzuschaffen – die Wirkung ist ähnlich und der Aufwand geringer …

Erst als der Muschelweg in Richtung Straße und Parkplatz abbiegt und ich auf dem Fahrradweg weiterlaufe, der mitten durch die Dünen führt, marschiere ich wieder schneller. Tulpen sind hier zwar keine mehr zu sehen, dafür jede Menge kleiner Blüten, die sich im Moos und zwischen den Gräsern verstecken. Ich entdecke ein Kaninchen, das mich aus sicherer Entfernung beäugt, bevor es sich abwendet und in einer Kuhle verschwindet.

Der Weg schlängelt sich durch die hügelige Landschaft und führt mich in eine völlig neue Welt, die so anders ist als die Weite des Strandes und die Farbenpracht der Tulpenfelder, aber nicht weniger faszinierend. Einmal fliegen zwei graubraun gefiederte Vögel auf, als ich vorbeikomme, dann wieder komme ich durch eine Senke, in der wilde Narzissen blühen, umschwärmt von Hummeln und Schmetterlingen. Hier ist es so windstill, dass ich auch meine Jeansjacke ausziehen kann.

Danach folgt ein sanfter Anstieg, und nach der nächsten Kurve ist wieder ein Betonbunker zu sehen, der so gar nicht in die unberührte Natur zu passen scheint.

Auf einer Bank mache ich Rast und leere meine Wasserflasche. Den Roman lasse ich im Rucksack. Hier gibt es so viel zu bestaunen, dass ich gar nicht auf die Idee komme, stattdessen in ein Buch zu schauen. Dann schließe ich doch für einen Moment die Augen und genieße einfach nur die Frühlingssonne.

Ich schrecke hoch. Bin ich etwa eingenickt? Irgendetwas muss mich aufgeweckt haben, so wie frühmorgens die streitsüchtigen Möwen.

»*Goede morgen.*« Die tiefe Männerstimme, die mich herumfahren lässt, klingt ziemlich munter.

»Hallo, schönen guten Morgen«, erwidere ich und halte mir schützend die Hand über die Augen, um besser erkennen zu können, wer da auf mich zukommt. Und das auf einem schmalen Trampelpfad in den Dünen, die man doch gar nicht betreten sollte – die Schilder, die darauf hinweisen, habe ich heute schon mindestens zwanzig Mal gesehen. »Ich glaube, Sie sind mitten im Naturschutzgebiet, da darf man eigentlich nicht rein«, sprudelt es aus mir heraus. Sofort beiße ich mir auf die Zunge. Bestimmt denkt er jetzt: typisch deutsch! Ist hier zu Gast und hat nichts Besseres zu tun, als uns Einheimischen Vorschriften zu machen. Meine Güte, es wird doch wohl kein Wilderer sein? So wie in dem Krimi, den ich neulich gelesen habe. Ich muss grinsen. Manchmal geht meine Fantasie mit mir durch.

Doch der Mann, der sich über die Absperrung schwingt, als wäre das ein Kinderspiel, scheint sich über meine Besserwisserei nicht zu ärgern. Im Gegenteil, er strahlt mich an, wobei sich um seine Augenwinkel ein Kranz feiner Lachfältchen bildet. Er trägt olivfarbene Cargohosen, dazu ein passendes Poloshirt und eine dunkelblaue Weste. Man sieht ihm an, dass er viel Zeit im Freien verbringt und ziemlich fit ist. Er könnte etwa in meinem Alter sein, jedenfalls verraten das die zahlreichen Silberfäden in seinem aschblonden Haar, das nach hinten gekämmt ist, aber dennoch ein bisschen strubbelig wirkt.

»Danke für den Hinweis«, fährt er auf Deutsch fort, wobei sein niederländischer Akzent unüberhörbar ist. »Gut zu wissen, dass du unsere Regeln ernst nimmst.«

Ich stehe auf, um nicht zu ihm hinaufschauen zu müssen, doch das bringt nicht viel, denn er ist mindestens anderthalb Köpfe größer als ich.

»Nimmst du mich gerade auf den Arm?« Ohne lange darüber nachzudenken, duze ich ihn zurück. Offenbar ist das hier so üblich.

»Auf den Arm?« Er zieht die Augenbrauen hoch, was ihm ebenso gut steht wie jeder andere Gesichtsausdruck, den er mir bisher gezeigt hat – von zugewandt und freundlich über amüsiert bis irritiert.

»Ich meine, machst du dich über mich lustig? Oder bist du womöglich doch ein Wilderer und willst deinen Kopf aus der Schlinge ziehen?«, scherze ich.

Falls er wirklich einer wäre, hätte ich mir jetzt natürlich ein Eigentor geschossen. Der Täter in dem Krimi neulich kam auch so harmlos und sympathisch daher. Und sein Opfer war einfach nur zur falschen Zeit am falschen Ort. Es war ganz ähnlich wie jetzt: Kein Mensch weit und breit, ein einsamer Falke wäre der einzige Zeuge dessen, was er mir antun würde, um mich zum Schweigen zu bringen.

Er prustet los. »Ein Wilderer? Ich? Du bist *zo grappig* – ich meine, so witzig!«

Sein Lachen ist ansteckend, daher falle ich mit ein, nun doch ein wenig erleichtert darüber, dass die Realität deutlich harmloser ist als ein Fernsehkrimi.

Als er sich halbwegs beruhigt hat, wischt er sich mit der

linken Hand die Lachtränen von der Wange, während er mir die rechte entgegenstreckt.

»Ich sollte mich wohl erst mal vorstellen. Ich heiße Maarten. Maarten Visser. Und ich bin *boswachter*. Wie sagt ihr auf Deutsch dazu? Dünenförster, glaube ich.«

Okay, Förster. Also das exakte Gegenteil eines Wilderers. Zugegeben – an seiner Stelle hätte ich mich auch schiefgelacht.

Ich schüttele seine Hand. Seine Haut fühlt sich warm und trocken an, der Händedruck ist fest und sanft zugleich.

Ich muss schlucken.

»Ich bin Judith Wieland«, erwidere ich.

Dann fällt mir ein, dass ich vermutlich aussehe wie ein gerupftes Huhn in Gummistiefeln, und schließe die Augen.

Das soll wohl ein Scherz sein, liebes Schicksal, oder? Ganz mieses Timing!

Kapitel 6

EVA

Als ich die Augen aufschlage, liegt mein Handy noch neben meinem Kissen, und ich muss lächeln. Es ist schön, mit Gedanken an Timo einzuschlafen und wieder aufzuwachen. Er tut mir gut. Und das darf er als mein Lover ja auch.

In Erinnerung an unser Gespräch rappele ich mich aus dem Bett hoch. Er hat recht, ich sollte wieder einmal richtig mit Judith reden. In den letzten Jahren haben wir uns viel zu selten gesehen, und wenn, dann gab es auf unseren Städtetrips zu viel ablenkendes Programm. Es ist längst überfällig, einander zu erzählen, wie es uns wirklich geht. Was wir denken. Und worüber wir uns sorgen. Wir waren uns immer so nah, dass es überhaupt keinen Sinn ergibt, mit etwas hinterm Berg zu halten.

Ich sehe auf die Uhr und freue mich, dass ich früh genug wach bin, um ein schönes Frühstück zu machen, bevor Judith aufsteht. Dann schlemmen wir uns zusammen durch all die regionalen Köstlichkeiten, die wir besorgt haben. Dabei können wir bestimmt gut reden.

Beim Verlassen meines Zimmers sehe ich, dass Judiths

Tür offen und ihr Bett leer ist. Und auch im Wohnraum ein Stockwerk tiefer treffe ich sie nicht an. Komisch, gerade mal sieben, und von ihr fehlt jede Spur?

Kurz erschrecke ich, weil wieder das schlechte Gewissen in mir aufwallt. Ist sie mir vielleicht doch wegen des mies geplanten Urlaubs böse? Aber würde sie dann einfach abhauen?

Auf dem Esstisch entdecke ich einen Zettel:

Liebe Eva,
ich bin auf einem Frühmorgenspaziergang. Du schläfst sicher lange – bis du aufwachst, bin ich zurück, und dann frühstücken wir gemütlich.
An mein Herz!
Judith

Sie denkt also, dass ich wie früher bis in die Puppen schlafe? Ich wünschte, ich könnte es. Die doofen Wechseljahre machen viel kaputt – auch das wunderbare Dösen am Vormittag. Das habe ich immer sehr geliebt, aber nun kann ich es plötzlich nicht mehr. Es ist so, als würde irgendwas in mir rufen: »Hey, das ist die zweite Lebenshälfte, steh gefälligst auf und nutze die Zeit!« Und deshalb lungere ich hier frühmorgens allein in der Küche rum, statt zu schlafen. Aber weit ist Judith um diese Uhrzeit bestimmt noch nicht gekommen. Am besten rufe ich sie an, damit wir gemeinsam spazieren können.

Ich hechte wieder die steile Treppe zu meinem Handy hoch. Während sich die Verbindung aufbaut, schlüpfe ich in warme Sachen. Timos Pulli lege ich auf dem Bett für die nächste Nacht zum Reinkuscheln bereit.

Mailbox.

Judith scheint das Handy nicht zu hören, also probiere ich es noch einmal, während ich mir die Zähne putze. Und ein drittes Mal, als ich wieder ins Erdgeschoss hinunterlaufe. Da vernehme ich das Brummen vom Gästeklo neben dem Eingang. Auf dem Waschbeckenrand finde ich Judiths Telefon.

Der Klassiker. Ist mir auch schon oft passiert.

Was ist das nur für eine merkwürdige Zeit, in der wir leben? Wir vergessen unsere Handys auf dem WC, weil wir es sogar dorthin mitnehmen.

Egal, ich finde meine Freundin auch so. Ich kann bestimmt erraten, in welche Richtung sie losmarschiert ist. Mal überlegen: Am Strand waren wir gestern Abend, also wird sie jetzt zu den Tulpenfeldern gegangen sein. Judith liebt Blumen. Völlig klar, dass sie sich die ansehen will.

Ich steige in meine Turnschuhe und schlüpfe in die dunkelblaue Wachsjacke, die an der Garderobe hängt, dann starte ich. Ganz fest konzentriere ich mich auf die Freundinnen-Vibes, die mich zu Judith führen sollen. Wer sich so lange kennt wie wir, hat definitiv eine Verbindung, die über Erklärbares hinausgeht. Wie oft sagen wir dasselbe, rufen einander gleichzeitig an oder stellen fest, dass wir uns zeitgleich ähnliche Gedanken gemacht haben?!

Ich verlasse das Areal mit den Ferienhäuschen und wähle einen Pfad, der mich direkt zu einem Feld mit orangefarbenen Tulpen führt. Judith steht total auf diese Farbe, also ist sie bestimmt in die Richtung gegangen.

Nur, wo ist sie dann? Ich sehe mich um. Das Gelände ist hier so flach, dass man weit schauen kann. Auch Bäume, die die Sicht versperren, gibt es kaum. Doch von Judith keine Spur. Nur eine Frau in etwa meinem Alter mit einem Eimer entdecke ich, die durch die Tulpenreihen auf mich zukommt.

»Guten Morgen«, sage ich. »Sprechen Sie Deutsch?«

Sie nickt lächelnd. »Guten Morgen. Ich bin Marijke.«

»Eva, hallo. Ich bin auf der Suche nach meiner Freundin. Sie ist ungefähr so groß wie ich, hat blonde Locken und wahrscheinlich eine himbeerrote Weste an. Ist sie vielleicht hier vorbeigekommen?«

Marijke schüttelt den Kopf. »Vorhin ist hier einer mit drei Hunden entlanggejoggt. Aber eine Blondine habe ich leider nicht gesehen.«

Wie gut die Bevölkerung hier Deutsch spricht, ist wirklich beschämend. Wir Touristen kennen nicht einmal die gängigsten niederländischen Phrasen.

»Dank je wel«, antworte ich zumindest, was Judith gestern im Restaurant im Internet nachgelesen und mir beigebracht hat. Ich kann Englisch, aber das war es auch schon mit meinen Sprachkenntnissen. Judith interessiert sich da viel mehr als ich und versucht, in jedem Auslandsurlaub zumindest ein paar Redewendungen zu lernen.

»Ist deine Freundin verloren gegangen?«, fragt Marijke.

»Ich wollte sie auf ihrer Spazierrunde einholen. Nicht schlimm. Wenn ich einfach hier durchlaufe …« Ich deute auf die andere Seite des Tulpenfeldes, in die Richtung, aus der die Frau gekommen ist.

»Nimm bitte den Weg außenrum«, unterbricht sie mich. »Weißt du, Besucher sollten die Felder auf keinen Fall betreten, weil es sonst sein kann, dass sie mit den Schuhen Schädlinge verbreiten. Am Rand des Ackers darfst du aber gern entlanggehen.«

Ich entschuldige mich für meine Unwissenheit und besehe die Reihen von Abertausenden Tulpen. Auf die Idee, dass sie in irgendeiner Weise anfällig sein könnten, wäre ich bei dieser Pracht nie gekommen.

Marijke zeigt mir ihren Eimer. »Ich bin gerade dabei, die Pflanzen zu kontrollieren. Sobald ich eine befallene entdecke, kümmere ich mich sofort darum. Genauso, wenn die Farbe nicht stimmt. Siehst du dort drüben? Da wächst eine gelbe. Die gehört nicht hierher.«

»Wann werden sie denn geschnitten?«, frage ich und versuche, mir vorzustellen, welch unfassbare Masse an Tulpensträußen hier entsteht. Wer soll die dann nur kaufen? Zumal ja alle ungefähr gleichzeitig blühen. Nämlich jetzt.

Marijke lächelt milde. »Viele Urlaubsgäste glauben, dass wir hier Blumen ziehen. Tatsächlich züchten wir aber Zwiebeln und exportieren sie in die ganze Welt. Die Tulpenzwiebeln bei dir zu Hause im Gartenmarkt sind wahrscheinlich auch aus unserer Region.«

Soll das etwa heißen, diese Farbenpracht ist nur ein netter Nebeneffekt? Erneut blicke ich mich um. Direkt vor uns die orangefarbenen Reihen groß wie ein halbes Fußballfeld, dahinter rot und gelb. In einiger Distanz sehe ich rosa, lila und weiß. Die Farben leuchten in der Morgensonne.

»Wenn die Blüten reif sind, schneiden wir sie ab, damit die Pflanze unter der Erde weiterwachsen kann. Die Zwiebeln bekommen dann Kinder. Und die können wir ernten.«

Ich wundere mich, dass ich zuvor nie darüber nachgedacht habe, woher die Tulpenzwiebeln kommen, die es überall zu kaufen gibt. »Arbeitest du hier?«, frage ich. Vielleicht könnten wir mal eine Talk-Sendung über ungewöhnliche Landwirtschaftszweige machen. Da findet sich sicher auch bei uns in Deutschland was Interessantes.

»Diese Felder gehören meinem Sohn. Ich bin eigentlich Lehrerin. Doch zur Blütezeit drehe ich hier gern morgens meine Runden und mache mich nützlich.«

Wahrscheinlich geht jetzt die Moderatorin in mir durch, aber ich kann einfach nicht anders, als zu fragen: »Welche ist deine Lieblingssorte?« Zu gern möchte ich sie dazu bringen, noch ein wenig weiterzuerzählen. Die Blütenköpfe der Tulpen direkt vor uns sind geformt wie mit seidigen Blättchen gefüllte Kugeln, und ich bin mir ziemlich sicher, dass sie auf diese extravaganten Wunderwerke deuten wird.

»Ich liebe die Sorte Leo. Die sind knallrot und sehen aus wie züngelnde Flammen. Wenn du dich da vorne am Kanal rechts hältst und dann noch etwa fünfhundert Meter geradeaus bis zur alten Windmühle gehst, kommt ein Feld voll davon. Durch die Windmühlen hat man früher übrigens mit der Kraft des Windes die Landstriche trockengelegt. Ist ein tolles Fotomotiv gemeinsam mit den Tulpen.«

»Ich bin so froh, dass wir genau zur richtigen Zeit hergekommen sind. Bestimmt ist es hier in Nordholland Ende April bis in den Mai hinein am schönsten.« Unglaublich, welches Glück wir haben. Judith wird auch begeistert sein. Diese Pracht kann sie vielleicht darüber hinwegtrösten, dass wir keine Städtereise unternommen haben.

»Im Sommer, wenn die Felder zur Regeneration mit Wasser geflutet werden und sich all das hier in ein Vogelparadies verwandelt, ist es auch sehr schön. Außerdem ist dann Badesaison.« Sie zeigt Richtung Dünen, die entlang der gesamten Küste die Sicht aufs Meer versperren.

Vielleicht ist Judith doch wieder dorthin gegangen?

Ich bedanke mich für das nette Gespräch und verabschiede mich bei Marijke. Nun sehe ich die Felder mit völlig anderen Augen.

Weil es einfach zu viele Möglichkeiten gibt, wohin Judith gegangen sein könnte, kehre ich zurück zum Ferienhäuschen. Die Vorstellung, ich würde intuitiv die richtige Richtung erraten, war wohl doch nur romantisches Wunschdenken.

An einer Bude am Straßenrand hole ich einen Strauß frischer cremefarbener Tulpen mit üppig gefüllten Köpfen, die ich auf dem Frühstückstisch drapiere. Ich freue mich darauf, Judith alles, was ich über die Blumen erfahren habe, zu erzählen. Sie liebt solche Sachen. Ständig googelt sie, wie irgendwas funktioniert, woher ein Wort kommt oder wer warum ein Ding erfunden hat. Das Wissen, das sie sich auf diese Art – zusätzlich zum Bücherlesen – angeeignet hat, ist enorm. Manchmal wünsche ich mir, wir hätten in der Redaktion jemanden wie sie. Das würde die Sendungsvorbereitungen wirklich erleichtern. Vielleicht sollte ich ihr diesen Job mal vorschlagen. Das Team könnte sie ja sogar von München aus unterstützen.

Weil mir das Haus zu still ist, schalte ich den Fernseher ein und wähle für noch mehr Urlaubsfeeling einen niederländischen Sender. Anschließend beginne ich, das Frühstück vorzubereiten, und sehe mir nebenbei das Morgenmagazin an. Auch wenn ich kaum etwas verstehe, finde ich es interessant, die Moderatorin zu beobachten. Sie dürfte etwa in meinem Alter sein. Aber sie ist auffallend dünn, hat aufgespritzte Lippen und gestraffte Haut. Klar, sie sieht gut aus und wirkt bestimmt jugendlicher als ich. Und trotzdem bin ich froh, dass ich den natürlichen Look zu meinem Markenzeichen gemacht habe. Keine Schönheits-OPs und niemals Diäten – einfach nur ein einigermaßen gesunder Lebensstil und ein gekonntes Styling vor der Kamera. Als ich die vierzig überschritt, war mein Aussehen ständig Thema. Mein damaliger Chef meinte, ich sollte abnehmen, mir Fett absaugen lassen und mit Botox anfangen, wenn ich weiterhin Jobs im Fernsehen haben will. Heute bin ich unglaublich froh, dass ich standhaft geblieben bin. Auch als der Idiot mir die Sendung wegnahm. »Wegen Programm-Umstrukturierungen«, war die offizielle Begründung. Aber allen war klar, warum er mich gegen eine Fünfundzwanzigjährige eintauschte. Die Angelegenheit ging dann eine Zeit lang durch die Medien. *»Ich fühle mich diskriminiert!« – TV-Moderatorin kommentiert plötzliche Entlassung*, hieß es im

Kölner Stadt-Anzeiger. Und ich war zu den Themen Idealmaße und Beautystandards Gast in so mancher Talkshow. Dass ich das damals überstand, habe ich Judith zu verdanken, denn sie bestärkte mich immer in meinem Weg. Sie war es, die mir ständig aufs Neue sagte, dass ich auch dann in meinem Beruf bestehen würde, wenn ich mich dem Druck nicht beugte. Und siehe da – sie hat recht behalten. Gerade weil ich wie die Best Agerin von nebenan bin, hat man mir schließlich *Talk mit Eva* angeboten. Man fand, dass ich die Nachmittagsfernseh-Generation besser ansprechen könne als eine junge Kollegin oder eine, die sich schlank fastet und unters Messer legt.

Von den Gedanken übers Abnehmen hungrig geworden, schneide ich mir ein Stück *Ontbijtkoek*, typisch holländischen Honigkuchen, ab und mache mir einen Espresso.

Auf dem Frühstückstisch türmen sich mittlerweile allerlei Leckereien, aber von Judith fehlt noch immer jede Spur. Was, wenn sie sich verlaufen hat? Ohne Handy findet sie vielleicht nicht zum Ferienhaus zurück. Sie kennt weder die Adresse noch hat sie sonst einen Anhaltspunkt. Und anrufen kann sie mich auch nicht von irgendwo, denn meine Handynummer kennt sie bestimmt nicht auswendig. Ob ich noch mal loslaufen sollte, um sie zu suchen? Aber wohin? Sie kann schließlich überall sein.

Weiß vielleicht Timo Rat?

»Schluss damit, Eva! Du telefonierst jetzt nicht schon wieder mit ihm«, weise ich mich laut zurecht.

Himmel, Judith würde mich auslachen, wenn sie wüsste, dass ich Selbstgespräche führe. Ich setze mich aufs Sofa, blättere durch eines der Magazine, trinke meinen Espresso und warte gelassen, bis sie zurückkommt!

Da liegt eine Ausgabe von *Geo Reise* über Portugal, eine antiquarische *Film*-Zeitschrift aus dem Jahr 1969 und eine *Vogue*, in der einige Post-its kleben. Gerade als ich nachsehen will, welche Artikel da markiert wurden, läutet das Handy. Es dauert einen Moment, bis ich realisiere, dass es sich nicht um mein eigenes, sondern um Judiths handelt. Ich springe auf und laufe zum Esstisch hinüber.

Frank, steht auf dem Display.

Abheben oder auf der Mailbox landen lassen?

»Hi Frank, hier ist Eva. Judith ist gerade nicht da. Ich sage ihr, dass sie dich zurückrufen soll.«

»Oh, hallo! Das ist eine nette Überraschung! Wie geht es dir denn?« Irgendetwas an seinem Tonfall ist mir sofort unangenehm.

»Alles okay bei mir. Ich bin ja auch mit deiner Frau im Urlaub, da kann es mir nur gut gehen.« Perfekt! Einfach konsequent von Judith sprechen.

»Sie hat gestern euer Selfie am Meer geschickt. Gut siehst du aus.«

Jetzt weiß ich auch wieder, warum es eine schlechte Idee war, dranzugehen. Weil Frank versucht, mit mir zu flirten. So gut wie jedes Mal, wenn wir miteinander zu tun haben. Ganz egal, ob Judith in der Nähe ist oder nicht. Er kann es einfach nicht lassen. Und ich finde das seit unserer ersten Begegnung unerträglich. Auch schon vor dem Ereignis auf dieser Party damals.

»Hast du was mit deinen Haaren gemacht?«, fragt er.

»Nein.«

»Sieht auf jeden Fall super aus.«

»Also, ich sage Judith, dass du angerufen hast.«

»Wo ist sie denn?«

Kraftlos lasse ich mich auf einen der Stühle sinken. »Spazieren.«

»Ohne Handy?«

»Sie hat es vergessen.«

Frank gibt einen undefinierbaren Laut von sich. »Typisch Judith, immer schusselig.«

Was redet er da? Judith ist nie schusselig, sondern bestens organisiert. Dass sie mal was vergisst, ist total untypisch für sie.

»Vielleicht hat sie es absichtlich liegen lassen, weil sie ihre Ruhe haben und mal nicht erreichbar sein wollte«, erwidere ich unwirsch, obwohl der Waschbeckenrand ja ziemlich eindeutig für ein Versehen spricht.

»Würdest du das so machen?«

»Würde ich was so machen?«

»Dein Handy zu Hause liegen lassen, um Ruhe zu haben?« Er klingt, als würde ihm dieses Telefonat unendlich viel Spaß bereiten. Als hielte er es für ein Spiel.

»Nein, aber ich habe auch keine Familie, die ständig anruft, weil irgendwas unauffindbar ist.«

Frank lacht. »Touché. Ich suche meinen weinroten Schlips.«

Ich fasse es nicht! Und deshalb ruft er Judith im Urlaub an? Frank besitzt bestimmt fünfzig Krawatten – und sie ist nicht seine Kammerzofe. Ich sollte ihr unbedingt ins Gewissen reden. Diesen Unsinn muss sie abstellen. Jetzt besteht vielleicht noch die Chance, dass Frank sich ändert. In zehn, zwanzig Jahren garantiert nicht mehr.

»Nimm einfach eine andere oder such vernünftig!«, fahre ich ihn an.

»Wow, warum so kratzbürstig?« Die Art, wie er das sagt, gefällt mir noch weniger als alles andere, was er bisher in diesem Telefonat von sich gegeben hat. Denn seine Frage klingt auf seltsame Weise anzüglich. Als ob da jetzt gerade etwas zwischen uns liefe.

Ich hasse es, wenn Männer so sind. Sie wissen genau, dass man nichts anderes tun kann, als auf ihr grenzwertiges Necken einzusteigen oder es zu ignorieren. Wenn man sie geradeheraus darauf anspricht, reagieren sie entrüstet, behaupten, man würde ihnen etwas unterstellen und sich alles nur einbilden. Ich kann also nichts tun. Schon gar nicht offen mit Judith darüber reden. Denn das hätte ich bereits vor vielen Jahren tun müssen.

»Ich werde ihr ausrichten, dass du angerufen hast, sich dein Anliegen aber erledigt hat«, informiere ich ihn. Geistesabwesend beiße ich von einer *Stroopwafel* ab.

»Wenn ich jetzt gemein wäre, würde ich behaupten, du bist neidisch«, höre ich Frank sagen.

»Hm?«, mache ich mit vollem Mund. Der süße Zuckerrübensirup klebt an meinen Zähnen und lässt sich nicht so schnell hinunterschlucken.

»Du weißt schon, was man über alleinstehende Frauen ab einem gewissen Alter sagt.«

»Nein, was sagt man denn?«, frage ich.

»Dass sie Ehe und Familienleben negativ bewerten, um ihren Neid zu überspielen.«

Dieser Mann ist unglaublich! Zuerst flirtet er mit mir, und als er merkt, dass ich abblocke, wird er verletzend. Wie hält Judith es nur mit ihm aus? Ich würde ihm vermutlich in weniger als einer Stunde an die Gurgel gehen.

»Du hast recht, Frank. Ich komme um vor Neid, weil mich im Urlaub keiner stört und nach einer Krawatte fragt.« Tatsächlich würde ich mich freuen, wenn so ein Anruf von Timo käme. Er würde sagen: »Kannst du mal nachsehen, ob im Schlafzimmer meine Krawatte hängt? Ich glaube, ich habe sie in Holland vergessen.« Sofort würde ich aufspringen und das ganze Haus nach dem Ding auf den Kopf stellen. Aber das verrate ich Frank nicht. Eher beiße ich mir die Zunge ab, bevor ich mit ihm über meinen Timo spreche.

»Raus mit der Sprache!«, lässt Frank nicht locker.

Habe ich tatsächlich gerade »mein Timo« gedacht? Judith würde sich kranklachen, wenn sie das wüsste. Noch gestern habe ich sie deswegen verbessert.

»Warum bist du so schlecht gelaunt, Evalein?« Franks Stimme klingt nun sanft.

Das ist also seine dritte Strategie? Flirt, Angriff, Einschmeicheln. Wieso bin ich nur drangegangen? Und weshalb um alles in der Welt habe ich nicht längst aufgelegt?

»Ich bin bestens gelaunt und muss jetzt los. Schönen Tag noch.« Damit drücke ich Frank weg.

Kapitel 7

JUDITH

Maarten hat denselben Weg wie ich, und so ergibt es sich wie von selbst, dass wir gemeinsam durch die Dünen spazieren. Er scheint es nicht eilig zu haben. Dabei sieht er aus, als wäre er ein schnelleres Tempo gewohnt. Seine Bewegungen erinnern an die eines Basketballspielers: leicht federnd, voller Energie und zugleich extrem entspannt. Vielleicht ist es seine Größe, die mich an diesen Sport erinnert. Irgendwo habe ich neulich gelesen, dass Niederländer im weltweiten Durchschnitt die längsten Menschen sind. Wenn das stimmt, ist Maarten der lebende Beweis dafür.

»Um diese Uhrzeit treffe ich selten Leute, die hier Urlaub machen«, setzt er unser Gespräch fort. »Höchstens Hundebesitzer und Jogger – aber du gehörst wohl zu keiner dieser Kategorien.«

»Stimmt. Auch wenn ich vorhin darüber nachgedacht habe, wie schön es wäre, einen Hund zu haben. Doch das Leben besteht ja nicht nur aus Freizeit – im Alltag käme ein Haustier bei mir leider zu kurz. Und Joggen ist so gar nicht mein Ding. Ich spaziere lieber. Dabei sieht man viel mehr.«

»Da hast du völlig recht. Wenn ich auf meiner Morgenrunde rennen würde, würde mir so manches entgehen.« Er bleibt stehen und deutet auf eine kleine Senke in den Dünen. Ich versuche zu erkennen, was er meint, doch alles, was ich entdecke, sind Gräser, Moos und Sand. Plötzlich bewegt sich etwas. Und auf einmal sehe ich ihn: einen jungen Fuchs, der träge in die Morgensonne blinzelt, sich dann umdreht und hinter einem Busch verschwindet.

»Unglaublich«, flüstere ich ergriffen. »Danke, dass du ihn mir gezeigt hast.«

»Nachdem du dich sozusagen als Hilfsförsterin bei mir vorgestellt hast, musste ich das ja wohl tun.«

»Ich? Hilfsförsterin?« Ich stehe auf dem Schlauch.

»Immerhin hast du mich darauf aufmerksam gemacht, dass man die Dünen eigentlich nicht betreten darf. Und genau das gehört zu meinen Aufgaben. Ich passe auf, dass im Naturschutzgebiet alle Regeln eingehalten werden, informiere die Menschen über die Besonderheiten unserer Landschaft und biete auch Führungen an.«

»Oh. Klar. Dann mache ich anscheinend aus Versehen gerade ein Praktikum bei dir.«

Sein Lachen klingt herzlich und ist ansteckend. Ich merke plötzlich, wie wohl ich mich in seiner Gegenwart fühle, und das liegt nicht daran, dass ich ihn unglaublich attraktiv finde – auf eine ungekünstelte, ganz selbstverständliche Weise. Na ja, jedenfalls nicht nur daran …

Wir gehen weiter, und nach der nächsten Kurve taucht einer dieser Betonblöcke auf, die mir schon öfter ins Auge gefallen sind. Später wollte ich danach googeln, aber Informationen aus erster Hand sind natürlich viel besser. »Was sind das eigentlich für merkwürdige Bunker? Sie passen so gar nicht in die Szenerie.«

»Die Dünen erzählen ihre eigene Geschichte des Krieges«, erwidert er. »Hast du schon mal vom Atlantikwall gehört?«

»Der Begriff sagt mir was, aber ... nein, eigentlich weiß ich nicht, was das ist.«

»Okay, dann kommt jetzt eine Geschichtsstunde in Kurzform: Die Nazis wollten im Zweiten Weltkrieg die Küsten der besetzten Länder zu einem unüberwindlichen Bollwerk machen. Hitlers Größenwahn in Stahlbeton. Damit sollte das Deutsche Reich nach Westen verteidigt werden. Wobei Hitler gar nicht der Erste war, der auf so eine Idee kam. Das Fort Kijkduin in Den Helder stammt sogar aus der Zeit Napoleons. Im Zweiten Weltkrieg wurde es dann in den Atlantikwall integriert – und heute ist es ein Museum. Solltest du dir mal ansehen. Dort gibt es auch ein riesiges Aquarium.«

Nicht gerade die Art von Museum, die mich reizen würde. Statt einer Antwort nicke ich bloß, denn ich fühle mich auf einmal befangen.

Er scheint es zu spüren. »Der Krieg ist lange her. Unsere Generation trägt keine Schuld an den schlimmen Dingen, die damals passiert sind. Aber wir sind verantwortlich dafür, dass sich die Geschichte nicht wiederholt.«

Das sehe ich genauso. Erleichtert stimme ich ihm zu. »Dann sind die Bunker quasi ein Mahnmal.«

»Könnte man so sagen. Sie erinnern uns daran, dass

Krieg sinnlos ist. Und dass wir lieber auf Völkerverständigung setzen sollten.«

Viel zu schnell haben wir den Weg erreicht, der nach rechts zum Strand führt und nach links zur Straße.

»Ich parke da unten«, sagt Maarten, »aber nach meiner Morgenrunde gönne ich mir meistens erst mal einen Kaffee. Hast du Lust?«

Ich überlege kurz. Eva schläft bestimmt noch. Warum also nicht?

»Total gern, gute Idee!« Ich hoffe, ich klinge nicht allzu euphorisch, aber ich bin es. Die Niedergeschlagenheit, die mich vorhin am Strand überfallen hat, ist wie weggeblasen. Und ebenso das ungute Gefühl der Scham, als ich an die Gräueltaten meiner Landsleute im Krieg erinnert wurde. Völkerverständigung – so was gelingt am besten bei einem *koffie verkeerd*.

»Das Strandlokal ist noch geschlossen«, stelle ich enttäuscht fest, als wir vor dem Eingang stehen. Es wundert mich, dass Maarten die Öffnungszeiten nicht kennt. *10–22 uur* steht auf dem Schild. Vielleicht habe ich mich in der Zeit total verschätzt, und das Lokal macht gleich auf. »Wie spät ist es eigentlich?«

»Viertel nach acht. Aber das ist kein Problem«, meint er nur und klopft an das hölzerne Tor, das den Aufgang zur Terrasse versperrt.

Stirnrunzelnd beobachte ich sein Tun. Er kann doch nicht einfach …

»Lieke, ik ben het«, ruft Maarten gut gelaunt.

Ich höre Schritte, und wenig später öffnet sich die Tür. Die Frau mit dem dunkelblonden Kurzhaarschnitt, die ihm zuerst einen spielerischen Boxhieb versetzt und ihn anschließend auf die Wange küsst – erst links, dann rechts, dann wieder links –, lässt uns eintreten. Er sagt etwas in rasend schnellem Niederländisch, woraufhin sie lachend antwortet. Die beiden wirken sehr vertraut. Ist diese Lieke etwa Maartens Frau? Oder Freundin? Wenn ich gewusst hätte, dass er sich hier mit ihr trifft, wäre ich lieber nicht mitgekommen.

Dann wendet sie sich an mich: »Du bist also Maartens *Boswachter*-Assistentin – herzlich willkommen! Sind wir uns nicht gestern schon begegnet?«

Offenbar hat er ihr erzählt, dass ich ihn beinahe für einen Wilderer gehalten hätte. Eigentlich mag ich es nicht, wenn man über mich lacht, aber Lieke wirkt so nett und ihr Lächeln ist so offen, dass mir das gerade gar nichts ausmacht.

»Ja, meine Freundin und ich haben gestern Abend hier gegessen. Da hat uns aber jemand anders bedient …«

»Ich stand hinter der Theke und habe auch in der Küche mitgeholfen. *Als het zo druk is* – wie sagt man – wenn so viel los ist, spiele ich Mädchen für alles.«

»Du wolltest ja unbedingt ein eigenes Lokal, *zusje*«, erwidert Maarten grinsend. »Wie ist es – kriegen wir einen *koffie verkeerd*?« Er wendet sich an mich. »Oder trinkst du deinen Kaffee lieber schwarz?«

»*Koffie verkeerd* ist super, den habe ich schon kennengelernt«, sage ich und folge den beiden auf die Terrasse.

Natürlich ist noch alles frei. »Wir haben die Auswahl«,

sagt Maarten, »aber in der Ecke dort vorne ist es besonders windgeschützt. Einverstanden?« Er deutet auf einen Tisch direkt hinter dem gläsernen Windschutz, der hier ein Geländer ersetzt und den Blick auf Strand und Meer freigibt. Ein wunderschöner Platz.

»Gerne. Aber ist es überhaupt okay, wenn wir jetzt schon etwas bestellen?«

»Aber *natuurlijk*«, sagt Lieke. »Für mein Brüderchen mache ich eine Ausnahme. Das bin ich gewohnt. Euer Kaffee kommt gleich.«

Lächerlich eigentlich, dass mich ihre Erklärung dermaßen erleichtert. Sie ist seine Schwester, nicht seine Partnerin. Aber das sollte für mich ja keine Rolle spielen, schließlich bin ich verheiratet, und das hier ist nur die harmlose Fortsetzung einer netten Zufallsbegegnung.

»Machst du öfter Urlaub hier?«, nimmt Maarten das Gespräch wieder auf, als Lieke weg ist. »Die meisten Urlauber in dieser Gegend sind Wiederholungstäter.«

»Dann gehöre ich wohl zur Minderheit. Ich bin zum ersten Mal hier – wir sind gestern Abend angekommen.«

»Das ist ja großartig!«

»Wie meinst du das?«

»Na, dann hast du es noch vor dir, alles zu entdecken.«

Interessante Sicht der Dinge. Er hat völlig recht. »Ich freue mich drauf. Auch wenn ich eigentlich nie vorhatte herzukommen.«

»Und doch bist du hier. Was ist passiert? Hast du dich verfahren?« Er wirkt amüsiert.

»Das nicht – aber ich habe meiner Freundin die Organisation unseres diesjährigen Städtetrips überlassen. Und sie ... ist manchmal etwas verpeilt. Jedenfalls hat sie vergessen, sich darum zu kümmern. Und so sind wir als Notlösung eben hier gelandet.«

»Ooookay, mit Amsterdam, Paris oder New York können wir in mancherlei Hinsicht nicht mithalten, aber ich finde es hier schöner.« Er scheint das völlig ernst zu meinen. »Gute Luft, Strand, die Nordsee, Tulpen, Dünen – das gibt's in Großstädten nicht. Dafür verstopfte Straßen, Betonwüsten und Gedränge.«

»Aber auch Museen, Theater, Shows, Kultur und tolle Restaurants.«

»Lecker essen kannst du bei uns ebenfalls! Aaaah, da kommt ja schon der Beweis.«

Lieke nähert sich mit einem Tablett, auf dem nicht nur zwei Tassen Kaffee stehen, sondern auch frisch gebackene Waffeln mit Kirschen und Sahne.

»Oh, das sieht ja köstlich aus! Aber ich habe doch gar keine Waffeln bestellt ...«

»Das geht aufs Haus«, erwidert Lieke lächelnd. *»Eet smakelijk!«*

Ein kleines Vorab-Frühstück kann nicht schaden, ich will schließlich nicht unhöflich sein. Die Waffeln schmecken sogar noch besser, als sie aussehen. Sie sind warm und ganz luftig, dabei aber herrlich knusprig. Dazu das intensive Fruchtaroma der Kirschen und die frisch aufgeschlagene Sahne mit der leichten Vanillenote.

»Ein Gedicht!«, sage ich.

»Welches Gedicht?« Maarten wirkt irritiert. Obwohl

sein Deutsch, von dem entzückenden Akzent abgesehen, nahezu perfekt ist, kennt er diese Redewendung offenbar nicht. Mich erinnert sie an Evas Eltern. Ihr Vater liebt nicht nur seine Frau, sondern auch deren Kochkünste heiß und innig, und was immer sie ihm vorsetzt, kommentiert er so. Ich war als Kind oft genug bei Eva zu Hause, um diese Redewendung übernommen zu haben. Allerdings setze ich sie sparsam ein – bei ganz besonderen Gelegenheiten wie dieser.

»Damit meine ich, dass die Waffeln einfach perfekt sind«, sage ich.

»Puh, ich hab schon befürchtet, ich müsste jetzt ein Gedicht aufsagen, so wie früher in der Schule. Wenn ich an den *Zauberlehrling* von Goethe denke, bekomme ich Schweißausbrüche.« Er zieht eine Grimasse und bringt mich mal wieder zum Lachen.

»Du hattest also Deutsch in der Schule? Sprichst du es daher so gut?«

»Eher trotzdem als deswegen. Ich war nur in Naturwissenschaften gut, ansonsten ein eher schlechter Schüler, vor allem in Sprachen. Deutsch habe ich in den Sommerferien gelernt. Da habe ich mein Taschengeld als Kellner aufgebessert, in einem Strandlokal wie diesem. Die deutschen Urlauber sind hier fast in der Mehrheit, und je besser mein Deutsch wurde, desto mehr Trinkgeld bekam ich.«

»Das ist natürlich eine super Motivation. Sollte man vielleicht auch in Schulen einführen – Trinkgeld statt Zensuren.«

»Noch besser wirkte meine erste Freundin – eine Deutsche, die hier einen Sommer verbrachte. Die Liebe ist wohl die beste Lehrmeisterin von allen.« Er lächelt versonnen.

Ich hake nicht nach. »Meine Söhne haben in den Sommerferien auch immer gekellnert, und ich selbst früher ebenso. In Münchner Biergärten. Dass sich das auf ihre schulischen Leistungen ausgewirkt hätte, kann ich allerdings nicht gerade behaupten«, greife ich das Thema auf, lenke es aber in neue Bahnen.

»Bestimmt haben sie dabei ganz viel fürs Leben gelernt. Was machen sie heute?«

»Linus studiert Bioinformatik, und Robin ist gerade nach Australien aufgebrochen. Ich muss mich noch an den Gedanken gewöhnen, dass ich meinen Jüngsten erst in einem Jahr wiedersehe.«

»Oh, das ist hart. Ich kenne das. Meine Kinder waren nach dem *vwo-diploma* – das ist wie euer Abitur – auch im Ausland. Tess in Kanada und Luuk in Argentinien. Es hat sie viel reifer gemacht. Und sie waren so glücklich dort! Bis heute wissen sie nicht, dass ich unter der Trennung gelitten habe wie ein Hund.«

Ich denke an den Tag zurück, an dem Frank und ich Robin zum Flughafen gebracht haben. Krampfhaft gute Laune versprühend, um nicht zu zeigen, dass wir am liebsten umkehren und ihn in seinem Zimmer einsperren würden. Was wir natürlich nicht getan haben, denn wir gönnen ihm dieses Abenteuer von Herzen. Aber nachdem er uns gewinkt hat und in Richtung Sicherheitskontrolle verschwunden ist, konnten wir unsere Tränen nicht zurückhalten. Alle beide. Ich weiß nicht, wann ich Frank zum letzten Mal habe weinen sehen. Vermutlich, als sein Vater gestorben ist.

Für den Rest des Tages hat sich Frank dann in seinem Arbeitszimmer verkrochen und Steuerunterlagen sortiert. Ich bin sicher, dass er sich einfach nur ablenken wollte. Vielleicht war es ihm auch peinlich vor mir, so emotional zu reagieren. Mir dagegen war es kein bisschen peinlich. In solchen Momenten sind Tränen nun mal angebracht. Und dass wir in dieser Situation ähnlich reagiert haben, hat mir gezeigt, dass Frank und ich immer noch ein Team sind.

»Du weinst ja!« Maarten wirkt erschrocken.

»Ach was, das muss der Seewind sein«, behaupte ich und fahre mir übers Gesicht.

Maarten ist so nett, nicht zu erwähnen, dass unser Platz absolut windgeschützt ist. Er steht auf. »Möchtest du noch einen Kaffee? Ich gehe kurz rein zu Lieke und bestelle uns eine weitere Runde.«

Ich nicke. »Vielleicht einen Espresso diesmal.«

Als er mit zwei Tassen zurückkommt, habe ich mich wieder gefasst.

»Australien muss megaspannend sein«, sagt Maarten, als hätte es die kleine Unterbrechung gar nicht gegeben. »Da wollte ich schon immer mal hin. Aber es hat sich noch nicht ergeben.«

»Das Leben erfüllt nun mal nicht alle Wünsche«, sage ich.

»Was wären denn deine?«

»Meine was?«

»Na, deine Wünsche. Du sagtest doch gerade: Das Leben

erfüllt nicht alle Wünsche. Wovon träumst du so? Auch von einer Reise?«

Ich nippe an dem Espresso und denke nach.

»Keine Ahnung. Ich weiß nicht mal, warum ich das eben gesagt habe. Den Spruch hat meine Mutter immer gebracht, wenn es finanziell bei uns mal wieder eng war. Sie hat mich allein großgezogen und verdiente sehr wenig. Extras wie Kinobesuche oder Konzerttickets waren bei uns nicht drin. Vieles, was für Gleichaltrige selbstverständlich war, konnte ich mir nicht erlauben.«

»Das war bei uns kaum anders. Mein Vater war Krabbenfischer, meine Mutter kümmerte sich um ihre kranken Eltern, die Schwiegereltern und uns Kinder. Wir sind fünf Geschwister. Da war ganz schön was los, wir hatten immer viel Spaß. Obwohl das Geld meistens knapp war.« Er klingt nicht danach, als hätte er sehr darunter gelitten. Eher nach einer schönen Kindheit.

Das Beste an meiner Kindheit war die Freundschaft mit Eva. Alles, was mich die Armut meiner Mutter gelehrt hat, war: So will ich nicht leben.

»Aber jetzt sind wir ja erwachsen«, reißt mich Maarten aus den Gedanken. »Wovon träumst du heute?«

Ich zucke mit den Schultern. »Ganz ehrlich? Ich weiß es nicht. Es gibt keine großen Wünsche in meinem Leben – jedenfalls keine, die man für Geld kaufen könnte. Zum Beispiel, dass die Menschen, die ich liebe, gesund bleiben. Dass die Jungs glücklich und erfolgreich werden. So was eben.«

Und natürlich, dass Frank und ich wieder zueinanderfinden. Oder ich die Konsequenzen ziehe. Beim Gedanken an eine Trennung erschrecke ich selbst. Bisher habe ich diese Möglichkeit noch nie ernsthaft in Erwägung gezogen. Aber vielleicht habe ich auch noch nie überlegt, was ich selbst will? Kann es wirklich sein, dass Maarten der Erste ist, der mich jemals gefragt hat, wovon ich träume? Mir wird schwindelig. Darüber muss ich ganz in Ruhe nachdenken. Aber nicht jetzt.

»Und für dich persönlich? Hast du keine Bucketlist?«

»Du meinst, einmal im Leben Fallschirmspringen?«, erwidere ich grinsend. Die Vorstellung ist geradezu absurd. Auch wenn ich nicht sagen kann, wie ich mir mein Leben in Zukunft wünsche – was ich auf keinen Fall will, weiß ich sehr genau. »Garantiert nicht! Höchstens …«

Sofort hakt er ein. »Höchstens was?«

Ich denke an das Gespräch gestern während der Autofahrt. »Na ja, meine Freundin Eva meint, ich soll ein Buch schreiben.«

»Und willst du das denn auch?«

Ich zögere. »Eigentlich schon. Aber die Zeit fehlt.«

Hoffentlich sagt er jetzt nicht so etwas Klischeehaftes wie »Jeder Mensch hat vierundzwanzig Stunden am Tag« oder »Du musst dir einfach die Zeit nehmen«.

»Wovon würde es handeln?«

Ich denke kurz an das Romanexposé, das zu Hause in meiner Schublade liegt. Auf einmal kommt mir das, was ich da geschrieben habe, langweilig und uninspiriert vor. »Gute Frage. Vielleicht von einer Frau, die versehentlich zur Hilfsförsterin wird?«

»Oder die sich als Hilfsförsterin tarnt, um heimlich wildern zu können.« Seine Augen blitzen.

»Oder die so tut, als würde sie wildern, doch in Wahrheit als Undercover-Agentin arbeitet.«

Er lacht. »Was supergefährlich ist, aber sie bleibt cool.«

»Und dann nimmt sie eine ganze Bande von Wilddieben hoch.«

»Worauf ihr zu Ehren künftig an jedem ihrer Geburtstage ein großes Fest in den Dünen gefeiert wird.«

»Die man eigentlich nicht betreten darf.« Unser Schlagabtausch macht Spaß. Ich fühle mich ausgelassen.

»Natürlich findet es in dem Teil der Dünen statt, der frei zugänglich ist.«

»Am besten in diesem Strandlokal.« Ich nippe an meinem Kaffee.

»Das Judithfest. Mit *koffie verkeerd* und Waffeln.«

»Klingt super. Nur habe ich leider im November Geburtstag. Nicht unbedingt der ideale Monat für ein Fest.«

»Hast du eine Ahnung! Gerade in den dunklen Monaten sind Feste superwichtig. Die machen gute Laune.«

Ich muss lachen. »Ich bin schon überzeugt.«

Lieke hat mittlerweile begonnen, Speisekarten und Tischdekoration zu verteilen, um alles für die Öffnung vorzubereiten. Wir müssen uns total verplaudert haben, wenn es schon bald so weit ist. Tatsächlich herrscht am Strand inzwischen ordentlich Betrieb. Spaziergänger mit Hunden und ohne, Familien mit Kindern, Paare in den besten Jahren, Jogger, sogar Radfahrer mit Fatbikes, deren extradicke Reifen im weichen Sand Halt finden.

Ob Eva wohl schon auf mich wartet? Ich sollte bald aufbrechen. Maarten muss auch los, denn er winkt Lieke zu und bedeutet ihr mit einer Geste, dass er zahlen möchte. »Wenn das Buch erscheint, will ich es als Erster lesen«, wendet er sich dann an mich.

»Du bekommst natürlich eine Ausgabe mit Widmung«, gebe ich lächelnd zurück. Unser Geplänkel hat Spaß gemacht. »Aber lass dein Portemonnaie mal stecken. Ich übernehme das.«

»Nächstes Mal«, erwidert er.

Unsere Wege trennen sich am Parkplatz, wo Maartens Geländewagen steht.

»Hat mich sehr gefreut, dich kennenzulernen, Judith«, sagt er und umarmt mich spontan. Mir wird ganz warm ums Herz, als mich seine Bartstoppeln an der Wange kitzeln.

»Mich hat es auch sehr gefreut.«

»Liebe Grüße an deine Freundin – schließlich haben wir unsere Begegnung ihrer schlechten Reiseplanung zu verdanken.«

Er winkt mir noch einmal zu, dann steigt er ins Auto und fährt davon.

Beschwingt mache ich mich auf den Weg zu unserem Ferienhaus. Die Stunden mit Maarten haben mir richtig gutgetan. Es hat sich angefühlt, als würden wir uns ewig kennen. Doch nun, da er weg ist, kommt es mir fast vor, als hätte ich das alles nur geträumt.

»Nächstes Mal«, hat er beim Bezahlen gesagt. Aber keiner von uns hat vorgeschlagen, sich noch einmal zu verabreden. Und wir haben auch keine Telefonnummern getauscht. Hätte ich die Initiative ergreifen sollen? Fast bedauere ich es, nicht forscher gewesen zu sein. Doch dann erinnere ich mich an das, was ich mir vorgenommen habe: den Moment zu genießen. Vielleicht ist es besser so, wenn es kein nächstes Mal gibt …

Oder sollten Eva und ich eine Führung bei ihm buchen? Wobei – nein, ich werde ihr nichts von Maarten erzählen. Nicht weil ich Geheimnisse vor ihr hätte. Nein, es ist vielmehr so, als wäre dieses Erlebnis ein Schatz, der nur mir gehört. Und der an Wert verliert, wenn man ihn anderen zeigt. Es gibt im Grunde ja kaum etwas zu berichten. Bis auf seinen Namen und seinen Beruf weiß ich rein gar nichts über Maarten – und er über mich auch nicht viel mehr.

Wobei, halt – das stimmt nicht ganz. Ich habe ihm so einiges anvertraut, und er mir ebenso.

War das die typische Offenheit, die man sich vor allem Menschen gegenüber leistet, von denen man weiß, dass man sie höchstwahrscheinlich nie wieder sieht?

Ich betrete das Ferienhaus durch die weit offen stehende Gartentür. Der Frühstückstisch ist reich gedeckt, Eva hat sogar Eier gekocht und einen Tulpenstrauß in die Vase gestellt.

»Da bist du ja«, ruft sie mir entgegen. »Ich verhungere schon fast. Und du bestimmt auch.«

Im Gegenteil – ich bin noch total satt von der Waffel. Aber jetzt nichts zu essen, kann ich ihr unmöglich antun …

»Das sieht herrlich aus«, sage ich. »Das reinste Gedicht.«

Eva strahlt und ähnelt ihrer Mutter in diesem Augenblick mehr denn je.

Ich denke an den Zauberlehrling und frage mich, wie »Walle, walle manche Strecke« wohl mit niederländischem Akzent klingt.

Kapitel 8

EVA

Während ich mit dem Frühstück auf Judith warte, wird mir die Zeit lang, also gehe ich die Tourismus-Prospekte durch. In einer unter dem Fernseher verstauten Box hat die Familie Faßbender Infomaterial über die Region gesammelt, und die Vielfalt an möglichen Freizeitunternehmungen lässt mich staunen. Von Ödnis am Ende der Welt kann überhaupt nicht die Rede sein. Das Angebot reicht von Naturparks, Windmühlen, Leuchttürmen, Marinehafen, Radwandertouren bis hin zu Kajakfahren. Für jeden Geschmack scheint etwas dabei zu sein. Lächeln muss ich über den Flyer über die *Bloembollenboemel*-Bahn, einen Bummelzug, der zur Tulpenblüte durch die Felder fährt. In fein säuberlicher Mädchenhandschrift steht darauf geschrieben: *Lieber Papa, du bist wahrscheinlich kein Fan davon, aber ich würde das trotzdem gern mit dir machen.* Darunter ein Herz mit Lachgesicht. Die Vorstellung, wie Timo sich in so ein Bähnchen quetscht, um seiner Tochter eine Freude zu machen, rührt mich.

Ziemlich weit unten in der Kiste finde ich die Werbung für einen Skulpturenpark ganz in der Nähe und bin spontan begeistert. Das ist es! Damit kann ich Judith bestimmt eine Freude bereiten. Sie hat sich so schnell mit dem unspektakulären Reiseziel angefreundet und mir überhaupt keine Vorwürfe gemacht, obwohl sie ihren Hunger auf Kultur hier schlecht stillen kann. Da kommt dieser Ausflug als Entschädigung gerade recht.

Ich verrate nichts und kündige eine Überraschung an, als wir nach dem Frühstück mit Cary Grant losfahren. »Es wird dir gefallen«, sage ich. »Ein kleiner Beweis dafür, dass große Planung und ausgefeilte Organisation gar nicht notwendig sind und wir es trotzdem schön haben können.« Im Grunde weiß ich aber, dass das nur eine faule Ausrede ist. Das Chaos in meinem Alltag würde vielleicht zu einem Twen passen – in dem Alter ist es ganz charmant. Aber mit fast fünfzig sollte man gewisse Dinge wirklich im Griff haben. Wie oft erhalte ich zum Beispiel Mahnungen wegen unbezahlter Rechnungen. Nur, weil ich es einfach nicht auf die Reihe bekomme, Sachen rechtzeitig zu erledigen, ein Mindestmaß an Ordnung zu halten und somit das Leben einer Erwachsenen zu führen.

Da ich das Auto lenke, kann ich Judith nicht ansehen, aber ich spüre, wie sie mich mustert. »Was willst du mir damit sagen?«, fragt sie.

»Keine Ahnung. Eigentlich nur, dass dieser Ausflug extra für dich ist.«

»Wenn man allein lebt, ist es leicht, spontan zu sein, Eva. Aber ich muss mein Leben nicht nur auf den Beruf, sondern auch noch mit drei Familienmitgliedern abstimmen. Mir ist schon klar, dass du mein akkurates Planen und

Listenschreiben übertrieben findest. Doch nur so funktioniert es, wenn man jede Menge Verantwortung für andere Personen übernommen hat.«

»Das weiß ich doch, Judith. Es war überhaupt nicht als Vorwurf gemeint. Wahrscheinlich habe ich mich ungeschickt ausgedrückt. Eigentlich will ich dir eine Freude machen.« Ich lenke den Wagen auf den Parkplatz vor dem Skulpturenpark und schalte den Motor aus. Endlich bin ich in der Lage, Judith anzusehen. Zwischen ihren Augenbrauen steht die kleine Falte, an der ich ablesen kann, dass sie etwas ärgert oder belastet. »Ehrlich, ich wollte nicht mal annähernd sagen, dass dein Organisationstalent was Schlechtes ist. Im Gegenteil! Ich beneide dich total darum.«

»Na ja, Neid wäre dann aber doch ganz schön übertrieben«, erwidert sie, und die Fröhlichkeit kehrt in ihr Gesicht zurück. Sie sieht durch die Windschutzscheibe zum Parkeingang. *»De Nollen«*, liest sie vom Schild ab.

»Überraschung! Ein Skulpturenpark! Er ist ein Gesamtkunstwerk des holländischen Künstlers van de Wint.« Durch die Büsche und Bäume sieht man ein riesiges Objekt aus rostigem Stahl. Ein bisschen weiter weg ragen spitze Stelen in den mittlerweile grauen Himmel. So strahlend der Morgen sich präsentiert hat, so trüb ist das Wetter jetzt wieder. Vielleicht hätten wir unsere Regenjacken mitnehmen sollen, denke ich und ärgere mich, dass ich vor dem Losfahren nicht die App gecheckt habe.

»Sieht interessant aus«, meint Judith. Wie immer in solchen Situationen zieht sie ihr Handy aus der Hosentasche, um Infos zu googeln. Und tatsächlich dauert es keine dreißig Sekunden, bis sie sagt: »Reindert Wepko – genannt Ruud – van de Wint war Maler, Bildhauer und Architekt und lebte in Den Helder. Ab 1980 arbeitete er an diesem Kunstprojekt hier.«

»Freust du dich?«, will ich wissen, nachdem wir aus dem Auto gestiegen sind. »Ich dachte, das könnte vielleicht ein kleines Trostpflaster dafür sein, dass wir nicht in London oder Amsterdam sind.«

Judith kommt zu meiner Seite des Wagens herüber und umarmt mich. »Hör auf, dich so anzustrengen. Es ist kein Trostpflaster notwendig. Ich hatte heute schon einen wunderbaren Morgen. Alles ist gut!«

Das zu hören, erleichtert mich. Deshalb lege ich meine Arme noch ein wenig fester um sie und ziehe sie an mich. Ich liebe ihren vertrauten Geruch und die Art, wie sie mir ein Küsschen auf die Wange drückt.

»Ich habe deshalb so ein schlechtes Gewissen, weil mir klar ist, dass ich dringend einige Dinge in meinem Leben ändern müsste. Die verpfuschte Planung für dieses Wochenende ist ja nur eines von vielen nervigen Symptomen meines Durcheinanders. Ich möchte mich so gerne weiterentwickeln, weiß aber nicht recht, wie.«

»Ich mag dich so, wie du bist«, antwortet Judith, dann lässt sie mich los. »Wenn du plötzlich anfängst, täglich um sechs aufzustehen, um Yoga zu machen, ein Bullet-Journal zu führen und vor dem Frühstück einen Stundenplan für den Tag zu erstellen, wärst du einfach nicht mehr du.«

Ich muss lachen. »An so extreme Veränderungen habe

ich gar nicht gedacht«, sage ich, während wir zum Parkeingang schlendern. »Apropos – habe ich dir von meiner Sendung erzählt, in der sich ein paar junge Frauen über den *Miracle Morning* unterhalten haben? Es gibt wirklich krasse Morgenroutinen. Die Mädels merken gar nicht, dass sie sich selbst total unter Druck setzen und bereits in der ersten Stunde des Tages überfordern. Und dabei natürlich immer schön lächeln. Beim Moderieren dachte ich mir die ganze Zeit: Was ist nur los mit der nächsten Generation?«

»Ich stehe auch gern früh auf, aber ich wüsste nicht, für wen ich dabei lächeln sollte.« Judith gluckst. »Ist das schon der Park?«, fragt sie, als wir das Tor aus effektvoll verwitterten Eisenstäben passieren. »Ich wette, Frank würde dieses Tor für dringend renovierungsbedürftig erklären. Einmal hat er meine Gartendeko entrostet, weil er dachte, er täte mir damit einen Gefallen.«

Das kann ich mir lebhaft vorstellen. Frank hat für so etwas wahrscheinlich null Gespür.

Judith blickt sich um. »Müsste nicht irgendwo ein Kassenhäuschen oder so was in der Art sein?«

»Keine Ahnung. Lass uns einfach dem Weg folgen. Um zum Thema zurückzukommen: Genau das hier ist so eine Situation. Ich bin schlecht vorbereitet. Du hättest dir die Mühe gemacht, vorher alle Infos zu googeln und das Wetter zu checken. Weil ich nichts davon getan habe, fühle ich mich wieder mal, als müsste ich mich bei dir entschuldigen. Ich wünschte einfach, mir würden diese Dinge so leichtfallen wie dir.«

Timo hatte recht, es tut gut, ihr das zu sagen. Früher

haben Judith und ich ganz selbstverständlich über solche Themen gesprochen. Wir konnten nächtelang quatschen und alles analysieren. Irgendwann hat das aufgehört. Vielleicht, als sie Mutter wurde. Oder mit meinen wechselnden Jobs und den damit verbundenen unregelmäßigen Arbeitszeiten.

»Und mir fällt eben anderes schwer«, sagt sie. »Unbeschwert in den Tag hineinleben zum Beispiel. Ohne Rücksicht auf Konsequenzen verrückte Sachen machen. Diese Dinge kannst du, und ich wünschte mir auch, sie ließen sich ganz einfach abschauen.« Sie zuckt mit den Schultern. »Übrigens steht hier auf dem Schild, dass es dort vorn ein Café gibt. Bestimmt zahlt man da den Eintritt.«

Nie im Leben wäre ich auf die Idee gekommen, dass Judith mich auch für irgendwas als Vorbild sieht. Ich bin begierig darauf, das Gespräch zu vertiefen, und eigentlich eignet sich das Herumlaufen in einem Skulpturenpark recht gut dafür. »In welchen Situationen fühlst du dich zu wenig unbeschwert?«, frage ich sie, aber der Zeitpunkt ist schlecht gewählt, denn wir erreichen gerade das Café, und Judith hält die Tür auf, damit wir hineingehen können. Tatsächlich antwortet sie mir nicht, sondern begrüßt die Mitarbeiterin und fragt nach Eintrittskarten.

»Die Führung ist längst weg«, sagt diese. »Und allein dürfen Sie das Areal nicht besichtigen. Aber in einer Stunde gibt es die nächste. Hier stehen die Zeiten.« Sie reicht Judith exakt den gleichen Prospekt, den ich in Timos Box gefunden habe, und deutet auf die ganz unten gedruckten Uhrzeiten.

Mist, darauf habe ich nicht geachtet.

Judith sieht sich im Raum um. Das Café hat große Fenster, durch die man das Gefühl bekommt, mitten im Grünen zu sitzen.

»Wollen Sie vielleicht eine Kleinigkeit essen?«, schlägt die Frau vor. »Wir haben köstliche *poffertjes*.«

Fürs ungestörte Reden kann es nur gut sein, wenn wir uns setzen und auf die nächste Führung warten. So gesehen ist diese Stunde ein richtiges Geschenk. Und hier ist es wunderbar ruhig. Es gibt nur zwei weitere Gäste.

»Ich bin vom Frühstück noch ziemlich satt. Aber ein Wasser würde ich gern trinken«, sagt Judith und sucht einen Tisch in der Ecke aus.

Nachdem ich einen Tee aus frischem Ingwer bestellt habe, nehme ich den Faden wieder auf: »Wenn du eine verrückte Sache machen könntest, von der du weißt, dass sie garantiert ohne Konsequenzen bleibt, was wäre das?«

Ein Ausdruck, den ich nicht deuten kann, huscht über Judiths Gesicht, doch dann schmunzelt sie und sagt: »Ohne Führung durch den Skulpturenpark gehen.«

Ich muss lachen, obwohl ich spüre, dass sie mir ausweicht.

»Was wäre es denn bei dir?«, fragt sie.

Wenn ich wüsste, dass es ohne Konsequenzen bleibt, würde ich sie fragen, wie es ihr in der Beziehung mit Frank geht. Ob sie noch mit ihm glücklich ist und ob sie weiß, dass er mit anderen flirtet. Denn ich bin mir ziemlich sicher, er macht das nicht nur bei mir. Ich würde ihr so gern sagen, dass sie was Besseres verdient als diesen Egomanen.

Aber weil ich fürchte, sie zu verletzen, vor den Kopf zu stoßen und gegen mich aufzubringen, flüchte ich mich ebenfalls in einen Scherz: »Meinen Talkgästen öfter mal sagen, dass sie nicht so viel Müll labern sollen. Vor allem den Männern, die sich selbst so gern reden hören.«

Judith kichert. »Aber das wäre ja nicht verrückt, sondern eine gute Tat.«

Die Café-Mitarbeiterin bringt uns die Getränke und verschafft mir so einen Augenblick zum Überlegen. Vielleicht wäre es auch eine gute Tat, Judith die Gelegenheit zu geben, offen über ihre Ehe zu sprechen. Ich muss ja nicht mit der Tür ins Haus fallen und ihr sagen, dass Frank mir gegenüber Grenzen überschritten hat. Wieder einmal. Stattdessen kann ich ihr die Möglichkeit geben, sich Dinge von der Seele zu reden.

»Frank und du – macht ihr noch manchmal was Verrücktes zusammen?«, versuche ich einen eleganten Übergang hinzubekommen.

Sie trinkt einen Schluck. »Nach so vielen Jahren? Mir fällt gar nicht ein, was man da noch Verrücktes anstellen könnte. Die Seiten im Ehebett tauschen?«

Meine Eltern haben letztes Jahr ihre goldene Hochzeit gefeiert und hören nicht damit auf, sich kleine Spinnereien auszudenken. Letzten Winter haben sie von einer Ägyptenreise eine Wasserpfeife mitgebracht, die sie jetzt abends gern mal zusammen rauchen. Und im Sommer davor haben sie gemeinsam die Wohnzimmerwand eingerissen, um ein großes Fenster einzubauen, weil sie fanden, der Raum könnte mehr Licht vertragen. Sie sind Ende siebzig und probieren noch immer Neues aus, gestalten den Alltag abwechslungsreich und schubsen sich gegenseitig aus dem Trott.

»Was würde Frank denn sagen, wenn du vorschlägst, die Bettseite zu wechseln?«

Judith hebt die Augenbrauen. »Ob ich etwa näher beim Klo liegen will, weil ich jetzt öfters nachts raus muss. Oder so was in der Art. Du kennst ihn ja. Er ist sehr pragmatisch.«

Sieht sie es wirklich nicht? Wenn er so etwas sagen würde, wäre das unverschämt und nicht pragmatisch. Genau das ist das Problem, liebe Judith! Egal, was er tut, du nimmst ihn in Schutz. Du kommst gar nicht auf die Idee, mal einen Schritt zurückzutreten und dir das Ganze aus der Distanz anzusehen. Frank ist einfach kein netter Mensch.

Es kostet mich ein wenig Mut, aber ich fasse mir ein Herz und frage: »Bist du in deiner Ehe noch glücklich?« Dabei sehe ich ihr fest in die Augen, damit sie merkt, dass Sorge aus mir spricht und nicht Sensationsgier oder Zerstörungswut. Obwohl ich nie eine lange Partnerschaft hatte, weiß ich natürlich, dass es in einer Beziehung auf und ab gehen kann. Ich habe meine Eltern durchaus auch streiten gesehen. Aber aus der Art, wie sie dabei miteinander umgehen, spricht immer Liebe. Und die kann ich zwischen meiner Freundin und ihrem Mann schon lange nicht mehr richtig spüren.

Judith hält meinen Blick einen Moment lang fest, dann sieht sie zur Seite und sagt: »Definiere glücklich! Glück ist doch ein recht flüchtiges Gefühl für einzelne Momente.«

Sie nimmt einen Schluck Wasser und schweigt anschließend.

Wenn mir nur einfiele, was ich darauf erwidern soll. Ich bin so wenig Expertin in Beziehungsfragen, dass ich keine Ahnung habe, ob sie recht hat. Wovon sprechen die Leute konkret, wenn sie behaupten, sie wären glücklich verheiratet?

»Frank ist ein guter Vater, und es macht mich happy zu sehen, wie sehr er die Jungs liebt und sie ihn«, fährt Judith fort.

Ich runzele die Stirn. Da spricht doch jetzt nur die Mutter aus ihr, aber nicht die Frau.

»Außerdem ist er zuverlässig, fürsorglich und … Aber du kennst ihn ja selbst.«

In diesem Augenblick tritt eine der beiden weißhaarigen Café-Besucherinnen, die in der Nähe der Eingangstür sitzen, an unseren Tisch. »Entschuldigen Sie, wenn ich störe«, sagt sie. »Meine Schwester und ich überlegen schon die ganze Zeit, ob Sie es wirklich sind. Die Moderatorin Eva Gruber?«

Dass ich mich aufrichte und lächle, passiert völlig automatisch. »Die bin ich. Hallo!«

»Sie ist es!«, ruft sie der anderen über die Schulter hinweg zu, dann strahlt sie mich wieder an. »Wir sehen Ihre Sendung so gerne!«

»Vielen Dank! Das ist sehr lieb von Ihnen. Machen Sie hier Urlaub?«

Die Schwester ist nun ebenfalls herbeigeeilt und schüttelt mir die Hand. »Wir haben eine Ferienwohnung in

Callantsoog. Ist das schön, Sie hier zu treffen! Gerade vorhin habe ich zu Luise gesagt, dass ich immer ganz traurig bin, wenn *Talk mit Adam* kommt. Ich mag die Wochen mit Ihnen viel lieber. Ihr Kollege ist zwar auch sympathisch, aber mir gefällt nicht, wie er dauernd so übertrieben grinst. Sagen Sie ihm doch mal, dass das überhaupt nicht notwendig ist. Er ist ein attraktiver Mann und muss nicht so aufdringlich Beißerchen zeigen.«

Nicht lachen! Bloß nicht lachen!

»Wissen Sie, wir mögen Ihre Lebenseinstellung«, schwatzt die andere Schwester munter weiter. »Neulich stand irgendwo, Sie würden schon zum Frühstück herzhafte Fleischgerichte essen. Das ist doch viel besser als diese ganzen neumodischen Verrücktheiten. Vegan! Meine Enkelin isst jetzt vegan! Da wird nie so eine gesunde, robuste Frau aus ihr, wie Sie eine sind.«

Ich werfe Judith einen unauffälligen Blick zu. Ich weiß einfach, dass sie die Situation lustig findet. Allein das Wort robust. Garantiert wird sie das jetzt tagelang verwenden, wann immer ich was esse. Als ich ihre hochgezogenen Augenbrauen sehe, muss ich mich räuspern, um normal weiterreden zu können. »Also, wissen Sie, Sie sollten nicht alles glauben, was geschrieben wird. Ich mag zwar Fleisch, aber bestimmt nicht zum Frühstück. Und Ihre Enkelin entwickelt sich sicherlich auch als Veganerin gut.«

»Ach, Luise, ist das nicht nett?! Die Eva Gruber hier in Nordholland. Wie du und ich. Ungeschminkt und ungekämmt. Das müssen wir beim Lesekreis erzählen – das glauben die uns nie.«

Ich lächle wieder mein Profi-Lächeln.

»Bitte sie um ein Autogramm! Als Beweis«, antwortet Luise.

Ihre Schwester gackert. »Heute macht man doch Selfies. Hol rasch dein Handy. Dann können wir das Bild gleich verschicken. Es ist doch okay, Frau Gruber?«

»Aber natürlich.« Das »ungekämmt« liegt mir ein wenig im Magen, also fahre ich mir schnell mit den Fingern durch die Haare. So schlimm, wie die tun, sehen sie bestimmt nicht aus.

»Ich kann das Bild gern machen«, bietet Judith an. »Damit Sie beide mit Eva drauf sind.«

»Das ist ja allerliebst«, freut sich Luise, die gerade mit ihrem Telefon zurückkommt. »Sie müssen nur hier auf diesen weißen Kreis drücken.«

»Alles klar«, sagt Judith.

Ich stehe auf, die zwei Damen nehmen mich in die Mitte, und Judith fotografiert. Dann geben die Schwestern noch ihren Senf zu der Sendung von letztem Freitag, in der es um Profisportlerinnen ging. Nach etwa zehn Minuten lassen die Frauen uns wieder allein.

»Sorry«, flüstere ich.

»Warum? Die waren doch süß«, erwidert Judith.

Die Schwestern verlassen das Lokal und winken noch einmal.

Wir grüßen zurück.

»Du machst das gut mit den Leuten. Bist immer lieb zu ihnen, dennoch bewahrst du eine gewisse Distanz.«

»Danke. Sie sind es schließlich, die meine Rechnungen

bezahlen«, antworte ich und weiß, wie abgebrüht ich mich anhöre. Aber Judith kennt mich gut genug, um zu wissen, dass ich nicht wirklich so emotionslos bin.

»Sollen wir uns doch noch *poffertjes* bestellen? Damit du so robust bleibst, wie du bist?«

Ich lache. »Vermutlich sollte ich Timo darauf hinweisen, welches Glück er hat, mit so einer robusten Frau wie mir Zeit zu verbringen.«

Wieder entdecke ich das milde Lächeln auf Judiths Gesicht, das seit gestern jedes Mal aufgetaucht ist, wenn Timo zur Sprache kam. »Er bedeutet dir was«, stellt sie fest. Sie formuliert es nicht als Frage.

Plötzlich wird mir bewusst, dass dies vielleicht meine Chance ist. Wenn ich in Bezug auf Timo hundert Prozent ehrlich bin und Judith an meinen Gefühlen teilhaben lasse, tut sie sich eventuell leichter, mit mir über Frank zu reden.

»Mich hat's voll erwischt«, gebe ich also zu. Ich schließe die Augen und atme aus, weil es unfassbar guttut, das laut auszusprechen. »Ich kann kaum an etwas anderes denken als an ihn. Wenn ich morgens aufwache, fällt er mir sofort ein, und beim Einschlafen stelle ich mir vor, Timo würde mich im Arm halten. Er ist einfach perfekt! Intelligent, witzig, feinfühlig und sieht aus wie ein Gott. Und, alter Schwede, er ist echt gut im Bett!«

»Du sagst lauter großartige Dinge über ihn, aber mit einer Stimme, als würdest du dich beklagen. Sorry, Eva, mein Mitleid hält sich echt in Grenzen.«

Ich lege meine Finger um das Glas mit dem inzwischen

kalt gewordenen Tee und blicke auf die Ingwerstücke, die auf der Oberfläche schwimmen. »Ich habe … Bammel.«

»Aber er scheint dich doch auch total zu mögen. Wo ist denn das Problem?«

»Ein bisschen Spaß in der Freizeit, keine Verpflichtungen, niemals zu viel Nähe – das war es, was ich jetzt fünfundzwanzig Jahre lang gewohnt war. Das hat immer zu mir gepasst. Ich glaube nicht, dass ich mit achtundvierzig die Beziehungsnummer plötzlich aus dem Stegreif hinbekomme. Mit meinem Chaos werde ich ihm nur wehtun.«

Judith legt mir die Hand auf den Arm, sagt jedoch nichts.

»Ich würde es nicht mal schaffen, meine Zimmerpflanzen am Leben zu halten, wenn meine Haushaltshilfe die nicht gießen würde. Nicht, weil ich meine Gummibäume nicht mag, sondern weil ich vergesse, mich zu kümmern. Was, wenn mir das mit Timo auch passiert?«

»Ich glaube nicht, dass er einfach stumm vertrocknen würde. Ziemlich sicher kannst du dich darauf verlassen, dass er den Mund aufmacht, bevor es zu spät ist. Er ist ein Erwachsener, Eva.«

Skeptisch sehe ich sie an, weil ich daran denken muss, dass ihr Mann heute Morgen wegen einer unauffindbaren Krawatte angerufen hat. Auch wenn man Franks allgemeine Inkompetenz abzieht, bleibt da immer noch die Tatsache, dass Menschen, die eine Beziehung führen, voneinander abhängig sind. Die Vorstellung, jemand könnte sich so sehr auf mich stützen, ist der blanke Horror.

»Er hat drei Kinder im Teenageralter«, wende ich ein.

»Und die haben auch noch eine Mutter, die für sie da ist. Du musst sie nicht gleich adoptieren.«

»Angenommen, ich lasse mich darauf ein, es mit Timo zu versuchen. So richtig, meine ich. Mit seiner Zahnbürste in meinem Bad und umgekehrt. Damit wäre ich früher oder später auch Teil des Lebens seiner Töchter. Wenn es nach Timo geht, eher früher als später. Er hat mich schon mehrmals gefragt, ob er mir die Rasselbande vorstellen darf. Ab dem Zeitpunkt ist es aber nicht länger ein harmloses Spiel.«

»Ist es das, was du willst? Ein harmloses Spiel?«

Wahrheitsgemäß schüttele ich den Kopf. Ich möchte mittlerweile mehr, traue mich jedoch nicht, das zuzugeben. Nicht mal mir selbst gegenüber. »Angenommen, ich würde mich jetzt dazu entschließen, Timo ohne Einschränkungen in mein Leben zu lassen – ich wüsste ja nicht mal, wie ich mit seinen Kindern richtig umgehen sollte. Wie verhalte ich mich da am besten?«

Judith runzelt die Stirn. »Du hattest bei Linus und Robin doch auch nie Probleme.«

»Aber das ist doch was komplett anderes! Ehrlich, Judith, ich bin völlig planlos. Meinst du, du könntest mich ein wenig coachen? Du bist die beste Mutter weit und breit. Ich brauche echt deinen Rat.«

Dass Judith nun die Arme vor dem Körper verschränkt und ihr Gesicht einen kühlen Ausdruck bekommt, verwirrt mich. Habe ich etwas Falsches gesagt?

Kapitel 9

JUDITH

Ich kann nicht glauben, was ich da höre. Das ist ja wohl nicht ihr Ernst! Eva will Erziehungstipps von mir? Und das, nachdem ich jahrelang ihre ungebetenen Ratschläge über mich ergehen lassen musste? Eigentlich sollte ich jetzt triumphieren oder zumindest amüsiert sein. Stattdessen bin ich wie versteinert.

»Judith? Was ist los?«, fragt Eva.

Ich schlucke. Atme tief durch. Und spüre dennoch, wie sich Wut in meinem Bauch zusammenbraut, die dann langsam nach oben steigt. Ein Gefühl, das mich höchst selten überkommt – ich bin ein sehr besonnener Mensch und neige nicht zu cholerischen Anfällen. Aber ich weiß genau, dass ich gleich etwas sagen könnte, was ich garantiert bereuen würde. Wenn ich mich nicht schnell zusammenreiße. Doch das gelingt nicht. Unwillkürlich balle ich die Hände zu Fäusten und merke, dass sie leicht zittern.

Ich muss hier weg, bevor ich noch die Beherrschung verliere! Als ich aufspringe, werfe ich um ein Haar den Stuhl um.

Eva schaut mich mit aufgerissenen Augen an. Natürlich

ist ihr klar, dass mit mir etwas ganz und gar nicht in Ordnung ist. Aber ich kann es ihr jetzt nicht erklären. Jedenfalls nicht, ohne alles kaputt zu machen – den Ausflug, den Urlaub und vielleicht sogar unsere Freundschaft. Bevor ich das, was in mir vorgeht, ansprechen kann, sollte ich erst einmal runterkommen. »Ich muss nur kurz … Bin gleich wieder da«, stoße ich hervor und eile in Richtung Toiletten davon. Raus aus der Situation. Notfallmaßnahme Nummer eins. So habe ich es den Jungs immer gepredigt, wenn sie miteinander gestritten haben und sich einfach nicht beruhigen konnten.

Am Waschbecken lasse ich kaltes Wasser über meine Handgelenke laufen. Es bringt rein gar nichts. Ich bin immer noch völlig außer mir. Dann beuge ich mich hinunter und kühle meine Stirn damit. Anschließend Wangen und Nacken. Ein paar Tropfen rinnen mir in den Ausschnitt und die Wirbelsäule entlang. Es fühlt sich unangenehm an, aber das kann ich jetzt nicht ändern. Außerdem passt es zu meiner Stimmung. Meine Wut hat mich fest im Griff, und auch das fühlt sich alles andere als gut an. Ein Blick in den Spiegel zeigt mir, dass sogar meine Haare nass geworden sind. Doch das ist noch nicht das Schlimmste: Mein Gesicht sieht zum Fürchten aus. Rotfleckig und verzerrt. Die Stirnfalte tritt deutlich hervor. Und ich merke auf einmal, dass mein Kiefer ganz verkrampft ist, so fest beiße ich die Zähne aufeinander.

Oh, ich bin so sauer!

Mit noch mehr kaltem Wasser versuche ich, die Rötung in den Griff zu bekommen. Leider erfolglos.

So kann ich unmöglich zurück ins Café gehen. Vor allem aber muss ich erst einmal meine Gedanken sortieren.

Schritte nähern sich. Schnell schließe ich mich in einer der drei Toilettenkabinen ein und setze mich auf den geschlossenen Deckel. Jetzt wird die Tür zum Vorraum geöffnet. Ist das etwa Eva, die sich Sorgen um mich macht? Offenbar nicht, denn jemand betritt eine der anderen Kabinen. Ich höre ein Plätschern, dann, wie Papier von der Rolle gerissen wird, schließlich die Spülung. Es folgen die typischen Geräusche, die beim Händewaschen entstehen, und wieder das Türenquietschen.

Schon klar, es ist lächerlich, dass ich mich hier verstecke und andere dabei belausche, wie sie ihr Geschäft verrichten, nur um einem Gespräch mit Eva aus dem Weg zu gehen. Aber noch bin ich nicht bereit dazu.

Ich stütze meine Ellbogen auf die Knie und mein Kinn auf die Fäuste. Dann schließe ich die Augen und spüre in mich hinein. Die Wut ist noch da. Sie erschreckt mich, denn sie passt nicht zu mir. Schließlich bin doch immer ich diejenige, die bei Konflikten vermittelt.

Ich erinnere mich an eine Situation vor fast zwanzig Jahren, als Eva mich besuchte. Robin war damals noch ziemlich klein. Eva hatte für ihn ein knuffiges Kuscheltier dabei, das er jahrelang mit sich herumschleppte. Doch ihr Geschenk für den knapp fünfjährigen Linus war weniger gelungen: Ein Puzzle mit hundert Teilen, das noch viel zu anspruchsvoll für ihn war. Obwohl die Altersempfehlung *ab sechs Jahren* lautete, versuchte Eva immer wieder, den Knirps dafür zu begeistern. Die Altersangabe auf der

Packung nahm sie nicht ernst und meinte, das sei nur ein vager Vorschlag. Auf *Mensch ärgere dich nicht* stünde ja auch *von fünf bis neunundneunzig* drauf, erklärte sie. »Und überhaupt – was ist mit Hundertjährigen?« Sie fand das lustig.

Ich nicht. Zumal ich sah, wie Linus, der in dieser Phase zu Trotzanfällen neigte, immer nervöser und ungeduldiger wurde. Irgendwann warf er alle Teile durcheinander, auch den Rahmen, den Eva schon gelegt hatte, damit es für ihn leichter würde. Darüber schüttelte sie den Kopf. Sie riet mir sogar, Linus mal untersuchen zu lassen. Vielleicht brauche er ja Ergotherapie oder so etwas.

Damals bin ich ruhig geblieben. Eva wusste es nun mal nicht besser. Warum rege ich mich also jetzt – mit beinahe zwei Jahrzehnten Verzögerung – darüber auf? Mein Puls beschleunigt sich, wenn ich nur an diese Begebenheit denke. Das ist dermaßen übertrieben und unangemessen! Was ist nur in mich gefahren?

Dann ploppt eine andere Erinnerung auf. Evas fünfunddreißigster Geburtstag. Meine Söhne im Grundschulalter. Echte Rabauken, die ständig herumtobten, Fußball spielten, sich dreckig machten. Nicht ideal für Evas Sommerparty, auf der alle Besucher in Weiß gekommen waren. Zumal es einen Schokoladenbrunnen gab. Als ich den sah, schwante mir schon Fürchterliches, und es war vorbei mit meiner entspannten Stimmung. Natürlich konnte ich nicht verhindern, dass eine zu einem Ball umfunktionierte Dekokugel hineinflog und einige Gäste komplett einsaute.

Evas genervte Blicke werde ich wohl nie vergessen. Und auch nicht ihre Worte, als sie mich zur Seite nahm und mir erklärte, dass ich meinen Söhnen zu viel durchgehen ließe. Damals fühlte ich mich wie eine Versagerin, obwohl ich genau wusste, dass ich es gut machte. Auf das Muttersein ist keine Frau optimal vorbereitet, auch wenn sie vorher stapelweise Ratgeber liest. Es stellt einen täglich und in jeder Entwicklungsphase der Kinder vor neue Herausforderungen.

Als wäre es nicht schon schlimm genug, dass andere Mütter mir permanent ein schlechtes Gewissen machten, weil ihre Kinder angeblich alles aßen, durchschliefen, immer fleißig waren und sie selbst komplett entspannt blieben – nein, als Krönung kam noch hinzu, dass meine beste Freundin an meinem Erziehungsstil herumnörgelte.

Meine beste *kinderlose* Freundin.

Ich weiß, sie hätte sich durchaus eigenen Nachwuchs gewünscht. Und es tut mir von Herzen leid, dass sich dieser Traum für sie nie erfüllt hat. Aber deshalb tat ihre Kritik nicht weniger weh.

»Ich mein's ja nur gut …« – so fingen ihre Ratschläge oft an. Oder mit: »Du, mir ist da was aufgefallen – weißt du, manchmal sieht man von außen mehr …«

Mich hat das immer sehr verletzt. Weil die Vorwürfe auch so ungerecht waren. Sie wusste einfach nicht, wie der Alltag einer Mutter wirklich aussieht. Wie oft da die Nerven blank liegen und man an sich selbst zweifelt. Und doch hatte sie zu allem eine Meinung.

Sie fand es nicht ideal, dass Robin im Elternbett schlief, bis er acht war. Das täte ihm nicht gut, und meinem Liebesleben auch nicht. Sie belächelte mich dafür, dass ich den Jungs das Gemüse mixte und unter die Soße rührte, damit sie genug Vitamine zu sich nahmen. Ihrer Meinung nach hätte ich sie nur konsequent dazu ermuntern müssen, alles zu probieren. Sie schüttelte den Kopf darüber, dass ich Robins Hausaufgaben kontrollierte, denn sie fand, er sei spätestens mit dreizehn langsam alt genug, Verantwortung für sein Leben zu übernehmen.

Aber ich kannte eben meine Pappenheimer. Und Eva … ja, sie hatte einfach keine Ahnung. Sie wusste nicht, wie unruhig Robin als kleines Kind immer schlief, wenn er allein war – und wie zufrieden er schlummerte, sobald er meine Nähe spürte. Sie hatte das Rosenkohl-Theater ebenso wenig miterlebt wie den Spinat-Aufstand oder das Rote-Bete-Drama. Sonst hätte sie mir zu der großartigen Idee gratuliert, den Jungs das Gemüse heimlich unterzujubeln – jedenfalls bis sie älter wurden und von selbst bereit waren, sogar exotische Sorten zu probieren. Und sie hatte noch nie ein cleveres, aber stinkfaules Kind zum Schulabschluss bugsiert, um ihm fürs weitere Leben die besten Chancen zu eröffnen.

Je länger ich hier sitze und grübele, desto mehr Episoden fallen mir ein, in denen Eva »Ich an deiner Stelle« sagte und mir dann Dinge empfahl, die theoretisch vielleicht richtig klangen, aber in der Praxis einfach nicht funktionierten. Was ich genau wusste, denn ich hatte sie ausprobiert.

Jahrelang habe ich das alles geschluckt. Erst dachte ich, sie würde schon begreifen, wie die Realität aussieht, wenn sie selbst ein Kind hätte. Doch der Nachwuchs blieb aus, und das tat mir so leid für sie, dass ich sie nun erst recht nicht daran erinnern wollte, wie weltfremd all ihre Ratschläge rund um Kinder doch waren. Sie hat nie das Glück erlebt, das einen durchströmt, wenn man das eigene Baby zum ersten Mal lächeln sieht, wenn es seine kleinen Ärmchen um einen schlingt, wenn es seine ersten Schritte macht, wenn es größer und eingeschult wird, selbstständig hinaus ins Leben geht … All diese magischen Momente kennt sie nur aus zweiter Hand.

Andererseits hätte sie sich mit Kindern bestimmt nicht so gut im Berufsleben ausprobieren können. Sie wäre bei dem Versuch hoffnungslos überfordert gewesen, Job und Familie unter einen Hut zu kriegen. Sie schafft es ja nicht mal, eine Städtereise zu planen.

Ich seufze.

Eigentlich bin ich doch längst damit versöhnt, dass wir nicht in einer Großstadt gelandet sind, sondern an diesem herrlichen Fleckchen Erde.

Der Gedanke an den beeindruckenden Sonnenaufgang heute Morgen, den wunderschönen Spaziergang und das entspannte Gespräch mit Maarten erdet mich. Ich merke, wie ich ruhiger werde. Entschlossen stehe ich auf. Was auch immer mich da eben überkommen hat, ich habe es wieder im Griff.

»Geht's? War das der Kreislauf? Ich habe uns doch eine Portion *poffertjes* bestellt«, sagt Eva und deutet auf den riesigen Teller vor sich. Sie schiebt ihn in die Mitte des Tisches. »Greif zu – das schaffe ich nie im Leben allein. Und hier ist ein großes Glas Wasser. Vielleicht hast du zu wenig getrunken.« Sie lächelt mir zu.

Typisch Eva. Sie ist so fürsorglich. Und gleichzeitig empathisch, denn sie muss gespürt haben, dass ich einen Moment für mich gebraucht habe, sonst wäre sie mir garantiert gefolgt.

Ich denke an ihre Worte von vorhin. *Ich wüsste ja nicht mal, wie ich mit seinen Kindern richtig umgehen sollte.*

Sofort spanne ich alle Muskeln an. Von wegen, ich hab mich wieder im Griff. Das war wohl Wunschdenken.

Himmel, warum bin ich heute so empfindlich? Ich reagiere doch sonst nicht so über.

Schnell nehme ich Platz und spieße mit der Gabel einen Minipfannkuchen auf, der dick mit Puderzucker bestreut ist, und stecke ihn mir in den Mund. Er ist heiß, süß und fettig.

»Köstlich, oder? Beziehungsweise: *lekker*«, sagt Eva gut gelaunt.

»Hm«, mache ich und stopfe gleich den nächsten hinterher. Nicht weil ich besonders Appetit auf diese *poffertjes* verspüre, sondern um nicht reden zu müssen. Nachdem ich heute zweimal Frühstück serviert bekommen habe, bin ich eigentlich zu voll, und ich weiß, dass mir jeder einzelne Bissen schwer im Magen liegen wird. Aber darauf kann ich jetzt keine Rücksicht nehmen.

»Die nächste Führung startet in einer Viertelstunde«, informiert mich Eva. Entweder sie spürt die negativen Vibes nicht, die ich aussende, oder sie ignoriert sie bewusst und versucht, die Situation durch eine harmlose Bemerkung zu entspannen.

Ach ja, die Führung durch den Skulpturenpark. An die

habe ich gar nicht mehr gedacht. Und irgendwie ist mir auch die Lust darauf vergangen. Andererseits hat sich Eva solche Mühe gegeben, mir wenigstens ein bisschen Kultur bieten zu können, dass ich mir das nicht anmerken lassen werde.

Wie so vieles andere auch nicht. All die Dinge, über die ich mich im Laufe der Jahre aufgeregt habe – ich habe sie ausnahmslos in mich hineingefressen. Statt ihr zu sagen, wie unwillkommen ihre Ratschläge sind und wie sehr sie mich mit ihrer Besserwisserei verletzt. Ich hätte mir damals einfach nur ein bisschen Zuspruch von ihr gewünscht. Ein offenes Ohr. Und rückhaltlose Solidarität.

Und nun das: *Meinst du, du könntest mich ein wenig coachen? Du bist die beste Mutter weit und breit. Ich brauche echt deinen Rat.* Ich schnaube und nehme mir schnell noch ein *poffertje*. Wohl wissend, dass ich das Unvermeidliche damit nur herauszögere. Wir sollten das Thema baldmöglichst klären – aber wie soll ich das hinbekommen, wenn ich ja selbst nicht weiß, warum ich gerade wegen oller Kamellen derart explodiert bin?

Eva ist zum Glück kurz abgelenkt, weil sie eine Nachricht erhalten hat und auf ihrem Handy herumwischt. Sie grinst versonnen und tippt dann eine Antwort. Nebenbei isst sie weiter.

»Puh, jetzt bin ich aber pappsatt«, erklärt sie, als der Teller leer ist. »Es wird Zeit! Ich kaufe noch schnell unsere Tickets für die Führung und bezahle unsere Bestellungen. Ich lade dich ein.«

»Danke. Ich warte draußen«, sage ich und schnappe mir meinen Rucksack.

Es ist so dunkel, als wäre es Abend, dabei ist es gerade mal drei Uhr nachmittags. Das, was der strahlend schöne Morgen versprochen hat, hält dieser Tag leider nicht. Vorhin war es ja schon trüb, aber jetzt türmen sich tiefdunkle Wolkenungetüme über uns auf. Ich hätte eine Regenjacke einpacken sollen, denke ich noch, da fallen auch bereits die ersten, dicken Tropfen.

Deshalb bleibe ich unter der Überdachung stehen und hoffe darauf, dass der Regen nicht stärker wird. Doch dann öffnet der Himmel sämtliche Schleusen, und ganze Sturzbäche prasseln hernieder.

»So ein Mist!«, flucht Eva, die gerade das Café verlässt. Was sie noch sagt, wird von einem dröhnenden Donner übertönt.

»Allerdings«, erwidere ich. »Was wird jetzt aus der Führung?«

»Die fällt leider ins Wasser. Bei so einem Wetter findet kein Rundgang statt.«

Wir bleiben eine Weile stehen und beobachten den Regen. Er wird nicht schwächer, und über den Himmel zucken Blitze. Wenigstens ertönt der dazugehörige Donner inzwischen etwas später, das Gewitter scheint sich zu entfernen.

Eva wirkt unentschlossen. »Was willst du jetzt machen? Wieder zurück ins Café?«

»Lieber nach Hause«, sage ich, denn ich sehne mich danach, mich ein bisschen zurückzuziehen. »Ich bin hundemüde. Der Wetterumschwung schlägt mir wohl auf den Kreislauf.« Und das ist nicht einmal geschwindelt. Krasse

Luftdruckänderungen haben mir schon immer etwas ausgemacht, Frank nannte mich früher *mein wandelndes Barometer.*

»Oje, bis zum Parkplatz sind wir klitschnass«, gibt sie zu bedenken.

»Im Ferienhaus können wir uns ja abtrocknen und umziehen.« In Wahrheit bin ich auch nicht scharf darauf, durch den Sturzregen zu laufen, aber mein Wunsch, allein zu sein, ist stärker als der, mich unterzustellen.

»Okay. Auf die Plätze – fertig – go!« Schon sprintet sie los und ist bereits ein gutes Stück vor mir, als ich ebenfalls starte.

Im Nullkommanichts ist meine Jeansjacke komplett durchnässt, ebenso die Hose, meine Schuhe, sogar die Unterwäsche und Socken. Dennoch überhole ich Eva schon nach wenigen Metern. Was mir aber nicht viel bringt, denn als ich Cary Grant erreiche, muss ich dort auf sie warten, schließlich hat sie den Schlüssel.

»Hilfe«, sagt sie lachend, »ich fühle mich wie damals, als ich in den Teich gefallen bin, weißt du noch?«

»Klar, wie könnte ich das vergessen. Immerhin musste ich dich rausziehen und war danach genauso durchweicht.«

Eva entriegelt die Türen, die wir dann zeitgleich aufreißen, um endlich ins Trockene zu kommen. Sie kichert ausgelassen, ich kann mir nur ein halbherziges Lächeln abringen.

»Spuck's aus, Judith«, sagt Eva, als wir durch den ersten Kreisel fahren. »Dir ist doch eine Laus über die Leber gelaufen? Es ist nicht nur der Kreislauf, habe ich recht?«

»Du solltest das Gebläse einschalten«, erwidere ich, statt ihre Frage zu beantworten. »Die Scheiben beschlagen.«

Obwohl der Scheibenwischer auf höchster Geschwindigkeit läuft, sieht es aus, als würden wir durch dichten Nebel fahren. Fehlt gerade noch, dass Eva einen Unfall baut.

Sie tut, was ich ihr vorgeschlagen habe, und bald wird die Sicht klarer.

Wir passieren eine Tankstelle, dann führt die Landstraße durch Tulpenfelder, die erstaunlicherweise trotz des miesen Wetters in den herrlichsten Farben leuchten.

»Wir können uns alles sagen, dachte ich«, fängt Eva wieder an. »Ich spüre doch, dass irgendwas nicht stimmt. Habe ich etwas Falsches gesagt? Wenn du dich über mich ärgerst, will ich wissen, was ich verbockt habe, damit ich es in Zukunft sein lasse.«

Ich kann einfach nicht antworten. Wie soll ich meine Gedanken und Gefühle bloß in Worte fassen? Und das auch noch so, dass Eva mich versteht – und nicht sauer ist?

Sie schaut kurz zu mir herüber, dann konzentriert sie sich wieder auf den Verkehr. Vor uns biegt ein Traktor aus einer Hofeinfahrt auf die Straße. Ich rechne schon damit, dass er uns ausbremst und Eva ihn gleich überholen muss, aber das dunkelblau lackierte Fahrzeug legt ein ordentliches Tempo vor.

»Ich weiß gar nicht, wo ich anfangen soll«, sage ich, als ich mein eigenes Schweigen nicht länger ertrage. Es war eine dumme Idee, darauf zu bestehen, dass wir zurückfahren. Nirgendwo ist es so schwierig, einem unangenehmen Gespräch auszuweichen, wie im Auto. Das hätte ich bedenken sollen – schließlich habe ich mir diesen Effekt oft zunutze gemacht, als Linus und Robin in der Pubertät waren. Während sie zu Hause gern mal türenknallend in ihre Zimmer verschwanden, wenn ich mit einem Thema auf sie zukam, das ihnen nicht behagte, waren sie mir auf dem Weg zum Training oder zum Musikunterricht ausgeliefert. So wie ich jetzt Eva.

»Warum sagst du mir nicht einfach, was dich so aus dem Konzept gebracht hat?«, schlägt sie vor.

»Das wäre dann dieses unsägliche Hundert-Teile-Puzzle …«

»Was für ein Puzzle?«, fragt Eva verwirrt.

»Dein Geschenk an Linus, als er noch nicht mal zur Schule ging, und deine Reaktion darauf, dass es zu schwer für ihn war.«

»Warte mal, du redest von meiner Geschenkauswahl von vor bald zwanzig Jahren?«

»Wenn ich nur daran denke, schnürt es mir den Hals zu vor Ärger.«

Ich sehe, wie sich Evas Schultern leicht heben. Die Situation ist ihr unangenehm, und das kann ich gut verstehen. Auch dass sie sofort in den Verteidigungsmodus schaltet. »Du ärgerst dich über etwas, was ewig weit zurückliegt? Ich wusste gar nicht, dass du so nachtragend bist.«

»Bin ich nicht. Es hat sich nur einiges in mir angesammelt. Und vorhin ist mir einfach die Hutschnur geplatzt. Ich weiß selbst nicht, warum.«

»Was hat sich denn in dir angesammelt? Wovon redest du?«

Ich antworte nicht sofort und versuche, meine Gedanken zu sortieren.

Eva biegt ab in Richtung Dünenstraße. »Was hat dich jetzt so getriggert?«

»Hör mir bloß auf mit diesem neumodischen Psychosprech! Ich kann das nicht leiden. Ich habe keine Traumata, die man triggern könnte. Ich hab mich einfach nur geärgert, weil du mich ständig kritisiert hast, als die Kinder noch kleiner waren. Und statt etwas zu sagen, habe ich meinen Groll in mich hineingefressen.«

Eva schweigt betroffen.

Doch ich kann mich jetzt nicht mehr stoppen, auch wenn mir klar ist, dass ich meine Freundin gerade ziemlich überrumpele. »Immer hast du meinen Erziehungsstil bemängelt, ungebetene Ratschläge erteilt und alles besser gewusst. Du weißt gar nicht, wie … scheiße ich das fand.« Jetzt leidet sogar schon meine Wortwahl. Wut ist ein schlechter Rhetorik-Ratgeber.

»Ich wollte doch nur …«

»Genau, du wolltest nur zeigen, dass du eine bessere Mutter wärst als ich. Dass ich unfähig bin. Alles falsch mache. Meine Jungs verhätschele, verwöhne, nicht im Griff habe. Das hast du mir jahrelang zu verstehen gegeben.« Tränen laufen mir über die Wangen. Ich wische sie unwirsch weg.

»Aber das stimmt doch gar nicht! Niemals habe ich auch nur ansatzweise etwas von dem gedacht, was du da sagst. Ich habe dich immer für eine großartige Mutter gehalten. Wie kommst du nur auf so einen Quatsch?«

»Ich war dabei, Eva!«

»Aber ich wollte doch nur …«, beginnt sie wieder, dann bricht sie ab. Sie schnieft jetzt ebenfalls.

Ich hasse diese Situation. Und ich hasse es, wie ich sie mit jedem Wort schlimmer mache. Inzwischen bin ich schweißgebadet, und meine Schläfen fangen an zu pochen. Aber ich bin noch nicht fertig. »Und jetzt fragst du mich nach Erziehungstipps? Weißt du, wie absurd das ist? Es ist fast zum Lachen.« Ich schluchze laut, meine Worte sind kaum mehr verständlich.

Ich krame ein Taschentuch hervor. »Das musste einfach mal raus. Und es war dumm von mir, meine Gefühle nicht von Anfang an auszusprechen. Nun haben sie sich angestaut, sodass sie jetzt krasser rauskamen, als ich wollte. Sorry. Auch ein Tempo?« Ich halte ihr das Päckchen hin.

Wortlos greift sie danach, während sie gleichzeitig blinkt und in unseren Ferienpark einbiegt. Cary Grant gerät leicht ins Schlingern, doch sie behält die Kontrolle. Erst als sie in der Einfahrt von Timos Häuschen zum Stehen kommt, zupft sie ein Taschentuch heraus und trocknet ihre Tränen.

Wortlos bleiben wir nebeneinander sitzen. Weil der Motor abgestellt ist und damit auch die Lüftung nicht mehr läuft, beschlagen die Fenster sofort wieder.

Hier sind wir nun. Schwitzend, vom Regen durchnässt, in Tränen aufgelöst.

Fehlte gerade noch, dass das Navi sagt: »Wenn möglich, bitte wenden.«

Wäre das nur so einfach.

Kapitel 10

EVA

Betroffen starre ich auf das Lenkrad. Der Regen prasselt so heftig auf die Windschutzscheibe, dass es im Auto dröhnt. Und durch unsere nassen Klamotten ist es dermaßen feucht, dass sich die Luft wie zum Schneiden anfühlt. Trotzdem rührt sich keine von uns.

Wie kann es sein, dass Judith wegen Vorfällen, die ewig lange her sind, so verletzt ist? Aufgrund von Kränkungen, die ich nicht mal ansatzweise mitbekommen habe.

»Judith, ich …«, beginne ich, breche dann aber wieder ab, weil ich gar nicht weiß, was ich sagen soll. Denn ich verstehe nicht richtig, was in der letzten Dreiviertelstunde vor sich gegangen ist. Als ich höre, wie Judith zittrig durchatmet, schaue ich sie an. Sie sieht so unglücklich aus, dass mir erneut Tränen in die Augen steigen. »Hör mal, ich hatte echt keine Ahnung, wie du das damals empfunden hast«, sage ich. »Es tut mir total leid, dass ich dir mit meinen Ratschlägen offensichtlich sehr wehgetan habe. Warum hast du denn nie was gesagt?«

Sie zuckt mit den Schultern. »Ich weiß nicht, irgendwie dachte ich … keine Ahnung. Du wolltest selbst ja auch

Kinder, und deshalb bin ich davon ausgegangen, du würdest mich verstehen, sobald du Mutter bist. Und dann aufhören, mich runterzumachen.«

»Ich wollte dich niemals runtermachen – das musst du mir bitte glauben! Meine Kommentare waren nicht mal als echte Kritik gemeint. Ich fand wirklich immer, dass du es super hinbekommst mit den Jungs. Aber als deine Freundin war es mir ein Anliegen, dir zu helfen – damit du es noch leichter hast. Also habe ich dir alles gesagt, was ich irgendwo über Kindererziehung aufgeschnappt hatte. Frank hat sich rausgehalten, daher dachte ich, du brauchst meine Unterstützung.« Beim Gedanken an Frank zieht sich mir der Magen zusammen. Mein Plan, mit Judith über ihn zu sprechen, ist gründlich schiefgegangen, denn jetzt kann ich auf keinen Fall mit dem Thema anfangen. Sie würde bestimmt wieder denken, ich kritisiere sie, wenn ich ihre Beziehung infrage stelle. »Bitte entschuldige, wenn ich mich eingemischt und dich damit so gekränkt habe, dass es dich noch all die Jahre später zum Weinen bringt.«

Judith streicht sich die nassen Haare aus der Stirn und setzt sich etwas aufrechter hin. »Ich weiß auch nicht, was mit mir los ist. Vielleicht sind es die Hormone. Sorry für den Ausbruch. Geht schon wieder.«

»Hör auf, dich dafür zu entschuldigen«, widerspreche ich und lege ihr eine Hand auf den Arm. »Wenn dich das alles so belastet, ist es doch superwichtig, dass es mal zur Sprache kommt.«

Sie nickt, wirkt aber nicht überzeugt.

Genau aus diesem Grund ist sie noch mit Frank zusammen, denke ich. Weil sie die Harmonie über alles stellt und dafür ihre Gefühle unter den Teppich kehrt. Das kann nicht gesund sein. »Warum gehen wir nicht rein, ziehen uns was Trockenes an, heizen den Kamin an und reden in Ruhe weiter«, schlage ich vor.

»Ich weiß nicht, ob das viel Sinn macht, die alten Geschichten im Detail wieder aufzuwärmen. Lassen wir es gut sein. Du hast recht: Das alles ist lange her.«

Verdammt, ich will endlich so richtig mit ihr ins Gespräch kommen! Von mir aus darüber, was ich damals verbrochen habe. Wann soll das sonst passieren, wenn nicht hier im Urlaub?

Sie scheint mir die Enttäuschung am Gesicht abzulesen, denn prompt schiebt sie hinterher: »Es gibt wirklich nichts auszudiskutieren. Ich habe mich schon wieder eingekriegt.«

»Aber wir dürfen das doch nicht einfach so stehen lassen. Wann immer es um Kinder geht, wird es hochkommen. Können wir das bitte nicht übergehen, sondern uns vernünftig damit auseinandersetzen?«

Sie seufzt. »Ich bin unglaublich müde, nachdem ich heute schon so früh unterwegs war. Am liebsten würde ich mich hinlegen und eine Runde schlafen, wenn ich ehrlich bin. Mach dir wirklich keine Sorgen. Alles ist gut.« Sie greift bereits nach dem Türgriff, um auszusteigen. »Der Regen lässt ein wenig nach, ich denke, wir sollten jetzt reingehen, bevor wir uns eine Erkältung holen.«

»Es tut mir leid, falls ich damals distanzlos war und du dich über mich geärgert hast«, entschuldige ich mich erneut, obwohl ich nicht unbedingt denke, dass ich mich ihr gegenüber jemals wirklich übergriffig verhalten habe. Aber wenn Judith das so empfunden hat, ist es Grund genug.

Sie hält inne und lächelt mich an. »Ist okay. Ich lege mich jetzt hin, und dann können wir ja später einen netten Film zusammen anschauen oder so was in der Art. In Ordnung?«

»Klar.«

Judith öffnet nun endgültig die Wagentür.

Ich bleibe noch einen Moment lang sitzen. Auch wenn ich wirklich nicht ganz verstehe, warum die Sache mit dem unseligen Puzzle jetzt Thema geworden ist, weiß ich eines genau: Ich werde Judith nie wieder wegen Timos Kindern um Rat fragen.

Während ich unter der heißen Dusche stehe und mir den Wasserstrahl auf die ausgekühlten Schultern prasseln lasse, fällt mir plötzlich eine Begebenheit von vor vielen Jahren ein, an die ich ewig nicht gedacht habe: Judith, ihre Kinder und ich waren zu Besuch bei meinen Eltern im Garten. Linus und Robin besuchten die Grundschule, und ich fand sie in jener Zeit eher anstrengend, weil sie kaum stillsitzen konnten. Einer der beiden Jungs – ich erinnere mich nicht, welcher – hatte Ausschlag auf dem Bauch. Judith sprach mit meiner Mutter darüber und überlegte laut, ob sie nicht vielleicht zum Arzt gehen müsse. Als der Kleine sich dann händeweise Süßigkeiten in den Mund stopfte, sagte ich zu meiner Freundin: »In dem Gummizeug sind ziemlich viele E-Nummern drin. Wenn er eh schon so heftige Hautprobleme hat, solltest du ihn das also lieber nicht essen lassen.« Erst kurz zuvor hatte ich gehört, dass es Zusammenhänge zwischen künstlichen Nahrungszusätzen und dermatologischen Problemen geben kann.

Wenig später stand ich mit meiner Mutter in der Küche, um ihr beim Broteschmieren zu helfen.

»Schatz, du solltest dich mit solchen Kommentaren zurückhalten«, riet sie mir. »Judith weiß schon, was sie tut.«

»Aber wieso denn? Ich kann sie doch darauf aufmerksam machen, sobald mir auffällt, dass sie was übersieht.«

»Nein, lass das lieber! Als Mutter kann man so was nicht brauchen. Es nervt kolossal, wenn alle denken, sie wüssten es besser.«

»Ich glaube nicht, dass es Judith stört – das würde sie mir sagen«, antwortete ich, bevor ich das Thema wechselte.

Beim Gedanken an dieses kurze Gespräch brennen neue Tränen in meinen Augen.

Was Judith mir im Auto vorgeworfen hat, habe ich wirklich getan. Ich habe mich eingemischt. Oft sogar. Meine Ratschläge waren gut gemeint. Aber im Grunde vielleicht doch eine Zumutung, weil sie als Kritik rüberkamen. Als hätte Judith ihre Rolle als Mutter nicht optimal gemeistert. Und meine Mutter hat mich damals schon darauf hingewiesen. Wie borniert war ich eigentlich?

Frustriert drehe ich das Wasser ab und steige aus der Dusche. Während ich mich abtrockne, fällt mein Blick auf die fünf Zahnbürsten der Familie Faßbender. Bei Timos Mädchen wird mir nicht derselbe Fehler unterlaufen wie bei Judiths Kindern! Mit keinem Wort werde ich jemals meine Meinung zur Erziehung kundtun. Was auch passiert, ich werde meinen Senf nicht ungefragt dazugeben, sondern darauf vertrauen, dass Timo und seine Ex alles im Griff haben.

Und dann wird mir klar, dass Judith mir den besten Rat gegeben hat, den sie mir je hätte geben können: Sie hat mir anschaulich klargemacht, was ich in Bezug auf Timos Kinder beachten muss.

Als ich wieder angezogen bin, lausche ich an Judiths Tür, aber nichts rührt sich. Wahrscheinlich schläft sie.

Weil mir die Decke auf den Kopf fällt und ich das Gefühl habe, irgendwas tun zu müssen, um hier nicht völlig in schlechtem Gewissen zu versinken, schreibe ich ihr eine Nachricht, dass ich für eine Stunde losziehe, und fahre dann ins Nachbardorf. Ich parke auf dem kleinen Platz, um den sich die für Nordholland so typischen niedrigen Häuschen ducken.

Eigentlich gehe ich nicht besonders gern shoppen, aber da mir keine andere Beschäftigung einfällt, beschließe ich, ein wenig zu bummeln.

Zu Hause in Köln werde ich von den meisten Verkäuferinnen sofort erkannt, was entweder zur Folge hat, dass sie mir das Allerteuerste einreden oder mich in die Richtung meines TV-Looks drängen wollen. Dass die bevorzugten Klamotten für mein Privatleben gänzlich anders aussehen, fällt ihnen schwer zu glauben. Vor einiger Zeit versuchte zum Beispiel einmal jemand, mir ein Body-Forming-Teil für untendrunter aufzuschwatzen. Das sei für Plus-Size-

Frauen wie mich unerlässlich. Überhaupt, wenn man in das Alter kommt, in dem das Gewebe nicht mehr so straff ist. Mit keiner Silbe hatte ich erwähnt, dass ich ein Problem damit hätte, wie ich in meinen Sachen aussehe. Außerdem hatte ich nach Jeans und Bluse gefragt und trug nicht mal einen BH unterm Pulli. Nur ein bequemes, verstärktes Unterhemd. Wie konnte die Verkäuferin also auf die Idee kommen, ich wolle ein Shaping-Teil?

Das alles finde ich eher unangenehm. Aber hier im Urlaub kann ich es wieder einmal wagen, ein bisschen durch das Angebot zu stöbern. Ein Bummel ist jetzt genau das Richtige, um auf andere Gedanken zu kommen. Mit Schwere im Herzen, weil Judith nicht bei mir ist und es mit ihr viel mehr Spaß machen würde, drücke ich die Tür zum ersten Laden auf, grüße und stöbere durch die bunten Fähnchen auf den Ständern. Einkaufen zu gehen, ist bei unseren Freundinnenreisen stets ein Fixpunkt. Eben nicht, weil wir zwei große Fashionistas wären, sondern weil wir es schon immer lieben, zusammen ein bisschen was anzuprobieren, uns über unmögliche Schnitte und unvorteilhafte Farbzusammenstellungen lustig zu machen. Ob wir dabei einen Flohmarkt mit Second-Hand-Ware durchforsten oder eine schicke Designer-Boutique, ist uns egal. Wir kaufen sowieso selten was. Judith, weil sie die Läden ihres Vertrauens in München längst gefunden hat, und ich, weil ich meist die Ausstatterin im Sender bitte, Teile für meinen täglichen Bedarf mitzubesorgen. Sie weiß, dass ich in der Freizeit gern eine Nummer größer wähle, und wie wichtig mir gute Materialien sind, damit die Sachen möglichst lange halten. Die schilfgrüne Strickweste, die ich gerade trage, ist zum Beispiel über zehn Jahre alt.

Ich nehme ein schwarzes Samtoberteil aus einem der Regale und befühle es. Dieses Material mochte ich in den Neunzigern besonders gern. In meiner Dreadlocks-Phase als Studentin hatte ich sogar einen grauen Hosenanzug aus Nicki. Judith fand den ein wenig kindlich, weil sie das Material vor allem mit Babyklamotten in Verbindung brachte, dennoch half sie mir, einen passenden Hut dazu zu finden. Mit dem saß ich dann stolz in den Vorlesungen und fühlte mich verbunden mit meinem Schwarm, dem Sänger Jamiroquai, der in einem seiner Videoclips eine ähnliche Kopfbedeckung trug.

Überhaupt hat mich Judith immer so genommen, wie ich bin. Deshalb schockieren mich ihre heutigen Worte umso mehr. Weil ich bis vor etwas mehr als einer Stunde keine Ahnung hatte, dass sie es umgekehrt ganz anders empfunden hat. Sie fühlte sich von mir schlechtgemacht statt wertgeschätzt.

Himmel, bei dem Gedanken könnte ich schon wieder losheulen!

Hätte ich als ihre Freundin nicht merken müssen, was in ihr vorgeht? Oder wäre es ihre Aufgabe gewesen, es mir mitzuteilen? Hatten wir nicht immer eine Art Pakt, ehrlich miteinander umzugehen?

Ich muss daran denken, wie Judith einmal tränenüberströmt vor unserer Tür stand, als wir noch Kinder waren. Ihre Eltern stritten in jener Zeit viel, und sie rettete sich öfters zu uns, wenn die Atmosphäre zu Hause unerträglich wurde. Sie erzählte mir davon, wie sich ihre Eltern gegenseitig vorwarfen, nicht offen und ehrlich miteinander umzugehen. Das fand sie völlig unverständlich. Ich stimmte ihr zu, denn was konnte einfacher sein, als sich stets alles anzuvertrauen?

»Wir werden nie so sein, stimmt's, Eva?«, war sich Judith sicher. »Wir haben sowieso keine Geheimnisse voreinander.«

Wann hat es eigentlich begonnen, dass meine beste Freundin und ich nicht mehr alles besprechen, was uns durch den Kopf geht? Zu dem Zeitpunkt, als Frank in Judiths Leben trat? Weil ich ihn von Anfang an nicht mochte? Ich entschloss mich damals dazu, ihr meine Bedenken nicht mitzuteilen, weil sie so unglaublich glücklich wirkte.

Eventuell war das ein Wendepunkt. Denn damit entschied ich mich zum ersten Mal, mit meinen Gedanken hinterm Berg zu halten. Ich log sie nie an, aber ich achtete tunlichst darauf, meine Meinung über Frank vor ihr zu verbergen. Und auch die Geschichten, die sie mir über ihre Beziehung erzählte, wurden mit der Zeit weniger. Wahrscheinlich war das nicht einmal ihre bewusste Entscheidung, sondern eher eine automatische Reaktion auf meine Zurückhaltung. Ich fand das nie schlimm, denn es gab ja genug andere Themen, die wir besprechen konnten. Aber vermutlich war das der Startschuss dafür, nicht mehr so offen miteinander umzugehen wie in unserer Jugend.

Und schließlich landen meine Gedanken wieder einmal bei den Erinnerungen an jene Party, von der ich wünschte, früher heimgegangen zu sein: Ich war mit meinem Freund Raphael und dessen Lebensgefährten Emilio bei einer Firmenjubiläumsfeier im Münchner Glockenbachviertel. Frank war als Schulkollege des Unternehmers auch da – allerdings ohne Judith, weil sich Linus kurz vorher das Bein gebrochen hatte und sie lieber bei ihm hatte bleiben wollen. Mir ist klar, dass alle an dem Abend zu viel getrunken haben. Sicher auch Frank. Das sagte ich mir immer wieder, als ich mir anschließend das Hirn darüber zermarterte, wie es zu diesem Desaster hatte kommen können. Mittlerweile bin ich jedoch zu der Überzeugung gelangt, dass kein Alkohol der Welt rechtfertigt, was er getan hat.

Frank hatte wohl beobachtet, dass ich die Treppe zur Dachterrasse hinaufgestiegen war, um ein wenig frische Luft zu schnappen und die Aussicht zu genießen. Als ich mich umdrehte, stand er plötzlich vor mir. Viel zu nahe. Und dann versuchte er ohne jede Vorwarnung zu küssen.

Noch heute könnte ich mich für meine Reaktion darauf ohrfeigen. Ich sagte nämlich nicht klar und deutlich Nein zu Frank. Stattdessen fragte ich völlig perplex: »Was ist mit Judith?« Wie falsch kann man sich verhalten? Frank musste den Eindruck gewinnen, ich hätte durchaus Interesse an ihm, wenn da nicht Judith wäre.

Meine große Entrüstung brach erst im zweiten Augenblick aus mir heraus. Ich stieß Frank von mir und rief: »Spinnst du? Lass das!«

Er lächelte schief und trat einen Schritt zurück.

»Was stimmt nicht mit dir?«, schrie ich ihn an.

»Da habe ich wohl was missverstanden«, erwiderte er

ziemlich gelassen. »Ich hatte den Eindruck, du machst mich schon den ganzen Abend über an.«

»Wie bitte?« Ich war völlig geschockt.

Er fuhr sich durch die Haare. »O Mann, hab ich viel getrunken«, meinte er da. »Diese verdammten Champagnercocktails. Ich kann gar nicht mehr richtig denken. Und du mit deinem aufreizenden Augenaufschlag …«

Am liebsten hätte ich ihm ins Gesicht geschlagen! Mit keinem Wort, keiner Geste und keinem Blick hatte ich je Interesse an ihm bekundet. Im Gegenteil. Wenn sich Frank im selben Raum aufhielt, sah ich immer zu, Land zu gewinnen. Um nicht mit ihm sprechen zu müssen – so wenig mochte ich ihn.

Offensichtlich bemerkte Frank meine Entrüstung, denn er änderte flugs seine Strategie. »Ehrlich, Eva, so etwas habe ich noch nie gemacht, das musst du mir glauben! Ich verstehe selbst nicht, was in mich gefahren ist. Du weißt ja, wie sehr ich Judith liebe!« Er redete noch eine Zeit lang weiter, wie bestürzt er über sich selbst sei.

Irgendwann ließ ich ihn stehen und ging nach Hause. Nachts im Bett begannen dann die Zweifel. Hatte ich vielleicht unbewusst zu oft zu ihm rübergeschaut? Eventuell hatte ich irgendetwas Missverständliches getan und war tatsächlich schuld an der Misere. Bei der Begrüßung zum Beispiel. Hatte ich da zu interessiert nachgefragt, wie es ihm ging? Aber ich hatte doch nur freundlich sein wollen. Immerhin war er der Mann meiner besten Freundin und der Vater meines Patenkindes.

Ich spüre noch heute, wie sehr mich der Gedanke quälte,

Judith mit dem Bericht von der Party wehzutun. Die Vorstellung war einfach grauenvoll. Und ich machte mir Sorgen darüber, was wäre, wenn sie ihm glaubte, dass ich ihn angestachelt hätte. Immerhin kannte sie mein ziemlich lockeres Verhältnis zu Flirten und Sex. Vielleicht hätte sie mir deshalb zugetraut, jegliche Grenze zu überschreiten?

Voll der Zweifel schob ich es damals also vor mir her, mit ihr zu reden. Bis irgendwann zu viel Zeit vergangen war. Bis heute habe ich ihr also nie davon erzählt.

Mein Kopf brummt von der ganzen Grübelei, als ich die Boutique verlasse, ohne auch nur ein Teil anprobiert zu haben. Mit einem Blick zum Himmel stelle ich fest, dass sich das Wetter wieder gebessert hat. Unglaublich, wie oft es schon komplett umgeschlagen ist, seit wir gestern angekommen sind. Fast so wie die Stimmung zwischen uns beiden.

Ich kaufe eine Flasche Wein, dazu Oliven und etwas Käsegebäck, damit machen Judith und ich es uns dann später gemütlich. Mittlerweile hat sie sicher mehr Lust zum Reden, und wir können uns in aller Ruhe aussprechen. Ich werde so behutsam vorgehen, wie ich es nur irgendwie schaffe, mir all ihre Sorgen und Nöte anhören und als Freundin auf ganzer Linie für sie da sein. Wenn sie das Leben mit Frank will, unterstütze ich sie dabei, mit ihm glücklich zu sein. Und wenn sie etwas anderes möchte, stärke ich ihr den Rücken.

Aber auf keinen Fall werde ich jemals wieder ungebetene Ratschläge geben!

Kapitel 11

JUDITH

Es war eigentlich nur eine lahme Ausrede, dass ich mich hinlegen wollte, um ein bisschen für mich zu sein. Ich habe das dringende Bedürfnis, mich zurückzuziehen und nachzudenken, bevor ich wieder etwas Unüberlegtes sage und damit womöglich Öl ins Feuer gieße. Doch als ich die Zimmertür hinter mir schließe, merke ich, wie erschöpft ich tatsächlich bin. Und das nicht nur, weil ich heute schon so früh unterwegs war. Der Spaziergang am Strand und die Begegnung mit Maarten scheinen unendlich weit weg. Was danach kam, hat mich mehr Kraft gekostet, als ein Zehnkilometermarsch es vermocht hätte.

Die nassen Klamotten habe ich ausgezogen und im Bad über den Heizkörper gehängt. Jetzt rubbele ich mich mit dem Handtuch ab, bis meine Haut ganz rot ist, und föhne mir die Haare. Mein Gesicht war schon vorher rosa – offenbar ein leichter Sonnenbrand. Ich creme mich gründlich ein. Dann schlüpfe ich in eine bequeme Yogahose und einen kuscheligen Sweater und ziehe die Jalousie herunter, bevor ich mich aufs Bett lege.

Mein Kopf ist leer. Selbst wenn ich jetzt analysieren

wollte, was passiert ist, ginge es nicht. Am liebsten würde ich den Reset-Knopf drücken und den ganzen Tag neu starten. Wobei sich die Begegnung mit Maarten ruhig wiederholen dürfte. Die hat sich gut angefühlt. Nach Entspannung, Urlaub, Harmonie.

Aber danach …

Obwohl ich nicht friere, schlüpfe ich unter die Bettdecke. Ich rolle mich zusammen und genieße das Gefühl der Geborgenheit. Dann schließe ich die Augen und lasse mich fallen. Es ist, als ob ich zugleich federleicht und tonnenschwer wäre, und in meinem Kopf macht sich ein sanfter Nebel breit, der meine Gedanken überlagert und mich tröstet.

Ich muss wohl gerade weggenickt sein, als mich das Vibrieren des Handys aufschrecken lässt. Zuerst versuche ich, es zu ignorieren, doch dann siegt die Neugier. Bestimmt ist es Eva. Ich könnte wetten, dass sie eine fabelhafte Idee für heute Abend hat, für die sie mich begeistern will. Genau wie ich erträgt sie es nicht, wenn schlechte Stimmung herrscht. Dann tut sie alles, um das zu ändern. Eine Eigenschaft, die ich an ihr mag, die mich aber momentan wohl überfordern würde. Der gemeinsame Filmabend, den ich vorhin vorgeschlagen habe, wäre mir am liebsten. Ganz gemütlich und unspektakulär. Seufzend drehe ich mich zur Seite und angele nach meinem Handy, das auf dem Nachttisch liegt.

Eine Nachricht in der Familiengruppe. Schnell öffne ich sie – und atme auf, als ich sehe, dass sie von Robin kommt und er einfach nur liebe Grüße schickt, garniert mit zahlreichen Emojis – keine Schreckensnachricht. Ich kann nun mal nicht verhindern, dass ich immer mit dem Schlimmsten rechne. Und all meinen Freundinnen, Kolleginnen und Nachbarinnen, die Kinder haben, geht es haargenau gleich. Das ist eben unser Schicksal. Ich überschlage, wie spät es jetzt bei Robin ist. Ungefähr Mitternacht. Wieder wird mir bewusst, wie irrwitzig weit mein Junge von mir entfernt ist. Sein Auslandsjahr in Australien ist für mich so was wie ein Crashkurs im Loslassen …

Es folgen noch mehr Nachrichten. Diesmal sind es Fotos, die er heute bei einer Stadtrundfahrt in Sydney gemacht hat. Ich bewundere die imposante Sydney Harbour Bridge, den Royal Botanic Garden mit seinen exotischen Pflanzen, das Opera House mit dem berühmten Dach, das aussieht, als bestünde es aus lauter Segeln, und zuletzt meinen strahlenden, blond gelockten Sohn am goldenen Sandstrand des Bondi Beach mit den Füßen im Pazifik. Natürlich habe ich mich, während er seinen Australien-Trip plante, ausführlich mit dem Land befasst, vermutlich mehr als er, und deshalb kommen mir die Motive so bekannt vor, als wäre ich selbst dort gewesen.

Schon geht eine Antwort von Linus ein:

Hey Brudi, saucool! Enjoy! 👍 🍺

Robin antwortet umgehend:

Warum kommst du mich in den Semesterferien nicht besuchen? Das wäre noch cooler! 🏊 🧘

Dann wären beide Jungs am anderen Ende der Welt! Und hätten garantiert unendlich viel Spaß. Ich bastele gerade an einer passenden Antwort, da meldet sich Frank:

> Tolle Fotos, mein Großer! Ich bin stolz auf
> dich – und beneide dich auch ein bisschen
> um das Abenteuer, das du gerade erlebst.
> Gute Nacht, Pa 🖤 🌝

Das hätte ich selbst nicht besser formulieren können. Also versuche ich es erst gar nicht, sondern schicke meinen Lieben ein Herz-Emoji.

Danach lege ich zwar das Handy weg und schließe wieder die Augen, aber an Schlaf ist nicht mehr zu denken. Und das, obwohl ich mich nach wie vor so ausgelaugt fühle, als hätte ich eine ganze Woche lang durchgearbeitet.

Ich schlage die Bettdecke zurück, stehe auf und ziehe die Jalousie hoch. Überrascht stelle ich fest, dass sich das Wetter schon wieder komplett gedreht hat. Unglaublich, wie schnell das hier an der Küste passiert – und wie oft. Von den dunklen Wolken ist nichts mehr zu sehen, stattdessen präsentiert sich der Himmel in einem Blau, das fast nach Frühsommer aussieht. Mit anderen Worten: Es ist viel zu schön, um hier drin zu versauern. Ich schnappe mir das Buch, in dem ich seit der Bahnfahrt nach Köln keine Zeile mehr gelesen habe, gehe damit in den Garten und mache es mir in der windgeschützten Terrassenecke gemütlich. Für einen Moment genieße ich einfach nur die wärmenden Sonnenstrahlen und den Blick auf den kleinen

Kanal, in dem gerade ein prachtvoller Schwan landet. Alles sieht so friedlich aus, als gäbe es auf dieser Welt nirgendwo Konflikte, Krisen oder gar Kriege, nicht einmal Stress oder Streit. Doch natürlich weiß ich es besser. Ich habe ja vorhin selbst einen vom Zaun gebrochen.

Im Nachhinein kann ich es kaum glauben. Habe ich wirklich all das, was ich seit Langem an Groll mit mir herumgeschleppt habe, herausgelassen? Und damit womöglich die schönsten Tage des Jahres verdorben? Was habe ich da nur angerichtet?! Und warum? Ich verstehe es selbst nicht. Wieso hat mich das Thema ausgerechnet jetzt so aus dem Konzept gebracht? Das ist doch alles längst Schnee von gestern …

Ich versuche zu lesen, aber immer wieder wandern meine Gedanken zu den Vorwürfen, die ich Eva an den Kopf geknallt habe. Es gelingt mir einfach nicht, sie abzustellen und mich stattdessen auf den wunderbaren Roman zu konzentrieren. Es hat keinen Sinn. Ich klappe das Buch zu und stehe auf. Eva hatte vollkommen recht: Wir müssen die Sache ausdiskutieren, um sie endgültig aus der Welt zu schaffen.

Die Tür zu ihrem Zimmer ist angelehnt. Ich klopfe, doch es kommt keine Antwort. Ob sie schläft? Vorsichtig luge ich durch den Spalt. Das Bett ist leer. Eva ist nicht da. Ihre Handtasche ist auch weg.

Ratlos gehe ich wieder nach unten. Auf dem Esstisch finde ich eine Nachricht. Sie ist weggefahren. Ich starre auf den Zettel. Ausgerechnet jetzt, wo ich mit ihr reden wollte.

Was ist das nur für ein seltsamer Freundinnenurlaub? Während wir sonst unsere Pläne bis ins kleinste Detail besprechen und aufeinander abstimmen, um möglichst viel Zeit zusammen zu verbringen, scheint das hier einfach nicht zu funktionieren. Wir ziehen allein los und schreiben Nachrichten, statt unsere wertvolle Freundinnenzeit zu genießen. Das habe ich mir anders vorgestellt. Tränen treten mir in die Augen. Ich wische sie weg. Die Heulerei macht alles nur noch schlimmer. So kann das nicht weitergehen. Ich sollte das Beste aus diesem Nachmittag machen – dann habe ich Eva nachher auch was zu erzählen.

Kurz entschlossen laufe ich nach oben, tausche die Yogahose gegen Jeans, schlüpfe in meine Sneakers und lege Sonnenschutz auf. Zeit, ein bisschen die Gegend zu erkunden.

Diesmal spaziere ich nicht zum Strand, sondern an einem kleinen Kanal entlang, der in die entgegengesetzte Richtung führt. Vermutlich ist das eine Abkürzung zum Dorfzentrum, wo wir gestern eingekauft haben. Bis dahin sind es zwei oder drei Kilometer, schätzungsweise.

Jetzt erst fällt mir auf, dass in Strandnähe ausschließlich Ferienparks liegen. Warum ist das Dorf nicht hier an den Dünen entstanden, sondern weiter im Landesinneren? Das sollte ich mal recherchieren.

Ich komme an einem Campingplatz vorbei, auf dem sich Wohnmobile und Caravans mit fest stehenden Mobilheimen abwechseln. Dazwischen sorgen Rasenflächen, Hecken und Bäume für viel Grün und ein gewisses Maß an Privatsphäre.

Wie sich so ein Urlaub wohl anfühlt? Ich habe das nie ausprobiert. In meiner Kindheit war Verreisen finanziell einfach nicht drin. Hin und wieder habe ich die Ferien bei meinen Großeltern am Bodensee verbracht, wo es mir zwar gut gefiel, ich mich aber ohne meine Bücher ziemlich gelangweilt hätte. Opa hatte einen Schlossereibetrieb, und Oma half ihm im Büro. Die beiden hatten wenig Zeit für mich. Ich kann mich lediglich an einen einzigen Ausflug erinnern, als wir die Blumeninsel Mainau besuchten.

Einmal durfte ich in den Ferien mit Eva und ihren Eltern nach Italien fahren, das gefiel mir wesentlich besser. Sie fuhren jedes Jahr in dieselbe Pension an der Adria. Eva und ich verschlangen Unmengen Eis und verbrachten halbe Tage in den Wellen. Dabei blieben wir nie allein, denn Evas bunter Wasserball lockte so viele Kinder an, dass wir meist zwei Teams bildeten und gegeneinander regelrechte Turniere austrugen. Eine herrliche, unbeschwerte Zeit!

Leider erlaubte meine Mutter mir im Jahr darauf nicht, noch einmal mitzufahren, weil wir uns eine Gegeneinladung nicht leisten konnten. Ich versuchte zwar, sie umzustimmen – mit Gebettel, Tränen und Schwüren, in Zukunft noch fleißiger im Haushalt mitzuhelfen –, und sogar Evas Eltern sprachen mehrmals mit ihr. Aber wenn meine Mutter einmal Nein gesagt hatte, dann blieb es meistens dabei. So auch jenes Mal.

Bestimmt hätte ich so einen Zelturlaub wie hier auf diesem Campingplatz selbst ohne jeden Luxus als aufregendes Highlight empfunden. Neben den Stellplätzen gibt es einen Abenteuerspielplatz, auf dem ganz schön was los ist. Ein Mädchen hangelt sich an einem Seil über einen Parcours, was viel Kraft und Geschicklichkeit abverlangt. Ich sehe, wie sehr sie sich anstrengt und wie glücklich sie strahlt, als sie es tatsächlich schafft. Zwei Jungs rennen auf einem Piratenboot herum und liefern sich einen imaginären Schwertkampf. Oh, das hätte meinen Söhnen auch gefallen!

Ich denke daran zurück, wie viele Stunden ich mit Linus und Robin auf solchen Spielplätzen verbracht habe. Meistens allein, Frank war selten dabei. Nur im Urlaub nahm er sich Zeit, mit den Jungs zu spielen. Sogar Eva hat sich da mehr engagiert, vor allem in den Jahren, bevor sie nach Köln zog. Ich erinnere mich an einen besonders heißen Sommertag, an dem sie uns an den Ammersee begleitet hat. Für mich waren solche Ausflüge sonst der reinste Albtraum. Allein mit zwei kleinen Kindern am Wasser, das war purer Stress. Einen Sack Flöhe zu hüten, wäre vermutlich einfacher gewesen, als meine beiden Wirbelwinde im Auge zu behalten, sie zur Toilette zu begleiten, ihnen Pommes zu kaufen, ihre Wespenstiche zu versorgen und aufzupassen, dass keiner von ihnen unterging. Natürlich wollten sie sich nicht mit Sonnenmilch eincremen lassen und keine Sekunde auf der Liegewiese ausruhen. Und wenn ich danach völlig erschlagen mit ihnen nach Hause kam, fragte Frank auch noch, warum ich so fertig aussähe, schließlich hätte ich mir ja einen entspannten Tag gemacht.

Doch dieses eine Mal mit Eva war es anders. Sie kümmerte sich den ganzen Tag lang um Robin und brachte ihm mit einer Engelsgeduld und viel Motivation das Schwimmen bei. Ich musste nur Linus im Auge behalten, der zu dieser Zeit bereits das Seepferdchen hatte und einigermaßen sicher im Wasser war. Es war himmlisch!

Und mit einem Mal wird mir klar, wie ungerecht, übertrieben und einseitig meine Vorwürfe waren. Eva hat tatsächlich immer versucht, mich zu entlasten. Manchmal durch Taten und manchmal eben durch Ratschläge, die aus ihrer Sicht wirklich nur lieb gemeint waren. Sie wusste, was ich als Mutter leistete und wie anstrengend das sein konnte, zumal Frank sich kaum einbrachte. Und als richtig gute Freundin wollte sie einfach helfen.

So merkwürdig es ist, dass meine Wut vorhin mit zwei Jahrzehnten Verzögerung hochgebrodelt ist, so unglaublich finde ich es, dass ich für diese neue Erkenntnis zwei weitere Stunden gebraucht habe.

Der kleine Kanal, der parallel zum Spazierweg fließt, stößt auf einen etwas breiteren, der an den Tulpenfeldern entlang verläuft. Hier ist es herrlich ruhig. Ich folge ihm und bleibe immer wieder stehen, um die Farbenpracht zu bestaunen. Das müssen Tausende, ach was, Millionen von Blüten sein, eine strahlender als die andere.

Hinter der nächsten Kurve liegt ein Bootsverleih. Ich beobachte eine Familie, die gerade Kanus mietet. Was für eine spannende Art, die Gegend zu erkunden! Das würde Eva mit Sicherheit Spaß machen. Ich nehme mir vor, ihr den Bootstrip vorzuschlagen.

Der Weg führt weiter über eine Brücke, entfernt sich danach vom Kanal und verläuft stattdessen mitten durch die

Tulpenfelder. Links von mir wechseln sich hellrote, leuchtend orangefarbene und tiefviolette Streifen ab, rechts breitet sich ein Blütenteppich in Chilirot vor mir aus, der am Horizont von einem Feld in Vanillegelb abgelöst wird. Ich lasse das Panorama auf mich wirken und spüre, wie die innere Anspannung nachlässt.

Am Wegesrand liegt ein gemütlich aussehender Picknickplatz. Ich lasse mich dort nieder und genieße den weiten Blick und das angenehme Gefühl, dass alles gut ist. Oder zumindest werden kann.

Ich atme tief durch und horche in mich hinein. Die letzten Reste meines Unmuts und des anschließenden schlechten Gewissens sind verschwunden. Ich bin wieder die Ruhe selbst und endlich in der Stimmung, ganz sachlich über die Geschehnisse nachzudenken. Erneut wundere ich mich, warum der Ärger ausgerechnet heute in mir aufgestiegen ist. In früheren Jahren wäre er doch viel aktueller gewesen. Lag das wirklich nur an Evas harmloser Frage? Sie hat mich um Erziehungstipps gebeten – eigentlich ja eine Form der Wertschätzung. Warum hat mich das so aus der Fassung gebracht? Vor allem jetzt, da sich das Thema bei uns im Grunde erledigt hat. Linus und Robin sind erwachsen, aus ihnen sind lebensfrohe, kluge und liebenswerte junge Männer geworden. Was der Beweis dafür ist, dass ich in meiner Mutterrolle mehr richtig als falsch gemacht habe. Da ist es eigentlich naheliegend, dass Eva in mir sozusagen eine Institution in Sachen Elternschaft sieht. Ich hätte mich geschmeichelt fühlen können.

Ihre Frage wird wohl eine Art Auslöser gewesen sein.

Doch die Wut, die sich auf einmal entladen hat, muss tiefer gehende Motive gehabt haben, da bin ich mir inzwischen fast sicher. Und ich weiß: Wenn man auf andere derart übertrieben zornig reagiert, dann richtet sich der Ärger in Wahrheit gegen einen selbst. Weil man mit seinem Leben nicht so rundum zufrieden ist, wie man es gerne wäre – und wie man nach außen hin tut.

Ach, was mache ich mir denn vor? Nicht »man« ist unzufrieden, sondern ich bin es. Es geht hier um niemand anderen als um mich.

Es ist wahr. Ich stehe an einem Wendepunkt meines Lebens und weiß nicht, welchen Weg ich einschlagen soll. Einfach so weitermachen, das funktioniert nicht. Die Jungs brauchen mich nicht mehr. Mein Job langweilt mich. Ich behalte ihn bloß, um weiterhin finanziell unabhängig zu sein.

Und meine Ehe …

Ich schließe die Augen. Bilder aus unserer Anfangszeit drängen sich in mein Bewusstsein. Frank, wie er mit mir mitten in der Nacht nach Paris gefahren ist, um dort am nächsten Morgen frühstücken zu können. Dass es seine Rostlaube überhaupt bis dorthin geschafft hat, wundert mich noch heute. Aber sie tat es, und wir genossen Café au Lait und Croissants mit Blick auf den Eiffelturm. Wie verliebt und unbeschwert wir damals waren!

Die Erinnerungen ziehen weiter, und ich sehe Frank, wie er mitten auf der Straße vor mir niederkniet, um mir einen Heiratsantrag zu machen, die hupenden Autos um uns herum ignorierend. Ich fand die Geste unfassbar romantisch und sagte natürlich von Herzen Ja.

Unsere ersten Ehejahre waren noch richtig schön. Ich habe viele wunderbare Erinnerungen an diese Phase. Eine Situation kommt mir in den Sinn, die mich damals besonders berührt hat: Frank, wie er meinem Bauch Schlaflieder vorsingt, damit unser ungeborener Sohn seine Stimme kennenlernt. Ja, es gab Zeiten, da dachte ich, wir hätten das Glück abonniert. Ich liebte Franks Spontaneität, seine Verrücktheiten, seine fürsorgliche Art. Wohin ist seine liebenswerte Seite bloß verschwunden? Hat er sie an den Alltag verloren? Ist ihm die Karriere wichtiger geworden? Oder liegt es vielleicht sogar an mir?

Ich weiß, was Eva jetzt sagen würde: Ich soll mir nicht die Schuld für die Fehler anderer geben. Ganz besonders nicht für die von Frank. Sie hat zwar nie etwas gesagt, aber ich spüre schon seit Langem, dass sie ihn nicht leiden kann. Und vermutlich ist das auch der Grund dafür, dass ich nicht mit ihr über meine Eheprobleme spreche. Denn genau darum geht es: um Eheprobleme.

Ich habe das Wort noch nie in den Mund genommen. Selbst daran zu denken, habe ich bisher nicht gewagt. Jetzt gerade, auf einer Bank zwischen unzähligen prachtvoll blühenden Tulpen, ist es das erste Mal, dass ich so weit gehe.

»Ich weiß nicht, ob ich ihn noch liebe«, sage ich halblaut, als würde ich es dem Schmetterling erzählen, der sich auf dem hölzernen Picknicktisch vor mir niederlässt. »Und ob ich meinem Mann vertraue«, füge ich etwas leiser hinzu.

Auch das habe ich noch nie jemandem gestanden, nicht einmal mir selbst. Wenn ich gnadenlos ehrlich bin, dann halte ich es durchaus für möglich, dass Frank mich betrügt.

Sogar für sehr wahrscheinlich. Die Aufmerksamkeit und Bewunderung anderer Frauen haben ihm schon immer ein bisschen zu sehr geschmeichelt.

Was ich bei dem Gedanken empfinde? Seltsamerweise weder Schmerz noch Enttäuschung, sondern vor allen Dingen Leere.

Wie ist das möglich? Reiner Selbstschutz? Oder liegt es daran, dass unsere Gefühle füreinander längst erloschen sind?

Tatsache ist: Ich bin schon seit Jahren nicht mehr glücklich. Aber ich wollte, dass die Jungs in einer intakten Familie aufwachsen, und deshalb tat ich alles, um ihnen ein stabiles Umfeld zu bieten. Anders als meine Eltern es in meiner Kindheit getan haben. Für mich war ihre Trennung schlimm, aber ihre Streitereien davor fand ich mindestens genauso schrecklich. Deshalb wollte ich unbedingt, dass es bei Frank und mir anders lief. Ich sorgte für Harmonie. Anlässe für Konflikte gab es zwar genug, aber ich ignorierte sie. Stattdessen tat ich, was nötig war, um alle zufriedenzustellen.

Nur mich nicht.

Wie konnte ich bloß jahrelang übersehen, dass ich bei diesem Konstrukt permanent zu kurz kam? Warum habe ich meine eigenen Gefühle und Bedürfnisse derart ignoriert?

Das Vorbild, das ich stets vor Augen hatte, waren Evas Eltern. Das glücklichste Paar, das ich kenne. Wie liebevoll und harmonisch sie miteinander umgingen, war mir schon als Kind aufgefallen, und das vor allem in der Zeit, in der bei uns zu Hause meist dicke Luft herrschte. Ihre Eltern dagegen waren so augenscheinlich ineinander verliebt, dass es Eva regelrecht peinlich war. Doch ich beneidete sie darum. Noch heute sind sie ein tolles Paar. Die beiden haben ihre Liebe bis ins hohe Alter bewahrt. Sie konnte immer weiterwachsen, weil sie ihre Beziehung gehegt und gepflegt haben. Genauso hätte ich es mir für Frank und mich gewünscht. Doch statt einer harmonischen Zweisamkeit sind wir zu zweit in Einsamkeit gefangen. Zumindest fühle ich mich so. Vielleicht hat er für sich schon längst eine Alternative gefunden und bloß noch keinen Schlussstrich gezogen.

Womöglich wartet er ja darauf, dass ich das tue? Oder es ist ihm schlichtweg egal? Weil unser Alltag schließlich bestens funktioniert und ich ihm sämtliche unangenehmen Arbeiten abnehme?

Es wird langsam etwas kühl. Zum Glück habe ich meine Weste mitgenommen, die ich jetzt überziehe, bevor ich mich auf den Rückweg mache.

Ich brauche Rat. Evas Rat. Diesmal wirklich. Ich muss mir von der Seele reden, was in mir vorgeht.

Während mein Blick ein letztes Mal über die prachtvollen Tulpenfelder schweift, bin ich rundum dankbar dafür, dass sie keine Städtereise gebucht hat. Es ist längst überfällig, dass wir uns richtig viel Zeit für uns nehmen und ganz offen zueinander sind. Zwischen Shoppingtouren, Museumsbesuchen und Theatervorführungen bleibt für so etwas kein Platz. Aber hier gibt es nicht viel, was uns ablenken könnte.

Kann sein, dass so ein gnadenlos offenes Gespräch schmerzhaft wird.

Egal – ich bin bereit.

Kapitel 12

EVA

Ich bin so in Gedanken vertieft, dass ich gegen die hellblaue Eingangstür pralle. Klar, für das Haus braucht man den Schlüssel, weil sich außen nur ein Knauf befindet. Schon während ich meine Hosentaschen abtaste, dämmert mir: Ich war so unruhig und in Gedanken, dass ich einfach ohne Schlüssel zum Auto gerannt bin.

Was bin ich nur für ein Schussel!

Ich läute, doch dann fällt mir wieder ein, dass ich, kurz nachdem ich im Nachbarort angekommen bin, eine Nachricht von Judith gelesen habe: Sie wollte ein wenig frische Luft schnappen und eine kleine Runde drehen.

Tatsächlich rührt sich nichts im Haus.

Genervt von mir selbst, weil ich mich jetzt auch noch ausgesperrt habe, überlege ich kurz. Vielleicht haben die Faßbenders irgendwo einen Notfallschlüssel liegen? Ich suche den Vorgarten ab. Aber weder im Blumentopf noch unter dem größeren Stein oder hinter dem Schild mit der Aufschrift *Dotterbloem* findet sich etwas. Natürlich nicht. Der Ferienpark ist im Augenblick so verlassen, dass es total unvernünftig wäre, einen Schlüssel zu hinterlegen.

Bleibt mir also nur, Judith anzurufen, um rauszufinden, ob sie irgendwo in der Nähe ist. Das ist mir nach all dem, was in diesem Urlaub schon passiert ist, zwar ein wenig unangenehm, aber wenn sie wieder so lange wegbleibt wie heute früh, stehe ich ewig hier vor dem Haus herum.

Ein bisschen ungelenk klemme ich mir die Tüte mit der Weinflasche und dem Knabberzeug unter den Arm und angele in meiner Hosentasche nach dem Handy.

»Hallo, guten Tag!«, ruft einer der anderen deutschen Urlauber, deren Auto ich beim gestrigen Ankommen schon gesehen habe, zu mir herüber. Sie schrauben in ihrer Einfahrt gerade an einem Hollandrad herum. »So ein wechselhaftes Wetter, oder?« Der Mann zeigt zum blauen Himmel, der sich über Nordholland spannt. Bis auf einige Reste haben sich die Wolken aufgelöst, und der Ferienpark wird von der Sonne getrocknet.

»Ja, unglaublich«, antworte ich.

»Hallo, Eva«, tönt es unmittelbar danach aus dem Handy an mein Ohr. Die tiefe Stimme lässt mich erschrocken auf das Display schauen.

Wieland, steht da.

Das darf jetzt bitte nicht wahr sein. Habe ich aus Versehen Frank statt Judith angerufen? Warum muss mir dauernd so etwas passieren?

»Eva?«

»Ähm … ja … Hallo, Frank.«

Verdammt, der denkt doch jetzt sicher, das ist ein Freibrief fürs Flirten, weil ich ihn grundlos kontaktiere! Wenn er auch nur eine anzügliche Silbe sagt, muss ich schreien.

»Hi, ich dachte schon, ein Hosentaschenanruf.«

Mist, das wäre die geniale Strategie gewesen. Einfach gar nichts sagen und ein wenig am Display rumkratzen. Dann hätte er irgendwann wieder aufgelegt, und ein Gespräch wäre gar nicht nötig gewesen.

»Ich habe mich verwählt. Tut mir leid.« Obwohl das die Wahrheit ist, stelle ich fest, wie unglaubwürdig es klingt. Am liebsten würde ich Frank einfach wegdrücken, aber zumindest die üblichen Kein-Problem-noch-einen-angenehmen-Abend-Floskeln muss ich abwarten.

»Soso«, antwortet er jedoch, und ich sehe sein Grinsen förmlich vor mir.

»Entschuldige die Störung. Noch einen schönen Tag.« Ich will das Gespräch beenden, aber da höre ich auf einmal ein heiseres Frauenlachen am anderen Ende der Leitung. Es ist so laut und deutlich, dass die Person, aus deren Mund es entwichen ist, ziemlich nah am Telefon sein muss. Also halte ich inne und lausche alarmiert.

»Warte kurz, Hedda«, höre ich Franks Stimme dumpf. Und dann wieder deutlicher: »Ich wünsche dir auch noch einen schönen Tag, liebe Eva. Bis bald.« Dann legt er auf.

Kein Gruß an Judith, keine Frage nach ihr. Nichts.

Fassungslos starre ich auf das Telefon.

Da war eine Frau bei Frank!

Nicht nur im selben Raum, sondern vermutlich auf demselben Quadratmeter dieser Erde.

Mein Magen zieht sich zusammen, weil ich plötzlich konkrete Bilder von den beiden im Kopf habe. Ich stelle mir vor, wie er mit ihr auf dem Sofa sitzt. Die mittlerweile aufgefundene weinrote Krawatte hängt gelockert um Franks Hals, und auch die obersten Knöpfe des Hemdes sind offen. Seine Begleitung lässt ihre Finger unter den Stoff gleiten und streicht über seine Brust, während er das kurze Telefonat mit mir führt. Und nachdem er aufgelegt hat, beugt er sich zu ihr hinüber und küsst ihr Dekolleté.

Halt! Stopp! Es gibt nicht den geringsten Beweis dafür, dass sich so etwas tatsächlich gerade in München abspielt. Genauso gut kann eine Büromitarbeiterin gelacht haben, neben der er am Besprechungstisch sitzt. Weil sie die kurze Unterbrechung, die mein Anruf verursacht hat, dazu genutzt hat, ein süßes Katzenvideo anzuschauen, das ihre Mutter geschickt hat. Oder Frank stand beim Einkaufen in der Schlange direkt hinter einer Person, die besonders gute Laune hat. Es gibt Hunderte von harmlosen Möglichkeiten, warum eine Frau lacht, selbst in Franks unmittelbarer Nähe.

Und doch spüre ich dieses unbestimmte Gefühl, das meinen Magen zusammenkrampft. Eine Ahnung, dass Frank die Abwesenheit seiner Ehefrau nicht nur zum Arbeiten nutzt. Dazu gesellt sich meine Entrüstung darüber, wie er offensichtlich keinen Gedanken an Judith verschwendet.

Ich stehe vor dem Ferienhäuschen, das Handy zwischen meinen Fingern vor der Brust, und starre ins Leere. Wie soll ich dieses schneidende Gefühl des tiefen Misstrauens, das ich Frank gegenüber empfinde, noch länger ignorieren? Judith ist für mich wie eine Schwester. Wenn ich denke, dass sie an der Nase herumgeführt wird, muss ich es ihr sagen! Wie kann ich mir da auch nur eine weitere Minute vormachen, mich ginge das alles nichts an? Ich habe lange genug den Mund gehalten und mich in Ausreden geflüchtet, warum es angeblich besser sei, sie vor unangenehmen Gefühlen zu bewahren. Dass sie auf mich sauer sein könnte, wenn ich ihr von meinen Beobachtungen berichte, werde ich einfach in Kauf nehmen.

Entschlossen wähle ich Judiths Nummer. Je früher sie heimkommt und wir reden, desto besser.

»Hallo, ich bin im Augenblick leider nicht erreichbar. Bitte hinterlass mir eine Nachricht oder melde dich später wieder. Vielen Dank.«

Verdammt, nur die Mailbox!

Noch einmal überprüfe ich meine Taschen, dann gehe ich zum Wagen zurück und schaue nach, ob mir der Schlüssel dort vielleicht unbemerkt rausgerutscht und in den Fußraum gepurzelt ist. Wenn ich meinen Aufbruch nachvollziehe, kann ich mich zwar wirklich nicht daran erinnern, ihn überhaupt eingesteckt zu haben, aber bei mir ist alles möglich. Wie oft habe ich schon etwas nebenbei mit ausgeschaltetem Gehirn gemacht?!

Erst sobald ich sicher weiß, dass der Schlüssel ganz bestimmt nicht irgendwo liegt, wähle ich Timos Nummer.

»Hey, das ist aber schön, dass du mich anrufst. Wie geht es euch?«

Mein Herz macht einen heftigen Satz, als ich seine Stimme höre, und schlägt dann viel zu schnell weiter.

»Ich – ähm … ja, wir …« Wie aufgeregt ich plötzlich bin, weil er so erfreut klingt, ist einfach nur albern.

Jetzt reiß dich zusammen, Eva!

»Uns geht es ganz gut. Das Wetter ist ein bisschen wechselhaft und unsere Stimmung auch.« Ich lache. »Wie läuft es bei dir? Viel zu tun?«

»Alles okay. Was meinst du mit: wechselhafte Stimmung?«

»Wir sind uns zu Mittag ein wenig in die Haare geraten. Wegen irgendwelcher alten Geschichten. Es würde jetzt zu weit führen, das im Detail zu erzählen. Nun hat jede für sich etwas unternommen. Aber ich denke, wir werden den Abend zusammen verbringen und gemütlich fernsehen oder so. Ich habe Wein gekauft.«

»Ihr könnt euch gern von allem bedienen, was da ist. Hatte ich eigentlich schon gesagt, aber vielleicht ist das untergegangen.«

»Danke«, antworte ich. »Es ist so großzügig, dass wir das Haus benutzen dürfen. Da wollen wir es nicht übertreiben. Sag mal, was anderes: Ihr habt hier nicht zufällig irgendwo einen Notfallschlüssel hinterlegt, oder?«

»Nein, wieso?«

»Ich habe mich ausgesperrt. Aber kein Problem. Judith kommt sicherlich gleich vom Spazieren heim.«

»Was wir versteckt haben, ist ein Schlüssel für die Gartenhütte. Wenn du ums Haus gehst, findest du hinten auf der Terrasse eine Schale mit Steinen. Einer davon ist eine Plastikdose, und da ist er drin. Vielleicht möchtest du dir Sitzpolster und Decken rausholen, damit du es kuschelig warm hast, solange du auf deine Freundin wartest.«

Ich folge dem kleinen Pfad zur Rückseite des Hauses, während ich sage: »Ich wollte mich ins Auto setzen, aber deine Idee ist viel besser. Halte ich dich vom Arbeiten ab, oder erzählst du mir noch kurz von deinem Tag?«

»Ich warte gerade auf Maria vom Szenenbild, um mit ihr die neue Serienproduktion durchzusprechen, aber sie verspätet sich. Also ein optimaler Zeitpunkt zum Telefonieren. Tatsächlich habe ich vorhin überlegt, ob ich dich anrufen soll.«

Seine Worte lassen einen goldenen Schauer durch mein Inneres rieseln.

»Mein Tag läuft so weit ganz gut«, fährt er fort. »Ich war zu Mittag in dem kleinen Lokal essen, das wir vorletztes Wochenende entdeckt haben. War wieder sehr lecker.«

Ich finde den Schlüssel, gehe zur Gartenhütte und sperre auf. »Wie geht es deinen Töchtern? Was machen sie gerade?«

Fragen nach den Mädchen habe ich ihm noch nie gestellt, und tatsächlich herrscht kurz überraschte Stille, bevor er antwortet: »Super, danke. Johanna ist beim Gesangsunterricht und die Zwillinge im Judotraining. Meine Mutter holt sie anschließend ab, weil sie irgendeine Theateraufführung besuchen. Sie übernachten dann bei ihr und kommen erst übermorgen wieder zurück, weil sie morgen am Abend auch Oma-Programm haben. Es wird ein bisschen komisch sein, im Haus zu schlafen, ohne dass die Kinder da sind, aber ich gehe deshalb trotzdem nicht für die zwei Nächte in meine Wohnung. Du bist eh nicht in Köln, und so kann ich wenigstens die Sauna nutzen.«

Obwohl ich eigentlich ganz bewusst mit ihm über seine Töchter sprechen und echtes Interesse an ihnen zeigen möchte, schiebt sich ein Bild von Timo vor mein geistiges Auge. Nackt in der Sauna.

Ich stehe mitten in der Gartenhütte, habe für einen kurzen Moment vergessen, was ich hier eigentlich wollte, und räuspere mich. »Das klingt ja schön.«

Von Timos Körper war ich vom ersten Augenblick an hin und weg. Er ist einfach auf natürliche Art und Weise perfekt. Kein Fitness-Body, aber eben auch alles andere als eine Couch-Potato. Die Anziehungskraft – physisch und emotional – ist immens. Doch ich habe mich die paar Monate, seit wir begonnen haben, uns regelmäßig zu treffen, stets bemüht, das Timo nicht allzu offensichtlich zu zeigen. Keine Ahnung, warum. Ich wollte einfach nicht, dass er auf die Idee kommt, ich wäre supervernarrt in ihn. Aber im Grunde bin ich genau das.

Und plötzlich weiß ich auch gar nicht mehr, weshalb er das nicht wissen dürfte. »Ich wünschte, du wärst hier«, sage ich deshalb. »Wie sehr ich dich vermisse, ist geradezu absurd.« Ich schließe die Augen und spüre dem Satz nach, aber er fühlt sich richtig an.

»Ehrlich?«

»Ganz und gar.«

»Wow.«

»Ja, oder?«

»Ich vermisse dich auch. Mir kommt die Zeit, bis du wieder zurück bist, endlos vor.« Er lacht ein wenig beschämt, und ich verstehe völlig, warum. Bisher habe ich ihm nie das Gefühl gegeben, dass es okay ist, wenn wir uns solche Sachen sagen.

»Mir genauso. Ich würde dich jetzt unfassbar gern küssen, bis uns ganz schwindelig wird. Und sobald wir kurz Atem geholt haben …«

»… würde ich jeden Zentimeter deines wunderschönen Körpers berühren«, vollendet er den Satz und bringt damit mein Blut dazu, in die Lenden zu schießen. Ich lasse mich auf die Seefahrerkiste sinken, die in der Gartenhütte steht, und lege die Finger an meine Lippen. Ganz oft sind sie es nämlich, die er zuerst streichelt. Bis sie prickeln wie verrückt.

»Ich würde mich auf deinen Schoß setzen, um dich eng an mir zu spüren, und würde dann langsam …«

»Stopp!«, unterbricht er mich. »Ich stehe mitten im Büro, und meine Sekretärin kann mich durch die Glaswand sehen. Wenn du noch ein Wort sagst, bekomme ich hier ein echtes Problem.«

Ich muss lachen.

»Außerdem bin ich knapp davor, ins Auto zu springen, um zu dir zu fahren.«

»Als ob das ein gutes Argument dafür wäre, nicht weiterzusprechen«, kommentiere ich.

»Stimmt auch wieder.«

Ich seufze. »Aber okay, ich lasse dich weiterarbeiten und setze mich auf deine Terrasse, hülle mich in deine Decken und denke daran, was du alles mit mir machen würdest, wenn du hier wärst.«

»Verstopftes Abflussrohr. Verschrumpeltes Obst. Stinkende Turnschuhe. Verdammt, warum fällt mir nichts noch Unerotischeres ein?«

Ich kichere, und Timo stimmt in mein Lachen mit ein.

»Hab einen schönen Abend mit Judith«, sagt er dann.

»Und du in der Sauna.«

Wir verabschieden uns noch eine Zeit lang, weil keiner von uns auflegen will, aber schließlich kommt seine Kollegin und wir beenden das Telefonat.

»Ich bin so dermaßen verliebt«, stelle ich fest, als ich das Handy in die Hosentasche stecke, und frage mich, warum mir das erst hier in Holland mit dieser Wucht klar wird. Vermutlich, weil ich mich nicht hinter meinem Alltag verstecken kann.

Ich öffne die Seefahrerkiste, um Sitzpolster und Wolldecke hervorzuholen. Dann mache ich es mir im windgeschütztesten Winkel der Terrasse bequem.

»Judith, bei dem, was ich dir jetzt sagen will, geht es mir nur darum, dass du glücklich bist. Ich möchte keinerlei Kritik üben. Aber du sollst meine Bedenken wenigstens hören: Eventuell könnte Frank nicht der treu sorgende und liebende Ehemann sein, für den du ihn hältst. Es besteht der dringende Verdacht, dass er dich sogar betrügt … Nein, das klingt ganz schrecklich, wie eine Anmoderation in der Talkshow!« Ich schüttele die Decke ab und stehe auf. Nun übe ich bestimmt schon zum zehnten Mal mein Gespräch mit Judith, aber es will nicht richtig gelingen. Egal wie ich es formuliere, es kommt mir fürchterlich vor, Judiths Ehe ungefragt zu kommentieren, nachdem ich jetzt mitbekommen habe, wie sich meine Ratschläge bezüglich der Kinder damals für sie angefühlt haben.

Ich schlendere über die kleine Wiese zum Steg, wo ich mich im Schneidersitz niederlasse und auf die glänzende Wasseroberfläche schaue.

»Judith, du weißt, ich hab dich lieb und will deshalb nur, dass es dir gut geht. Daher würde ich dir gern die Frage stellen, ob du in deiner Ehe mit Frank manchmal Sorgen hast.« Und wenn sie dann von sich aus sagt, es läuft nicht rund, könnte ich meine Bedenken ausbreiten.

Ich atme tief durch.

Warum fällt mir dieses Gespräch so unglaublich schwer? In all den Jahren habe ich nie den Mut gefasst, mit Judith offen über Frank zu sprechen. Und das, obwohl ich mir ja nun schon seit Ewigkeiten negative Gedanken über ihn mache. Ich habe einfach Angst, dass dieses Thema unsere Freundschaft zerstören könnte. Aber jetzt kann ich meine eigene Feigheit nicht länger ertragen. Wenn es umgekehrt wäre, würde ich ja auch wollen, dass sie mit mir darüber spricht. Angenommen, Timo würde mit ihr flirten – es wäre schrecklich, das nicht zu erfahren.

Warum nur habe ich nicht schon damals nach der Party meinen Mut zusammengefasst und ihr berichtet, was vorgefallen ist? Ich hätte sagen können: »Judith, dein Mann war betrunken und hat versucht, mich zu küssen – mach mit der Info, was du für richtig hältst, und ich unterstütze dich dabei.«

Was, zum Henker, war so schwer daran?

Mit bangen Gefühlen schaue ich zum Schilf hinüber, wo eine ungewöhnlich gefärbte Gans auf dem Wasser durch die Halme gleitet. Sie ist braun und grau, hat rostrote Flecken um die Augen und einen Ring am Halsgefieder. Als ich daran denke, dass Judith nun sofort googeln würde, um welchen Vogel es sich handelt, muss ich lächeln. Wie sehr sie sich für alles auf dieser Welt interessiert, ist eine großartige Eigenschaft. Ich ziehe mein Handy hervor und finde heraus, dass da eine Nilgans schwimmt. Ursprünglich kommt diese Art aus Afrika, breitet sich aber seit einigen Jahrzehnten in den Niederlanden und entlang des Rheins aus. Diese eher aggressive Wasservogelart wurde als Ziervogel importiert und hat sich dann so stark vermehrt, dass ihre Population mittlerweile schon zum Problem wird.

Ich schrecke zusammen, denn die Nilgans beginnt, trompetend zu schnattern, weil der Urlauber zwei Häuschen weiter einen Eimer Wasser aus dem Kanal schöpft. Erst als drei flauschige braun-grau gestreifte Küken zum Vorschein kommen, wird mir klar, warum sich der Muttervogel so aufregt. Der Mann befindet sich genau zwischen ihr und ihrem Nachwuchs.

»Na, na, na!«, macht er in gönnerhafter Tonlage. »Was bist du denn für eine Helikoptermutter? Deine Kleinen müssen doch lernen, allein zurechtzukommen.«

Die Küken piepsen, während die große Gans hastig einen weiten Bogen um den Steg schwimmt, um zu ihnen zu gelangen. Dabei faucht sie wie wild.

Der Nachbar lacht, winkt vergnügt zu mir herüber und verschwindet dann wieder aus dem Garten.

Als die Gänsefamilie wiedervereint ist und ich beobachte, wie sich die Mutter ganz offensichtlich entspannt, brennen Tränen in meinen Augen. Weshalb habe ich nie gesehen, dass ich mich in Linus' und Robins Kindheit im Grunde genauso unsympathisch verhalten habe wie dieser Mann dort drüben? Ich hatte überhaupt keinen Blick für Judiths Gefühle. Und sie hätte jedes Recht gehabt, zu schnattern und mich anzufauchen wie diese Nilgans. Stattdessen schwieg sie jahrelang. Kein Wunder, dass dieser alte Ärger noch da war und heute aus ihr herausgesprudelt ist! Was, wenn es weitere Themen gibt, deretwegen sie sich zurückgehalten hat, um die Harmonie zu wahren? Dann existiert unsere Freundschaft vielleicht längst nur noch zum Schein.

»Ich habe Angst um uns«, sage ich leise in Richtung Kanal. »Können wir bitte über alles reden? Ich will einfach nicht, dass unsere Freundschaft Schaden nimmt. Sprechen wir über all unsere Ängste und Gedanken. Unsere Gefühle. Ich mache mir zum Beispiel Sorgen, ob es dir wirklich gut geht. Sag mir, wie so eine Unterhaltung aussehen könnte, damit sie für dich in Ordnung ist.«

Himmel, ich höre mich an wie eine Mediatorin! So unnatürlich kann ich doch nicht mit Judith reden.

Ich ziehe das Handy hervor und versuche noch einmal, sie anzurufen. Vielleicht hatte sie vorhin ja kein Netz. Doch wieder lande ich nur auf der Mailbox.

Kapitel 13

JUDITH

Spontan beschließe ich, einen anderen Weg zurück zu nehmen. Der Abwechslung zuliebe. Dass ich mich dabei verirren könnte, ist unwahrscheinlich bis unmöglich – letztendlich muss man sich hier einfach nur an den Dünen orientieren. Alle Wege führen diesmal nicht nach Rom, sondern zu dem Ferienpark mit den hübschen, reetgedeckten Häuschen.

Anders als auf dem Hinweg bummele ich jetzt nicht mehr herum, denn es ist inzwischen merklich kühler geworden. Einmal bleibe ich noch stehen, um einen besonders beeindruckenden Blick auf die Tulpenfelder zu fotografieren, aber ich hätte wohl den Akku aufladen sollen – das Handy macht leider keinen Mucks mehr. Egal, ich bin ja bald im Ferienhaus, und dann kann ich das gleich erledigen. Und die Fotos mache ich eben an einem anderen Tag.

Während ich flott weitermarschiere, frage ich mich, ob Eva schon zurück ist von ihrem Ausflug. Hoffentlich hat sie noch nicht angefangen zu kochen – das möchte ich heute übernehmen. Ich habe Lust, sie so richtig zu verwöhnen.

Als Wiedergutmachung – und gutes Omen für einen gelungenen Abend.

Wenn wir diesmal miteinander reden, soll alles anders laufen als heute Nachmittag. Sachlicher, wertschätzender, durchdachter. Ich-Botschaften statt ungerechter Vorwürfe. So liest man es ja immer wieder in Ratgebern und Online-Artikeln, die sich mit Konflikten in Partnerschaften befassen. Bisher dachte ich, solche Tipps brauche ich nicht. Denn ich streite mich so gut wie nie. Nicht mal mit Frank. Vielleicht hätte ich das öfter mal tun sollen! Ehen, in denen ab und zu die Fetzen fliegen, sind zumindest lebendig. Und sich nicht zu streiten, bedeutet noch lange nicht, dass alles in bester Ordnung wäre. Was von außen nach Harmonie aussieht, kann in Wahrheit Sprachlosigkeit sein. Wenn einem das Gegenüber nicht mehr wichtig ist, schwindet die Motivation, Kraft fürs Streiten aufzubringen.

Das klingt jetzt fast wie aus einem dieser Beziehungsratgeber. Was völlig absurd ist, denn obwohl ich seit einem Vierteljahrhundert verheiratet bin, habe ich leider keine Ahnung, wie man eine gute Ehe führt. Und vom Streiten auch nicht.

Warum gibt es eigentlich keine Kurse für so etwas? *Streiten für Anfänger – wie Sie Konflikte führen, ohne zu verletzen oder verletzt zu werden.* So einen würde ich sofort buchen.

Vermutlich eignet sich mein heutiges Verhalten perfekt als abschreckendes Beispiel: Erst habe ich beleidigt geschwiegen, dann ungefiltert rausgelassen, was mich damals genervt hat, und mich später einem klärenden Gespräch verweigert. *Super, Judith, du benimmst dich bei Konflikten wie eine Zwölfjährige, wenn nicht schlimmer!*

»Mist!«, sage ich laut, als mein Spazierweg in der Straße mündet. Nach links geht es zur Dorfmitte, nach rechts zu den Dünen und den Ferienparks. Immerhin gibt es parallel zur Straße eine Spur für Fahrräder und einen breiten Bürgersteig. In den Niederlanden ist das Auto nicht das alles dominierende Fahrzeug, die anderen Verkehrsteilnehmer werden genauso ernst genommen. Ich laufe also nicht Gefahr, überfahren zu werden. Doch natürlich ist diese Strecke nicht ganz so idyllisch.

Kurz bleibe ich stehen und denke darüber nach umzukehren. Aber dann lasse ich es sein. Schließlich habe ich heute so viele wundervolle Wege kennengelernt, da macht es nichts aus, dass diese letzte Etappe des Tages nicht zu hundert Prozent postkartentauglich ist. Schon verrückt, wie die Ansprüche innerhalb nur eines Urlaubstages steigen. Zu Hause führt mich mein täglicher Fußmarsch zur Arbeit ja auch entlang belebter Straßen und nicht durch den Englischen Garten.

Sehr bald stelle ich jedoch fest, dass dieser Vergleich hinkt. Denn die niedrigen Backsteinhäuser mit den liebevoll gepflegten Vorgärten voll blühender Tulpen, Rhododendren und Kamelien sind durchaus eine Augenweide. Dieses Fleckchen Erde überrascht mich immer wieder. Irgendwie ist es hier überall bezaubernd, sogar die Wohnungseinrichtungen gefallen mir ausnehmend gut. Dass Gardinen nicht üblich zu sein scheinen, finde ich praktisch. Denn so kann ich meiner Neugier freien Lauf lassen und im Vorbeilaufen mitten in die guten Stuben der Einheimischen blicken. Ich entdecke gemütliche Sofas, hübsche

Stehlampen, Bücherregale und Lesesessel, teilweise sogar Hintertüren oder Fenster, die in den rückseitigen Garten führen. Den einzigen Sichtschutz bilden die Blumentöpfe, Trockensträuße, Kerzen oder Vasen auf den Fensterbrettern, und erstaunlicherweise besteht diese Deko oft aus zwei gleichen Stücken, die symmetrisch aufgestellt wurden.

Es fällt mir schwer, nicht ewig die Häuser und Gärten zu bewundern, doch ich reiße mich zusammen, sonst hält man mich am Ende noch für eine Spannerin. Außerdem will ich nicht länger herumtrödeln, sondern nach Hause zu Eva.

Entschlossen setze ich meinen Weg fort, als neben mir eine Fahrradklingel ertönt und ich erschrocken stehen bleibe. Der Radfahrer stoppt ebenfalls und grinst mich breit an. »Was für ein erfreulicher Zufall! Hallo, Judith.«

Mein Herz macht einen Hüpfer, und ich beglückwünsche mich selbst, nicht umgekehrt zu sein. Dass ich exakt in diesem Moment genau an diesem Ort bin, hätte das Schicksal nicht besser planen können.

»Maarten! Was machst du denn hier?«, sage ich und ärgere mich sofort über meine Einfallslosigkeit.

Er steigt vom Rad und umarmt mich, als wären wir alte Freunde. »Ich habe Feierabend und komme gerade vom Einkaufen«, erwidert er gut gelaunt. Sein Fahrradkorb ist randvoll mit Obst, Gemüse, Käse, Baguette und Wein.

»Sieht lecker aus. Du lässt es dir gut gehen.«

Er lacht, und seine grünblauen Augen blitzen. »Klar, wenn ich mich nicht selbst verwöhne, tut's keiner.«

Ist das etwa ein versteckter Hinweis darauf, dass er Single ist? Jedenfalls entdecke ich keinen Ring an seinem Finger.

An meinem steckt zwar auch keiner, aber bloß, weil die Eheringe gerade zum Aufpolieren beim Juwelier sind – damit sie im Juni zur Silberhochzeit schön glänzen. Als ob das etwas ändern würde.

»Wie es aussieht, bist du richtig gut im Verwöhnen«, gebe ich zurück, doch kaum dass ich es ausgesprochen habe, wird mir klar, wie zweideutig sich das anhört.

»Bisher gab es keine Klagen«, geht er darauf ein. »Aber wenn nicht gerade meine erwachsenen Kinder zu Besuch kommen, bin ich auch der Einzige, der sich über meine Kochkünste beschweren könnte.«

Okay, jetzt ist die Sache klar. Er ist Single und will, dass ich das weiß.

Ob ihm wohl die Einkerbung an meinem Finger aufgefallen ist? Wenn man genau hinschaut, erkennt man die Stelle, wo der Ehering normalerweise sitzt, ganz deutlich. Hoffentlich hält Maarten mich nicht für eine dieser Frauen, die im Urlaub nach einem unverbindlichen Abenteuer suchen. Aber ich glaube nicht, dass er einer dieser Männer ist, die auf so etwas achten.

Ach, ich sollte einfach nicht so viel in unser Gespräch hineininterpretieren und mich lieber entspannen!

»Ich wette, du bist ein echter Held am Herd.«

Ähm – habe ich das gerade wirklich gesagt? *Judith, du bist verheiratet!*, weise ich mich in Gedanken selbst zurecht. Andererseits kann ein kleiner, harmloser Flirt nicht schaden, oder? So was ist gut fürs Ego. Und für die Laune.

Jedenfalls habe ich das irgendwo gelesen. Eigentlich bin ich in so etwas furchtbar untalentiert. Aber dank Maartens unkomplizierter Art fällt es mir ganz leicht, mich darauf einzulassen.

Er fährt sich über den Kopf. Ich kenne niemanden, dem graue Strähnen im aschblonden Haar so gut stehen wie ihm. »Vielleicht sollte ich *een proefrondje draaien*. Wie sagt ihr auf Deutsch? Eine Proberunde drehen?«

»Die Probe aufs Exempel machen«, rate ich drauflos.

Er schnipst mit den Fingern. »Genau das hab ich gemeint. Hättest du Lust, mein Versuchskaninchen zu sein? Morgen ist mein freier Tag, ich würde mich freuen.«

»Du willst mich einladen? Aber ich bin mit meiner Freundin hier, und sie wäre sicher enttäuscht, wenn ich sie allein lassen würde.«

»Deine Freundin ist ein wahrer Glückspilz.« Er schiebt jetzt sein Fahrrad, und wir spazieren langsam nebeneinanderher.

Ich werde ein bisschen rot, aber das sieht man vermutlich nicht, denn meine Haut ist sowieso von Wind und Sonne leicht gerötet, und das, obwohl ich mich gründlich eingecremt habe. Mit Lichtschutzfaktor 50!

Ob Eva es einen Abend ohne mich aushalten könnte? Klar, das würde sie wohl. Und dennoch: Das ist schließlich nicht der Sinn unserer Reise. Die gemeinsame Zeit mit Eva ist mir heilig. Andererseits klingt Maartens Angebot durchaus verlockend … »Außerdem kenne ich dich ja kaum«, schiebe ich hinterher.

»Stimmt. Und das finde ich sehr bedauerlich. Wir sollten

das dringend ändern. Was möchtest du denn wissen? Stell mir drei persönliche Fragen. Egal, welche.«

Maarten ist ganz schön direkt. Mir gefällt das. Eigentlich bin ich so etwas nicht gewohnt, doch ich merke, dass ich mich von ihm mitreißen lasse. So impulsiv und spontan verhalte ich mich sonst selten. Jetzt aber stelle ich einfach die erstbeste Frage, die mir in den Kopf schießt: »Wie kommt es, dass jemand wie du allein ist?«

Maartens Blick scheint in die Ferne zu schweifen. »Na ja … Meine Frau ist gestorben.« Er schluckt.

Erschrocken schlage ich mir die Hand vor den Mund. »Das tut mir furchtbar leid, Maarten, wenn ich geahnt hätte …«

Er berührt mich beschwichtigend an der Schulter. »Du konntest das ja nicht wissen. Und es ist auch schon zehn Jahre her. Ich kann inzwischen über Anouks Tod sprechen, ohne sofort in Tränen auszubrechen. Alles gut.«

Ich atme tief durch. »Trotzdem. Das ist ja furchtbar. Sorry, dass ich dich daran erinnert habe.«

Traurig zuckt er mit den Schultern. »Ich denke sowieso jeden Tag an sie. Und es tut mir gut, wenn ich über sie spreche. Das fühlt sich an, als wäre sie auf eine gewisse Weise noch unter uns.«

Das kann ich gut nachvollziehen. Dennoch … »Das muss schlimm für dich sein.«

»Schlimm war vor allem, sie leiden zu sehen. Der Krebs hat sie regelrecht zerfressen. Mit gerade mal siebenunddreißig. Das Leben ist nicht immer gerecht.«

Ich schweige betroffen. Das heißt also, er hat seine Kinder mehr oder weniger allein großgezogen? Durch die Pubertät gebracht? Und dann losgelassen? Respekt!

»Aber andererseits ist das Leben auch schön. Man sollte es genießen, solange man noch kann. Also was ist: Willst du mir deine zweite Frage stellen?« Er lächelt mir aufmunternd zu, denn mein Zögern ist wohl unübersehbar. »Nur zu, ich halte es schon aus, wenn du mich weiter verhörst.«

Es ist mir schrecklich unangenehm, dass ich, ohne es zu wissen, unser Gespräch auf dieses traurige Thema gelenkt habe, auch wenn Maarten es schafft, die Atmosphäre direkt wieder zu entspannen. Okay – ich spiele weiter mit. Aber meine nächste Frage sollte absolut unverfänglich sein.

»Bücher oder Kino – was magst du lieber?«

»Das ist leicht – natürlich Bücher! Ich mag zwar auch Spielfilme und Serien, wenn sie gut gemacht sind, aber angenommen, ich müsste mich entscheiden, würde ich auf jeden Fall Bücher wählen. Sie verwandeln den eigenen Kopf in einen Kinosaal. Übrigens freue ich mich schon darauf, deinen Roman zu lesen.«

»Meinen Roman?«

»Na ja, den mit der Undercover-Agentin auf der Jagd nach den Wilddieben.«

Ich pruste los. »Stimmt, das hatte ich schon total vergessen.«

»Wie gut, dass ich dich dran erinnert habe.« Er grinst. »Ich erwarte übrigens eine Erwähnung. *Die Autorin dankt Maarten Visser für seine tollen Ideen, seine Informationen rund um die Arbeit als Dünenförster und sein vorzügliches Pilzragout.*«

»Pilzragout hört sich verlockend an. Ich liebe Pilze. Was ich dagegen gar nicht mag, sind Trüffel. Und du?« Das war dann wohl meine dritte Frage.

»Ich mag keinen Fisch. Obwohl ich an der Küste lebe und Visser heiße. Jetzt ist es raus. Ich bin ein seltsamer Kerl.«

Damit bringt er mich erneut zum Lachen. »Nicht seltsamer als ich. Nun darfst du mir drei Fragen stellen«, sage ich und freue mich schon auf die Fortsetzung unseres Geplänkels.

»Sorry, daraus wird nichts. Ich muss in zwanzig Minuten zu Hause sein.«

Damit habe ich jetzt überhaupt nicht gerechnet. Sagte er nicht eben, dass er allein lebt?

»Jeden Abend um Punkt sechs ruft mich meine Mutter an. Auf dem Festnetz – weil sie Mobiltelefonen misstraut. Sie ist fast neunzig und geht früh ins Bett. Vorher erzählt sie mir kurz von ihrem Tag und ich ihr von meinem – das ist unser Ritual.«

»Wie schön!« Ich bin gerührt. Vor allem, wenn ich mir vorstelle, dass Linus und Robin in vierzig Jahren so liebevoll mit mir umgehen.

»Aber ich überlege mir Fragen, versprochen. Und die kannst du mir beantworten, wenn wir uns das nächste Mal begegnen. Vielleicht sollten wir es doch nicht dem Zufall überlassen? Ich könnte dir morgen eine Privatführung durch die Dünen anbieten. Gemeinsam mit deiner Freundin natürlich.«

Lachend schüttele ich den Kopf. »Sorry, aber daraus

wird leider auch nichts. Eva und ich sehen uns sonst das ganze Jahr über kaum. Wir haben einiges zu bereden.«

Es ist nicht logisch, aber irgendwie möchte ich Maarten nicht mit Eva teilen. Wobei – nein, darum geht es eigentlich gar nicht. Eher darum, dass er so etwas wie mein Geheimnis bleiben soll. Auch wenn wir uns vermutlich nie wiedersehen, kann ich doch immerhin davon träumen, wie es wäre, mit diesem Mann mehr Zeit zu verbringen. Mit ihm zu plaudern, zu lachen, Spaß zu haben. Ganz harmlos. Und mich von ihm verwöhnen zu lassen. Nicht unbedingt ganz so harmlos …

»Falls du es dir anders überlegst, ich kenne da ein tolles Restaurant im Landesinneren, das ist ein echter Geheimtipp.«

Okay, er nimmt es zwar sportlich, aber das Handtuch wirft er noch nicht. Normalerweise empfände ich es als unangenehm, dass er mein Nein nicht sofort akzeptiert. Bei Maarten fühlt es sich jedoch nicht wie Drängen an, sondern er zeigt mir einfach nur, wie gern er sich mit mir treffen möchte. Seine lockere Art macht das, was mich bei anderen Männern stören würde, zu einem Flirt auf Augenhöhe. Außerdem fühle ich mich sehr geschmeichelt.

Wäre ich nicht mit Eva hier …

»Ich glaube zwar nicht, dass ich es mir anders überlege, aber falls doch, melde ich mich, okay?«

»Jawohl!«, ruft er aus und macht eine Siegerfaust, als hätte er gerade ein entscheidendes Tor geschossen.

»Halt, halt, ich habe gesagt: falls …«

»Um dich bei mir zu melden, brauchst du meine Nummer. Warte, ich diktiere sie dir.«

Ich ziehe mein Handy aus der Jackentasche, aber es bleibt dunkel. Stimmt ja – kein Saft mehr. Und ich habe auch sonst nichts zu schreiben dabei.

»Sorry, es soll wohl nicht sein.«

»*Geen probleem*, dann machen wir es anders. Kennst du deine Nummer auswendig?«

»Ja klar.« Schließlich hat sie sich seit 1995 nicht geändert. Ich nenne sie ihm.

Maarten tippt auf seinem Handy herum. »So. Ich hab dir eine Nachricht geschickt. Und damit hast du meine Nummer automatisch.«

Er umarmt mich erneut und küsst mich auf die Wangen. Erst links, dann rechts. Seine Bartstoppeln kitzeln. Am liebsten würde ich noch länger ganz nahe bei ihm stehen bleiben, aber ich reiße mich zusammen und trete einen Schritt zurück.

»Nicht so schnell – wir Holländer küssen immer dreimal«, erklärt er, und die Umarmung geht in eine leider sehr kurze Verlängerung.

Als Maarten auf sein Rad steigt und winkend davonfährt, schaue ich ihm hinterher, bis er um die nächste Kurve verschwindet. Dann erst setze ich meinen Weg fort.

Beschwingt. Irgendwie federleicht. Und gefühlt zehn Jahre jünger als noch vor einer Viertelstunde. Ach was – zwanzig …

Ich bin schon fast an Timos Haus angelangt, da fällt mir

ein, dass ich Maarten gar nicht gefragt habe, warum die Dörfer – im Gegensatz zu den Ferienparks – so weit von der Küste entfernt liegen.

Na gut, dann klären wir das eben bei unserer nächsten Begegnung. Warum auch immer, ich zweifele plötzlich nicht mehr daran, dass wir uns wiedersehen werden.

Summend nähere ich mich dem Eingang. *When Will I See You Again* – kein Wunder, dass mir ausgerechnet dieser Siebziger-Jahre-Song durch den Kopf geistert. Von wem war der noch gleich? Von den Supremes? Nein, jetzt fällt es mir ein: Es waren The Three Degrees.

Cary Grant steht in der Einfahrt, Eva ist also wieder da. Ich hole tief Luft, bevor ich klingele.

Kapitel 14

EVA

Ich stehe vor den Holzpfählen, die eine Ecke des Gartens verschönern, streiche gedankenverloren mit der Hand über das silbergraue Holz und murmele noch mal den Satz, den ich mir als Gesprächseröffnung zurechtgelegt habe: »Ich konnte heute viel nachdenken und finde, wir sollten wirklich reden.«

»Ich auch.«

Erschrocken fahre ich herum.

Judith ist den Weg ums Haus gekommen. Mit leicht gerötetem Gesicht und windzerzausten Locken steht sie an der Ecke und lächelt mich herzerwärmend fröhlich an.

»Du liebe Güte, hast du mich erschreckt!«

Sie hebt die Augenbrauen. »Hast du nicht eben mit mir geredet?«

»Doch, schon. Ich habe nur … egal. Wie war dein Spaziergang?«

»Wunderschön.« Sie legt sich die Hand auf die Brust und grinst beseelt.

»Wow, was hast du denn erlebt?«

Sie zögert kurz, zuckt dann mit den Schultern und sagt:

»Die Farben auf den Tulpenfeldern sind einfach umwerfend. Und die Holländer so nett.«

Ich denke an meine Begegnung mit Marijke heute Morgen und nicke.

»Und wo warst du in der Zwischenzeit?«, fragt sie. Ich bin unendlich froh darüber, dass sie jetzt so aufgeräumt zu sein scheint. Von der schlechten Stimmung ist nichts mehr zu spüren. Im Gegenteil, Judith wirkt beschwingt wie schon den ganzen Urlaub nicht.

»Ich war im Nachbarort. Ein bisschen bummeln. Da in der Tüte sind Wein und Knabbersachen. Damit können wir es uns jetzt gemütlich machen.«

»Prima. Wenn du hier draußen sitzen willst, muss ich mir aber schnell noch was zum Anziehen holen. Ist die Terrassentür offen?«

»Du müsstest bitte vorn aufsperren. Ich habe vergessen, den Schlüssel mitzunehmen. Drum hänge ich hier im Garten rum.« Ich lache. Judith kennt mich ja. Bestimmt macht sie jetzt eine charmante Bemerkung über mein Durcheinander, die sich beinahe so anhört wie ein Kompliment. Sie schafft es immer, meine schusselige Art als etwas Gutes hinzustellen.

Doch sie reagiert völlig anders, als ich es erwarte, denn ihre fröhliche Miene fällt in sich zusammen. »Was? Aber ich habe auch keinen Schlüssel mit. Ich dachte, du hast ihn, weil er nicht auf dem Bord neben dem Eingang lag.«

Entgeistert starre ich sie an: »Du bist ohne aus dem Haus gegangen, obwohl du nicht wusstest, wann ich zurückkomme?«

»Aber du doch auch!«

»Verdammt, wie kommen wir jetzt rein? Ich habe Timo schon angerufen – hier ist nirgendwo einer versteckt.«

Judith geht zur Terrassentür und rüttelt daran, dann probiert sie es bei den Fenstern.

Planlos laufe ich hinter ihr her. »Es hat doch so geschüttet, als wir vom Skulpturenpark zurückgekommen sind, und da hast du kontrolliert, ob alles zu ist.«

»Hast du im Auto nachgesehen? Bestimmt ist er dir aus der Tasche gefallen.«

»Da ist er nicht – schon gecheckt.«

»Lass mich bitte auch noch mal«, fordert sie und streckt die Hand aus. »Gib mir die Wagenschlüssel!«

Sie schaut sogar in den Kofferraum, doch, wie zu erwarten, bleiben wir ausgesperrt.

»Was machen wir jetzt nur?«, fragt sie und sieht die Hausfassade hoch.

Kraftlos lasse ich mich gegen die Kühlerhaube sinken. Ich kann einfach nicht glauben, was ich in diesem Urlaub schon alles vermasselt habe. Immer wenn ich denke, es kann eigentlich nicht schlimmer kommen, setze ich noch eins obendrauf. »Es tut mir leid, Judith!«

»Ich bin mindestens genauso schuld. Immerhin war ich die Letzte, die losgezogen ist. Aber es hilft ja jetzt nichts, drüber nachzudenken, was wir hätten besser machen sollen. Lass uns lieber eine Lösung finden. Wir könnten einen Schlüsseldienst rufen.«

Ich richte mich ein wenig auf. »Gut! Ich dachte schon, wir müssen ohne unsere Sachen wieder nach Hause.«

Judith zieht ihr Handy hervor und schüttelt dann den Kopf. »Ach so, der Akku ist ja leer. Bitte googele mal nach einer Firma.«

»Gehen wir wieder in den Garten, meins liegt auf der Terrasse. Verdammt, was für ein Durcheinander! Und es ist schon fast halb sieben und wird langsam echt kalt. Hoffentlich gibt es hier in der Nähe jemanden, damit wir nicht ewig warten.« Ich gehe voraus ums Haus.

»Sind sicher alle anderen Schlüssel in Köln? Hat Timo hier keine Bekannten, die vielleicht einen für Notfälle aufbewahren?«, fragt Judith.

»Ich habe vorhin schon mal mit ihm telefoniert, als ich gemerkt habe, dass ich hier draußen festsitze, aber da war nicht die Rede von Leuten mit Ersatzschlüsseln.« Weil ich an unser Telefonat denke, beginnt mein Herz wieder schneller zu schlagen. Es ist, als wäre mein Hirn darauf programmiert, beim Stichwort Timo eine Ladung Adrenalin auszuschütten. Seine Stimme, sein Geruch, auf einfach alles von ihm reagiere ich, als wäre er ein Suchtmittel. Ich muss schmunzeln beim Gedanken daran, wie enttäuscht ich war, dass die Haushaltshilfe das Bett frisch überzogen hat und es deshalb nicht mehr nach ihm riecht.

»Die Haushaltshilfe!«, rufe ich und bleibe abrupt stehen.

Judith läuft gegen meine Rückseite.

»Die Faßbenders haben hier jemanden zum Putzen. Ein Ehepaar. Die können uns doch reinlassen! Die Nummer hängt zwar drin, aber ich frage schnell Timo.«

Rasch tippe ich eine Nachricht, in der ich unsere Situation schildere, und garniere sie mit einer Entschuldigung.

Sicher ist er noch im Büro und ich störe ihn schon wieder. Das ist mir ein wenig unangenehm.

Judith und ich haben uns eben am Terrassentisch niedergelassen, da läutet mein Telefon.

»Tut mir so leid«, schwindele ich beim Abheben. Eigentlich bin ich überglücklich, weil sich nun ein Grund für ein weiteres Gespräch ergeben hat.

Judith scheint mir dieses Gefühl anzusehen, denn sie grinst, während sie sich in eine der Decken hüllt.

»Mir nicht«, antwortet Timo und lacht.

»Okay, mir eigentlich auch nicht. Ich freue mich, deine Stimme zu hören«, gebe ich zu.

»Vielleicht holt ihr euch noch ein wenig Holz aus der Hütte und macht in der Schale ein Feuer, damit euch inzwischen nicht kalt wird.«

»Wieso, wie lange wird es denn ungefähr dauern, bis die Leute da sind?«

»Sag ihm, dass es wirklich keinen Grund für Stress gibt«, souffliert mir Judith. »Wir kommen schon klar. Immerhin haben wir Wein.« Sie nimmt die Flasche aus der Tüte und studiert das Etikett.

»Die Janssens werden euch nicht aus der Patsche helfen«, antwortet Timo.

Verdattert ziehe ich die Augenbrauen zusammen. »Was? Aber wie sollen wir dann …«

»… Sondern ich. Ich bin schon auf dem Weg und in etwa dreieinhalb Stunden mit einem Schlüssel bei euch.«

»Das geht doch nicht! Warum kann die Haushaltshilfe denn nicht?«

»Das erkläre ich dir, wenn ich da bin.«

Jetzt gerät mein Herz endgültig außer Rand und Band. Unfähig, länger auf dem Stuhl zu sitzen, springe ich auf und marschiere auf der Terrasse auf und ab. »Das ist zu gefährlich«, protestiere ich. »Du bist müde von deinem Arbeitstag.«

»Die Vorfreude darauf, dass ich dich heute noch sehe, wird mich fit halten.«

»Das ist doch Unsinn«, widerspreche ich halbherzig. Eigentlich wünsche ich mir nichts sehnlicher als Timo im Auto auf dem Weg zu mir. Dass er mich in ein paar Stunden in die Arme schließen wird, kommt mir vor wie das süßeste Versprechen. Am liebsten würde ich kreischen vor Glück.

»Ich störe euren Freundinnenurlaub auch nicht lange. Versprochen! Nur eine Nacht, und morgen in aller Früh bin ich wieder weg.«

Bei dem Gedanken daran, dass wir zusammen schlafen werden, läuft mir Gänsehaut über die Arme.

»Das ist so eine lange Fahrt«, gebe ich zu bedenken – nicht, weil ich ihm die Sache ausreden möchte, sondern eher, weil ich nicht glauben kann, dass er sich die Strapaze wirklich für mich antun will. Im Grunde könnte er genauso gut sagen, wir sollen uns gefälligst ins Auto setzen und den Schlüssel holen kommen, wenn wir schon so doof sind, uns auszusperren.

»Darum muss ich jetzt schleunigst auflegen, damit ich loskomme«, höre ich Timo antworten. »Seht zu, dass euch nicht kalt wird. Bis später.« Und schon ist die Verbindung unterbrochen.

Mein ganzer Körper pocht vor Aufregung.

»Was hat er gesagt?«, fragt Judith. Sie entzündet das Holz in der Feuerschale, das sie während meines Telefonats vorbereitet hat. »Er kommt jetzt nicht wirklich her, um uns den Schlüssel zu bringen, oder?«

Ich lege die Hand vor meinen lächelnden Mund und nicke.

»Du lieber Himmel.«

»Er macht sich sofort auf den Weg. Dann schläft er einmal hier, und morgen fährt er wieder zurück. Ich kann es gar nicht glauben.«

»Hattest du nicht gesagt, seine Kinder wären diese Woche bei ihm?« Sie setzt sich wieder hin.

Ich lasse mich auf den Stuhl neben ihr plumpsen. »Doch, aber sie sind jetzt zwei Tage bei seiner Mutter. Ist er nicht einfach umwerfend?«

»Er muss dich echt sehr gernhaben, wenn er so etwas macht. Die Fahrt ist ja kein Katzensprung. Für mich klingt das, als wäre er wirklich verknallt in dich.«

»Glaubst du?«

Judith öffnet die Packung mit den Käsestangen. »Ich bitte dich! Könnte es noch offensichtlicher sein?«

Mich durchflutet ein warmes Glücksgefühl. Es füllt jeden Winkel meiner Brust und lässt mein Herz anschwellen.

Judith steckt sich ein Stück Knabbergebäck in den Mund.

»Kein Mann vor Timo hätte mir eine Freude damit bereitet, wenn er plötzlich auf der Matte gestanden hätte.

Aber bei ihm ist das echt anders. Ich kann es kaum erwarten, dass er hier ist.« Aufgeregt schaue ich aufs Handy. »Also wenn er jetzt losfährt und dann dreieinhalb Stunden braucht, müsste er um zehn, halb elf da sein. Es stört dich doch nicht, dass er kommt, oder?«

Sie schüttelt den Kopf. »Ich bin total neugierig auf ihn. Wie muss ein Mann sein, um meine Eva zu knacken?«

»Er ist einfach so … lieb.« Mir fällt partout kein besseres Wort für all das ein, was Timo ausmacht.

»Hach, frisch Verknallte sind echt entzückend. Ich denke nicht, dass Frank dasselbe tun würde.« Judith verdreht die Augen. »Nach einer langen Ehe ist das aber auch kein Wunder. Da macht es kaum einen Unterschied, ob man sich heute sieht oder in drei Tagen.«

Ich mustere Judiths Gesicht. Sie wirkt nicht sonderlich traurig, während sie das sagt. Ist dies meine Chance, elegant zu dem Thema überzuleiten, das mir auf der Seele brennt? Immerhin haben wir jetzt ungestört Zeit, bis Timo kommt.

»Hätte Frank das denn gemacht, als ihr frisch zusammen wart?«, frage ich vorsichtig. Vielleicht kann ich sie erst mal dazu bringen, über ihn zu sprechen.

Judith öffnet den Schraubverschluss der Weinflasche, setzt sie an die Lippen und nimmt einen Schluck. »Ich weiß, dass du meinen Mann nie leiden konntest, Evalein«, sagt sie dann völlig emotionslos. »Wann immer auch nur von ihm die Rede ist, liegt da was in deinen Augen … und das ist alles andere als Wohlwollen.«

Ich erschrecke über ihre Worte. »Es tut mir leid, dass es

mir nicht besser gelungen ist, das zu verbergen. Das war bestimmt schlimm für dich.«

»Klar wäre es schöner, wenn ihr Freunde wärt. Aber ich weiß, dass man Sympathie nicht erzwingen kann. Und du warst ja immer höflich zu ihm und hast nie auch nur ein schlechtes Wort über ihn verloren. Ich frage mich bloß, wieso es ist, wie es ist.«

Da sich mein Magen anfühlt, als würde er absinken, nehme ich ihr die Flasche ab und trinke ebenfalls. Wenn ich jetzt nichts sage, werde ich mir das nie verzeihen. »Am Anfang war er einfach nicht auf meiner Wellenlänge«, beginne ich. »Er war nie mein Typ Mann. Aber das muss er ja auch nicht! Stell dir vor, uns würde derselbe Kerl gefallen – das wäre schrecklich.«

Judith grinst. »Stimmt.«

»Als dann Linus auf der Welt war, fand ich nicht so toll, dass er kein besserer Teamplayer war. Ich hätte mir für dich einen Partner gewünscht, der eine modernere Einstellung hat.« Ich merke, wie ich zu schwitzen beginne. Jedes Wort fordert hundertprozentige Konzentration, damit es auf keinen Fall falsch rüberkommt, und gleichzeitig prüfe ich ununterbrochen Judiths Gesichtsausdruck. Bisher scheine ich allerdings noch nichts gesagt zu haben, was sie sonderlich schockiert.

»Weißt du«, erwidert sie, »da gehören immer zwei dazu. Es ist auch meine Schuld, wie festgefahren unsere Rollen jetzt sind. Ich hätte von Anfang an mehr darauf bestehen sollen, dass Frank sich stärker einbringt. Aber wenn man ein Baby hat, ist man als Mutter vielleicht zu besitzergreifend und ganz froh darüber, dass man den kleinen Schatz nicht teilen muss. Und schon übersieht man es. Ich bin beileibe nicht die Einzige, der das so ergangen ist.«

»Das mag sein.« Meiner Meinung nach hat Frank sie nicht nur allein gelassen, sondern regelrecht ausgebremst, behindert und kleingemacht, doch das sage ich vorerst nicht. »Ich war sowieso der Ansicht, dass es eure Sache ist, wie ihr euch als Eltern organisiert. Aber Franks Einstellung dazu hat halt nicht gerade dazu beigetragen, ihn als Freund lieb zu gewinnen.« Ich schlucke, hole innerlich ein wenig Anlauf und sage dann: »Vor etwa zehn Jahren auf dieser einen Party ist allerdings etwas passiert, was mich endgültig gegen ihn aufgebracht hat.«

»Welche Party?« An der Art, wie Judith noch eine Käsestange nimmt und genüsslich hineinbeißt, sehe ich, dass sie keinen blassen Schimmer davon hat, wie unangenehm die Geschichte ist, die ich ihr erzählen will.

»Bei Franks Schulkollegen. Linus hatte sich das Bein gebrochen, deshalb warst du nicht dabei. Ich war mit Raphael und Emilio dort.«

»Ach die. Was war da? Frank hat nachher erzählt, dass er es eher öde fand.«

Ich atme tief durch. »Es wurde ziemlich viel gebechert. Frank hatte definitiv einen im Tee«, schicke ich voraus. »Deshalb habe ich mich danach auch entschlossen, nichts zu sagen. Mittlerweile denke ich jedoch, ich hätte es dir unbedingt erzählen sollen. Aber du weißt ja, wie das ist: Manchmal verpasst man den richtigen Zeitpunkt, und dann ist es irgendwann zu spät.«

Jetzt sieht Judith verwirrt aus. Sie hört auf zu kauen und runzelt die Stirn.

Mein ganzer Körper schmerzt vor Unbehagen, als ich weiterspreche: »Es war schon spät, und ich war einen Augenblick allein auf der Dachterrasse. Da kam Frank. Er hat versucht, mich zu küssen.«

Kapitel 15

JUDITH

Das Blut rauscht in meinen Ohren, und meine Hände zerbröseln die Käsestange, die ich mir gerade schmecken lassen wollte. Ich schnappe nach Luft. »Sag das noch mal«, krächze ich. Meine Stimme klingt fremd. Wie von ganz weit weg. Ich wage es kaum, Eva anzuschauen, und als ich es schließlich doch tue, sehe ich, dass sie knallrot im Gesicht ist.

»Frank hat versucht, mich zu küssen«, sagt sie fast tonlos.

Das muss ich erst mal verdauen. Ich wickele die Decke fester um mich, denn mich fröstelt. Aber nicht wegen der kühlen Abendluft, sondern von innen heraus. Als hätten Evas Worte eine eiskalte Schlinge um mein Herz gelegt.

Was sie da sagt, klingt unglaublich. Ich schaffe es einfach nicht, mir vorzustellen, wie Frank sich ihr auf diese Weise nähert. Das ist völlig absurd! Auch wenn ich im Grunde weiß, dass es stimmt. Eva würde sich so etwas niemals ausdenken.

»Ich muss das genauer wissen. Was ist damals genau passiert?« Ich ahne, dass jedes Detail, das ich Eva entlocken werde, wehtun wird. Aber ich kann nicht anders. Außerdem wird mich der Schmerz mit Verzögerung treffen.

»Willst du dir das wirklich antun?« Eva klingt skeptisch. Als würde sie ihr Geständnis am liebsten wieder zurücknehmen. Doch da muss sie jetzt durch.

»Natürlich will ich nicht«, gebe ich zurück. »Aber ich habe keine Wahl. Nun sag schon!«

Sie scheint mit sich zu ringen und nach den richtigen Worten zu suchen. Zögernd kommen sie ihr über die Lippen. Erst langsam und vorsichtig, dann immer bestimmter und mit fester Stimme. Ich höre zu und begreife dennoch nicht, dass es hier um uns geht. Um meine beste Freundin und meinen Ehemann. Nicht um irgendwelche Fremden oder gar erfundene Figuren in einem Spielfilm.

»Ich war so schockiert«, schließt Eva. »Wie sollte ich ahnen, dass er mir auf die Dachterrasse folgen würde? Offenbar hat er da was falsch verstanden …«

Ich versuche, mir die Szene auszumalen. Eva, wie sie nach draußen geht. Frank, wie er ihr hinterherstarrt und jede ihrer Bewegungen missinterpretiert und für eine Einladung hält.

»Was meinst du mit falsch verstanden?«, hake ich nach.

»Er hat behauptet, ich hätte ihn den ganzen Abend über angebaggert. Aber das ist nicht wahr. Ich war zurückhaltend, bestenfalls höflich.«

Ich verstehe. Das ist typisch Eva. Sie wirkt immer sehr zugewandt, sogar bei Menschen, die sie nicht leiden kann. So war sie schon als Kind, und in ihrem Job kommt ihr diese Eigenschaft natürlich zugute. Als Moderatorin muss sie zu allen nett sein, auch zu Talkgästen, die polarisieren oder einfach nur wahnsinnig unsympathisch sind.

Aber zählt Frank für meine Freundin wirklich zu dieser Kategorie Mensch? Immerhin war ich einmal sehr verliebt in ihn. Wir haben ein ziemlich harmonisches Vierteljahrhundert miteinander verbracht. Er ist der Vater meiner wunderbaren Söhne und ein angenehmer Mitbewohner.

Grundgütiger, denke ich das gerade wirklich? *Angenehmer Mitbewohner?* Wem mache ich hier eigentlich was vor?

Fest steht allerdings, dass Eva von Anfang an Vorbehalte gegen Frank hatte. Was ihn betrifft, hat ihre Menschenkenntnis wohl besser funktioniert als meine. Aber ich habe immer gespürt, dass sie ihn nicht mag. Deshalb habe ich nie mit ihr über meine Zweifel gesprochen. Echte Eheprobleme waren es ja nicht, sondern ich hatte nur das vage Gefühl, dass irgendetwas fehlt. Ich konnte bloß nicht in Worte fassen, was es war.

»Ich glaube keine Sekunde, dass du ihn angemacht hast«, sage ich. »Deshalb verstehe ich einfach nicht, wie Frank so etwas tun konnte. Bist du sicher, dass er dich wirklich küssen wollte? Vielleicht ist er nur … über irgendwas gestolpert?«

Himmel, jetzt versuche ich auch noch, ihn in Schutz zu nehmen. Aber solche Situationen sind nun mal nicht immer so eindeutig. Vor allem, wenn Alkohol im Spiel ist.

»Er stand auf einmal viel zu dicht hinter mir, als ich mich umdrehte. Und dann passierte es. Ich hab ihn nach einer Schrecksekunde angeschrien.«

»Und da hat er sich sofort entschuldigt, oder?«

Eva schließt die Augen. Ich sehe genau, wie unbehaglich ihr zumute ist. Sie schüttelt den Kopf. »Nein, erst hat er behauptet, ich hätte es herausgefordert. Dann hat er es auf die Champagnercocktails geschoben und schließlich gesagt, er wisse selbst nicht, was gerade mit ihm los sei. So etwas wäre eigentlich gar nicht seine Art.«

Das kann doch nur ein Missverständnis sein! Er war nicht nüchtern. Und Eva vermutlich auch nicht.

Wenn wirklich im Grunde gar nichts passiert ist – warum hat sie es mir dann nicht sofort erzählt?

Kaum habe ich mir diese Frage gestellt, überkommt mich ein ganz neues Gefühl. Die Eiseskälte in meinem Inneren weicht einer jähen Hitzewallung. Schweiß tritt mir auf die Stirn. Ich werfe die Decke von mir und stehe auf, um meinem plötzlichen Drang nach Bewegung nachzugeben. Wortlos stapfe ich im Garten hin und her, unfähig, meine Gefühle in Worte zu fassen. Ich versuche zu analysieren, was da in mir vorgeht, aber mein Verstand hat völlig abgeschaltet. Stattdessen übernehmen die Hormone, die Nerven, das Reptiliengehirn. Ich laufe, schwitze und schnaube. Währenddessen weicht meine anfängliche Fassungslosigkeit einem Gefühl der Empörung.

Abrupt bleibe ich stehen. »Und warum hast du das Ganze nicht für dich behalten? Das hat in den letzten zehn Jahren ja hervorragend funktioniert. Was soll das jetzt?« Meine Stimme klingt vorwurfsvoll und schrill.

Eva greift nach der Weinflasche und trinkt daraus. Dann schaut sie mir fest in die Augen. »Ich weiß, ich habe damit den Abend verdorben. Trotzdem bin ich froh, dass ich es dir endlich gesagt habe. Du musst das wissen! Ich würde es auch wissen wollen, wenn es umgekehrt wäre.«

Ich bemühe mich, leiser und kontrollierter zu sprechen. »Aber warum gerade jetzt? Soll das etwa die Rache für meinen Ausbruch heute Mittag sein? Ich weiß, ich war ungerecht und habe dich verletzt. Deshalb musst du es mir noch lange nicht auf diese Weise heimzahlen ...«

Vielleicht habe ich sogar darum so heftig auf Evas Erziehungstipps reagiert, weil mir klar war, dass sie insgeheim auch meine Partnerwahl missbilligt? Also im Grunde mein komplettes Leben als verkorkst betrachtet? Ich balle die Hände zu Fäusten und zähle bis zehn. Nein, dieses Fass mache ich jetzt nicht erneut auf.

Evas Augen werden feucht. Sie schüttelt nur traurig den Kopf. Dann lässt sie ihn sinken, aber ich sehe ihre Tränen trotzdem.

Das genügt, um mir den Wind aus den Segeln zu nehmen. Sofort begreife ich, auf wen ich eigentlich sauer bin. Nämlich nicht auf meine beste Freundin. Sondern auf Frank. Ich setze mich neben sie und lege den Arm um ihre Schulter. »Sorry, das war jetzt total daneben. Ich weiß doch, dass du es gut meinst. Vergiss, was ich gesagt habe, es war völliger Humbug. Und unfair.« Meine Stimme zittert. Es fehlt nicht viel, und ich schluchze los. Um mich selbst abzulenken, greife ich zur Weinflasche und nehme einen großen Schluck. Dann reiche ich sie an Eva weiter, die mich tränenverhangen anlächelt.

»Okay«, sage ich schließlich. »Noch mal ganz von vorn. Du hast diese Erinnerung zehn Jahre lang mit dir herumgeschleppt. Und mir nichts davon gesagt, vermutlich um mich zu schonen. Was hat sich heute geändert? Warum liegt dir auf einmal so viel daran, mir die Wahrheit zu sagen?«

»Ich wollte reinen Tisch machen«, sagt sie. »Weil ich … na ja, weil ich das Gefühl habe, dass du an einem Punkt deines Lebens angekommen bist, an dem es einfach wichtig ist, alles zu wissen.«

Ich lache freudlos auf. »So kann man es auch ausdrücken.«

Eva legt ihre Hand auf meine und drückt sie sanft. »Mit mir kannst du doch alles besprechen, Judith. Wie geht es dir in deiner Ehe wirklich? Bist du noch glücklich? Oder wenigstens zufrieden?«

Ich lehne mich zurück und starre in den wolkenlosen Himmel, wo ein paar Möwen ihre Kreise ziehen. Sie fliegen mit minimalem Kraftaufwand und nutzen stattdessen den Auftrieb. Nur selten bewegen sie ihre Flügel. Sie sind also nicht faul, sondern ziemlich schlau und effektiv. Wäre ich eine Möwe, müsste ich mich gewaltig umstellen. Mein Leben lang habe ich mich abgestrampelt, bin nie einfach nur dahingesegelt, aber mit welchem Ergebnis? Okay, die Jungs sind toll, doch das wären sie vermutlich auch, wenn ich mich weniger ins Zeug gelegt hätte und stattdessen ein bisschen fürsorglicher mir selbst gegenüber gewesen wäre. Auftrieb für mich gab es nur selten.

Erst als Eva mir erneut die Weinflasche reicht, fällt mir auf, dass ich ihr ja noch eine Antwort schuldig bin. »Keine Ahnung, wie es mir geht. Ich habe mir diese Frage zu lange verboten. Ich wollte nie, dass meine Ehe scheitert. Das war mir ganz wichtig. Deshalb habe ich alles getan, um sie am Laufen zu halten. In letzter Zeit wird mir immer klarer, dass das alles auf meine Kosten geht.«

Eva nickt, sagt aber nichts.

»Vielleicht ist meine Ehe ja längst gescheitert, ohne dass ich es bemerkt habe«, fahre ich fort. »Ich war bloß zu feige, es mir einzugestehen und die Konsequenzen daraus zu ziehen. Ganz schön armselig, was?«

»So würde ich das nicht nennen«, sagt Eva. »Es war schließlich der schwierigere Weg. Aber er hat dir nicht gutgetan.«

Ich seufze. »Nein, das hat er nicht.« Ich fühle mich auf einmal hundemüde. Als hätte ich einen schweren Kampf hinter mir. Einen, bei dem es keine Gewinner gibt. »Ich muss wohl die Richtung, die mein Leben genommen hat, komplett überdenken. Im Moment weiß ich gerade nicht, was ich fühlen soll. Und was ich will.«

»Angenommen, mein Erlebnis mit Frank damals auf der Party wäre kein Einzelfall. Wie würde es dir damit gehen, wenn – und das ist jetzt wirklich nur bloße Theorie – er es mit der Treue nicht ganz so genau nehmen würde?«

Mit dieser Frage legt Eva den Finger in die Wunde. »Darüber habe ich tatsächlich schon öfter nachgedacht. Ohne konkreten Anlass, es ist eher eine Ahnung, aber dennoch – ich traue es ihm zu. Vorhin hätte ich noch behauptet, das sei mir ziemlich egal, weil wir ohnehin seit Langem wie in einer WG zusammenleben, nicht mehr wie ein Paar. Ich bin sozusagen die Frau mit gewissen Extras – und damit ist leider nur der Haushalt gemeint.« Mein Lachen klingt bitter. »Aber nach dem, was ich jetzt weiß, geht es mir anders als erwartet. Zumal deine Geschichte ja darauf hindeutet, wie lange das eventuell schon so geht. Damals, vor zehn Jahren, hätte ich die Hand dafür ins Feuer gelegt, dass zwischen uns alles perfekt läuft. Offenbar habe ich mich da aber gewaltig getäuscht. Ich komme mir ganz schön dumm vor und fühle mich innerlich wund und verletzt. Gedemütigt. Es tut verdammt weh. Es ist nicht mal die Eifersucht auf andere Frauen, die mich quält, sondern das Wissen, was meine Beziehungsgrundpfeiler für ihn zählen: wohl gar nichts. Loyalität ist mir ganz wichtig. Nicht unbedingt nur die körperliche Treue, sondern dass man sich in allen Belangen aufeinander verlassen kann. Und weiß, der oder die andere meint es gut mit einem.« Ich schlucke. Das vage Gefühl, dass in unserer Ehe etwas nicht in Ordnung ist, weicht einer konkreten Erkenntnis. Was fehlt, ist Wertschätzung. Vertrauen. Zugewandtheit. Respekt. Aufmerksamkeit. Nähe. Kompromissbereitschaft. Zärtlichkeit.

»Und jetzt bist du dir unsicher, ob es Frank überhaupt jemals gut mit dir gemeint hat«, flüstert Eva. Aus ihrer Stimme klingt nicht der kleinste Anflug von Rechthaberei. Ja, ihr stand von Anfang an oft genug ins Gesicht geschrieben, wie suspekt ihr Frank war. Aber ich wette, ihr wäre es lieber, sie hätte sich gründlich geirrt. Weil es ihr wichtig ist, dass ich glücklich bin.

»Ich zweifele mittlerweile daran, ob es zwischen uns überhaupt jemals gestimmt hat. Auf einmal stelle ich alles infrage. Und ich habe keine Ahnung, wie es weitergehen soll«, gebe ich zu. »Darüber muss ich ganz in Ruhe nachdenken.«

Eva nickt. »Ich will dich auch nicht drängen. Aber wenn du reden möchtest …«

»Ich weiß. Danke. Du bist die Beste!« Ich nehme einen Schluck Wein und reiche ihr dann die Flasche.

»Wenn ich noch mehr trinke, bin ich nicht mehr zurechnungsfähig, sobald Timo nachher kommt«, sagt sie lachend.

»Iss einfach was«, erwidere ich und deute auf die Käsestangen und die Oliven. »Schließlich bist du eine robuste Frau, oder?«

Es dauert eine Sekunde, bis sie begreift. Dann prustet sie los, und ich gleich mit. Wir gackern wie zwei Hühner und kriegen uns kaum noch ein.

»Ro-ro-robuste Frau«, japst Eva.

»Dabei ist der Wein sogar vegan – und die Oliven auch«, ergänze ich kichernd.

Das Lachen tut gut. Es signalisiert, dass wir die unangenehmen Themen vorerst abgehakt haben. Jetzt trägt mich erst einmal unsere Freundschaft. Die ganze Anspannung fällt mit einem Mal von mir ab, und auch Eva wirkt erleichtert.

Nachdem wir uns beruhigt haben, erzählt sie von ihrer Shoppingtour im Nachbarort und ich ihr von meinem Spaziergang am Kanal entlang. Nur die Begegnung mit Maarten spare ich aus. Davon zu reden, würde ihr zu viel Bedeutung beimessen. Das, was man in den harmlosen

Flirt – wenn es denn überhaupt einer war – hineininterpretieren könnte, spielt sich ohnehin bloß in meiner Fantasie ab.

Während wir uns unterhalten, genießen wir die Knabbereien und leeren nach und nach die Weinflasche. Unterdessen bricht langsam die Dämmerung herein, und wir beobachten einen weiteren spektakulären Sonnenuntergang. Er taucht die Dünen in eine wahre Sinfonie von Farben. Ich kann mich gar nicht daran sattsehen.

»Ich glaube, die Schönheit dieses Naturschauspiels wird niemals langweilig«, fasst Eva meine Gedanken in Worte.

»Niemals. Im Gegensatz zu meinem grauen Alltag.«

Eva stutzt. »Dein Leben ist doch ziemlich bunt, oder? Ich meine – du hast schließlich …« Sie unterbricht sich selbst.

»Meinen Job? Die liebe Wäsche? Die Küche? Den restlichen Haushalt? Ja, mein Leben ist der Knaller. Ein Wunder, dass Netflix noch nicht angerufen hat.« Ich ziehe eine Grimasse.

Eva lacht. »Du hast ein tolles Haus. Zwei großartige Söhne. Einen gut bezahlten Job, der dir gefällt, dich aber nicht ausbrennen lässt. Und vor allem: Beständigkeit. Das ist doch eine Menge.«

»Beständigkeit?« Ich höre wohl nicht richtig. Ausgerechnet Eva, die schon ihr ganzes Leben wie ein Schmetterling von Blüte zu Blüte fliegt! Als junge Frau ist sie von einem aufregenden Job in den nächsten gestolpert und selten irgendwo länger als ein halbes Jahr geblieben. Mal war sie als Au-pair in Vancouver, mal Messehostess in Shanghai, dann hat sie in Mailand gemodelt, und irgendwann ist sie schließlich beim Fernsehen gelandet. Was ihre Männergeschichten betrifft, sah es nicht viel anders aus. Nie wollte sie sich fest binden, stets blieb es aufregend.

»Ob du's glaubst oder nicht, ich habe dich immer beneidet«, sagt Eva, bevor sie sich eine Olive in den Mund steckt.

Ich starre sie an, als hätte sie gerade behauptet, die Erde sei eine Scheibe. »Der erste April war schon vor drei Wochen«, ist alles, was mir dazu einfällt.

Kapitel 16

EVA

»Das ist kein Scherz«, informiere ich Judith, weil sie mich ansieht, als nähme ich sie auf den Arm. »Gut, deine Ehe mit Frank mag vielleicht nicht perfekt sein. Aber du hattest trotzdem immer das, wonach ich mich gesehnt habe: ein Leben, das ein bisschen so ist wie das meiner Eltern. Bei dir zu Hause gibt es viel Geborgenheit. Und es nervt mich schon seit Jahren kolossal, dass es mir nicht gelingen will, mir Ähnliches aufzubauen. Versteh mich nicht falsch: Da war nie Missgunst. Ich gönne dir alles Glück der Welt. Aber ich war eben immer ein wenig neidisch.«

Judith sieht mich einen Moment länger mit großen Augen an. Ich denke schon, ich hätte etwas Kränkendes gesagt. Doch dann lacht sie los. »Das darf ja nicht wahr sein! Du hast mich beneidet? Wie witzig!«

»Na ja, so zum Schenkelklopfen ist das nun auch wieder nicht. Ich führe ein ziemlich verkorkstes Leben mit all dem Durcheinander, das ich einfach nicht in den Griff bekomme. Es ist anstrengend. Ich würde viel dafür geben, wenn ich was von deiner Beständigkeit abhaben könnte.«

Judith legt sich die Hand an die Stirn und kichert noch

ein wenig, dann erklärt sie: »Und ich habe umgekehrt immer dich beneidet. Um deine Abenteuer. Deine Freiheit. Und die Selbstsicherheit, alles zu tun, worauf du Lust hast. Ich finde meine eigene Existenz im Vergleich dazu sehr eintönig.«

Jetzt verstehe ich, warum sie sich so amüsiert. Ohne es zu wissen, waren wir ein typischer Fall von »auf der anderen Seite ist das Gras grüner«. Wir führen völlig gegensätzliche Leben und schielen sehnsüchtig zu dem der Freundin. Aber über das Thema gesprochen haben wir nie. Plötzlich bekomme ich riesige Lust darauf, mir alles von der Seele zu reden. Die Erleichterung darüber, dass Judith mir die Party-Beichte nicht übel genommen hat, beflügelt mich. »Vor einigen Jahren war ich mal bei euch, und da stand ein Wäscheständer auf der Terrasse«, beginne ich. »Er war voll von Unterwäsche. Deine Unterhosen zwischen Socken der Jungs und Boxershorts von Frank. Der Anblick hat mich berührt, denn er schien mir der ultimative Beweis dafür, dass du einfach nie allein bist. Sogar deine Slips haben Gesellschaft.«

Judith prustet wieder los. »Aber es sind praktische Baumwollschlüpfer, Eva! Als du mal in einem Geschäft in Barcelona ein tief ausgeschnittenes, sexy Shirt ausgesucht hast, war ich total neidisch. Weil du so was einfach für dich aussuchen konntest, um dich in all deiner Weiblichkeit zu feiern. Wenn ich so was kaufe, habe ich immer das Gefühl, es wäre ein Gefallen, den ich Frank tue. Es ist ein bisschen so, als würde ich mir selbst schon lange nicht mehr gehören. Verstehst du, was ich meine?«

Ich nicke. »Ich kann dich aber beruhigen: Das rote Top aus Barcelona habe ich nie getragen, weil es mir viel zu aufreizend war. Keine Ahnung, warum ich es überhaupt haben wollte«, erwidere ich. »Dass du dich nicht mehr nach einem Mann umschauen musstest, weil du im sicheren Hafen der Ehe gelandet bist, kam mir immer so herrlich entspannt vor. Wie oft habe ich mir gewünscht, ich wäre nicht länger gezwungen, die krampfige Kennenlernphase mit einem Typen durchzumachen. Du weißt, wie Frank seine Frühstückseier mag, und er, welchen Kaffee du trinkst.« Ich muss lachen, nehme ihr die Weinflasche ab und genehmige mir noch einen Schluck. Es tut unfassbar gut, all das zu sagen, die geheimen Gedanken auszusprechen und sie gemeinsam lustig zu finden.

»Frank mag gekochte Eier glibberig. Es nervt mich, dass ich mir immer zwei Uhren stellen muss. Eine auf dreieinhalb Minuten für ihn und eine zwei Minuten länger für mich. Weißt du, es sind exakt diese festgefahrenen Kleinigkeiten, die einen nach so vielen Jahren zermürben. Ich sehne mich nach einem Mann, der Eier jeden Sonntag anders zubereitet isst.« Nachdem Judith den Satz beendet hat, sieht sie aus, als hätte sie ein schlechtes Gewissen. So, als hätte sie gerade etwas ganz Schreckliches gesagt.

Ich tätschele ihr die Hand. »Franks Untreue steht im Raum. Da musst du wirklich keine Skrupel haben, wenn du deinen Gedanken freien Lauf lässt. Du hast jedes Recht, dich mit seinen negativen Seiten auseinanderzusetzen und dir was anderes zu wünschen.«

»Siehst du, genau das meine ich. Du scheinst nie wegen

irgendwas Bedenken zu haben – auch etwas, worum ich dich beneide. Du bist so viel freier als ich.«

Ich wiege den Kopf. »Du würdest dich wundern, wie oft ich allein schon Gewissensbisse hatte, seit wir in Köln losgefahren sind. Doch ich verstehe natürlich, was du meinst. Ich muss auf niemanden Rücksicht nehmen. Aber die Grenzen zwischen Freiheit und Einsamkeit sind fließend. Was nützt es mir, tun und lassen zu können, was ich will, wenn da keiner ist, der etwas mit mir teilt?«

»Ich bin da, Eva. Und ich hätte gern, dass wir ab jetzt wieder so viel teilen wie früher.« Sie lehnt den Kopf an meine Schulter.

Ich lege die Wange an ihren Scheitel. »Das wünsche ich mir wirklich sehr.«

»Die nächste Zeit wird schwer für mich. Ich muss überlegen, wie es mit Frank weitergeht. Da brauche ich dich.«

Plötzlich brennen wieder Tränen in meinen Augen. Diesmal nicht aus Verzweiflung wie vorhin, als ich ihr von der Party erzählt habe und dachte, sie wäre mir böse, sondern weil ihre Worte mein Herz berühren. Vielleicht tut auch der Wein sein Übriges, aber ich könnte auf der Stelle losheulen, weil wir so eine geniale Freundschaft haben. »Natürlich werde ich für dich da sein! Ich komme nach München. Oder du nimmst dir eine Auszeit bei mir in Köln.«

»Danke, das ist sehr lieb. Ich weiß noch nicht, was das Richtige sein wird. Im Augenblick steht nur fest, dass ich nicht mehr so weitermachen will wie bisher. Eigentlich habe ich das schon vor diesem Urlaub gewusst, aber durch das, was du mir heute von dieser Party erzählt hast, bin ich mir noch sicherer.«

Kurz denke ich, dass ich ihr auch von den Telefonaten berichten sollte, doch dann beschließe ich, dass der unselige Kuss fürs Erste genug ist. Ich will Judith Zeit geben, das Gehörte einzuordnen und zu verdauen. Bestimmt gibt es in den nächsten Tagen Gelegenheit, weiter darüber zu reden. Häppchenweise sickert das alles bestimmt schmerzloser ein. »Du bist mir unglaublich wichtig, Judith! Und ich wünschte, du würdest nicht verletzt. Weder von Frank noch von sonst jemandem.«

»Und ich wünsche mir, dass Timo der Richtige für dich ist«, antwortet sie.

»Was?« Irgendwie fühle ich mich ertappt. Denn sie spricht einfach so meine geheimsten Sehnsüchte aus.

»Du hast dir deine Slips zwischen Boxershorts wirklich redlich verdient. Und ich habe da so ein Gefühl, Timo könnte die passenden tragen.«

Ich muss lachen.

»Okay, das ist vielleicht nicht die beste Metapher, aber du weißt schon, was ich meine, oder?« Sie hebt den Kopf und sieht mich an. »Hab nicht immer so schrecklich viel Angst davor, dass eine Beziehung nicht perfekt sein könnte! Keine ist nur lustig. Aber wenn du dich nie auf jemanden einlässt, kann es mit der Geborgenheit bestimmt nichts werden.«

Jetzt treten endgültig wieder Tränen in meine Augen. Der Wein ist mir längst zu Kopf gestiegen, aber wahrscheinlich hätten mich die Gefühle auch ohne ihn überrollt.

»Komm her«, sagt Judith. »An mein Herz!« Damit zieht sie mich in ihre Arme.

»Du bist die stärkste Frau, die ich kenne«, schniefe ich.

»Wer's glaubt, wird selig.«

»Doch! Überleg nur, was das heute für ein Wechselbad der Gefühle für dich war, und dennoch sitzt du hier und tröstest mich, statt einfach nur ins Bett zu gehen und dir die Decke über den Kopf zu ziehen.«

Sie lacht. »Würde ich ja gerne, aber wir sind ausgesperrt.«

Ich wische mir die Tränen weg. »Ach, Mist! Ich wollte dir den schönsten, gemütlichsten Abend des Jahres bieten, und stattdessen hängen wir hier in der Kälte fest und haben nicht mal was Anständiges zu essen.«

»Es ist der schönste Abend des Jahres, denn wir haben endlich wieder einmal richtig miteinander geredet.«

Wir sitzen an der Feuerschale und sehen in die Flammen.

Judith stochert mit einem Stock in der Glut, sodass kleine Funken in den dunklen Nachthimmel tanzen.

Wir hängen beide unseren Gedanken nach. Wahrscheinlich grübelt meine Freundin über ihre Ehe, und dabei will ich sie nicht stören.

Ich überlege inzwischen, wie seltsam es doch mit dem Gefühl Neid ist. Man schielt allzu oft nach dem, was die anderen haben, und schätzt nicht, was man selber erreicht hat. Judith hat recht: So wie ich lebe, bin ich frei. Ich muss auf niemanden Rücksicht nehmen und keine Kompromisse eingehen. Trotzdem sehe ich meine Ungebundenheit schon seit einiger Zeit nicht mehr nur positiv.

Kann man nicht beides haben? Freiheit und Partnerschaft?

»Hat hier jemand den Schlüsseldienst bestellt?« Timos Stimme durchschneidet die Ruhe so unvermittelt, dass ich zusammenzucke.

Auch Judiths Kopf fliegt herum.

»Tut mir leid, ich dachte, ihr erwartet mich.« Er lacht.

Mein Puls rast bereits, als ich aufspringe. »Wir haben erst in einer guten halben Stunde mit dir gerechnet. Hast du denn keine Pause gemacht?« Das Adrenalin macht mich von der einen zur nächsten Sekunde stocknüchtern. Das leicht benebelte Gefühl in meinem Hirn ist verschwunden.

»Jetzt ist genug Zeit dafür«, antwortet Timo.

Ich kann einfach nicht anders, als zu ihm zu stürzen, die Arme um seinen Hals zu schlingen und ihm einen Kuss auf die Lippen zu drücken. Auch wenn ich ihn erst am vergangenen Wochenende gesehen habe, kommt es mir vor wie das größte Geschenk, dass er jetzt hier ist.

Die Hand, die er mir auf den Rücken legt, und der Blick, mit dem er meine Begrüßung erwidert, lässt Glücksgefühle in meiner Brust explodieren. Am liebsten würde ich ihn nie wieder loslassen.

Aus dem Augenwinkel sehe ich aber, wie Judith ebenfalls aufsteht, also reiße ich mich zusammen. So ziemlich das Letzte, was sie jetzt braucht, ist ein Paar, das vor ihrer Nase herumturtelt. Ich mache einen Schritt von Timo weg. »Judith, das ist Timo. Timo, meine Freundin Judith.«

Die beiden geben einander die Hand.

»Ich habe schon viel von dir gehört«, sagt sie und lächelt ihr strahlendes Judith-Lächeln.

»Ja?«, fragt Timo, und ich merke, dass er sich darüber freut, dass wir über ihn gesprochen haben. »Hoffentlich nicht gleich die merkwürdigen Sachen.«

»Keine Sorge.«

Einen Moment stehen wir etwas unschlüssig beieinander. Ich habe damit zu tun, meine Aufregung in Schach zu halten. Die beiden sollen nicht unbedingt mitbekommen, wie sehr mein Magen gerade Purzelbäume schlägt.

Sie scheinen sich zu wundern, warum ich nichts sage, denn ich ernte fragende Blicke.

»Gehen wir rein?«, schlägt Timo schließlich vor. »Ihr müsst doch frieren und Hunger haben.«

»Vor allem muss ich aufs Klo«, erwidert Judith.

Er reicht ihr den Schlüssel. »Ich mache nur rasch das Feuer aus.«

»Ich helfe ihm«, füge ich hinzu.

»Schon klar«, antwortet Judith. »Wir wollen ja schließlich keinen Funkenflug riskieren.« Sie grinst mich an und verschwindet dann ums Haus.

Wir lauschen, wie sich ihre Schritte entfernen. Auf dem Muschelbruch des Weges knirschen die Schuhsohlen laut und vernehmlich. Aber irgendwann ist es still.

»Hey«, sagt Timo und tritt ganz nah an mich heran.

»Hey.«

Wir sehen uns in die Augen. In seinen Pupillen spiegelt sich das Feuer und mischt sich mit so viel Leidenschaft, dass es wirkt, als stünden wir neben einem Großbrand.

Im nächsten Augenblick liegen unsere Lippen schon aufeinander, und wir küssen uns hungrig. Ich schmiege mich ganz dicht an ihn, spüre, wie meine Brust an seine Rippen gedrückt wird und wie er mit den Händen meinen Po umfasst. Während unsere Zungen einander umspielen, wühlen meine Finger durch seine Haare.

Als ich wahrnehme, wie schnell Timos Atem geht, gerät mein Körper so unter Strom, dass ich es kaum noch aushalte. Dort, wo wir uns berühren, kribbelt es heftig.

Weil im Wohnraum das Licht angeht, lösen wir uns ein wenig voneinander. Mit rauer Stimme sagt Timo meinen Namen. Ich muss aufseufzen, weil mir das durch Mark und Bein geht.

Er legt die Arme um meinen Rücken, und ich bette die Wange auf seine Brust.

»Ich habe dich vermisst«, flüstere ich.

»Ich dich auch.«

Seine Körperwärme dringt durch unsere Kleidung an meine Haut und fließt dann direkt zu meinem Herzen.

Ich spüre, wie er mir einen Kuss auf den Kopf drückt. Diese liebevolle Geste, seine Nähe und die Atemluft, die mir über die Haare streicht, hüllen mich ein wie ein Mantel.

Da ist sie, die Geborgenheit, nach der ich mich so unglaublich sehne. Ganz ohne Vorankündigung legt sie sich über meine Seele und lässt pures Glücksgefühl durch mich strömen.

»Ich bin den Leuten, die sich hier um euren Haushalt kümmern, wirklich dankbar, dass sie nicht zum Aufsperren kommen konnten«, murmele ich in den Stoff seines Pullovers. Die Fasern riechen unverschämt gut nach Timo, und ich will meine Nase gar nicht mehr von dort wegnehmen.

Er räuspert sich. »Eigentlich habe ich sie gar nicht gefragt.«

Ich hebe den Kopf und sehe ihn an.

»Sei mir nicht böse, aber ich musste einfach kommen. Ich hatte schon den ganzen Tag überlegt, wie ich es am besten einfädele, dich für eine Nacht hier zu besuchen, und als ihr euch dann ausgesperrt hattet …« Er bricht ab.

»Wow.«

»Hoffentlich bin ich nicht zu aufdringlich. Auf der Fahrt hierher habe ich mir Sorgen gemacht, ob die Aktion nicht ziemlich stalkermäßig rüberkommt.«

Ich muss lachen.

»Normalerweise ist es nicht meine Art, mich ungefragt in den Urlaub anderer zu drängen. Das Letzte, was ich will, ist, euch Freundinnen zu stören. Es ist nur …«

»Timo«, unterbreche ich ihn und lege die Hand an seine Wange. »Du störst nicht. Im Gegenteil, ich habe mich selten über irgendwas so sehr gefreut wie über deine Idee, herzukommen.«

»Ehrlich?«

»Ganz ehrlich. Und außerdem: Ich habe mich durch deine Bettwäsche und Klamotten geschnüffelt und in einem deiner Pullis geschlafen. Den ersten Platz als gruseligste Stalkerin von allen gewinne also definitiv ich.«

Jetzt ist es an Timo zu lachen. Wie die Laute sonor aus seiner Brust ertönen, finde ich einfach unwiderstehlich.

Wie kann ein Mann nur so attraktiv sein?

Er beugt sich zu mir herunter und küsst mich noch einmal, bis mir die Knie weich werden.

»Wir sollten zu deiner Freundin ins Haus gehen«, sagt er dann und lässt mich los.

Am liebsten würde ich protestieren, aber natürlich hat er völlig recht.

Mit einem Eimer schöpft er ein wenig Wasser aus dem Kanal, um das Feuer in der Schale zu löschen. Anschließend fasst er mich an der Hand, und wir gehen ums Haus. Auf dem Parkplatz jetzt seinen Wagen neben Cary Grant stehen zu sehen, berührt mich auf seltsame Weise. Ist es so, wenn man ein richtiges Paar ist? Dass die Autos wie selbstverständlich nebeneinanderstehen, als gehörten sie zusammen? In meinem Kopf höre ich plötzlich Timos Stimme in einer fantasierten Unterhaltung sagen: »Warum nimmst du heute nicht den Kombi? Ich fahre nur rasch einkaufen und bin dann im Homeoffice. Du hast mehr Wege, und mein Wagen ist sicherer und bequemer.«

Ich führe seine Hand zum Mund und drücke einen Schmatzer drauf. Woraufhin er sich zu mir herabbeugt und mich noch einmal küsst. Danach öffnet er die Tür, und wir gehen ins Haus.

Timo macht den Kühlschrank auf und sieht hinein. »Oha. Für welche Kompanie habt ihr denn eingekauft?«

»Es hat alles so lecker ausgesehen. Da haben wir es wohl ein wenig übertrieben«, antworte ich schulterzuckend.

Judith nimmt eine Teetasse aus dem Schrank. »Was wir

nicht essen, nehmen wir mit nach Hause.« Im Wasserkocher brodelt es vernehmlich.

»Gute Idee«, bestätigt Timo. »Warum macht ihr es euch nicht ein wenig gemütlich, und ich koche was? Nudeln mit Fischsoße? Oder wollt ihr lieber Suppe zum Aufwärmen und dann was Süßes?«

Seit wir das Haus betreten haben und ich ihn bei Licht betrachten kann, schaffe ich es kaum noch, meinen Blick von ihm abzuwenden. Die Jeans und das weiße Hemd stehen ihm hervorragend, und ich mag, wie der Dreitagebart seinen Mund umrahmt. Dass die Haare zerwühlt sind, ist meine Schuld, aber auch das sieht einfach umwerfend an ihm aus.

»Ich bin ziemlich müde«, höre ich Judith sagen. »Ich glaube, ich nehme mir nur den Tee mit einer Packung Kekse mit und ziehe mich dann zurück. Vielleicht lese ich noch ein paar Zeilen.«

»Ich kann auch den Kamin anheizen, wir lümmeln uns bequem auf die Sofas und gucken einen Film«, schlägt Timo vor.

»Es ist schon bald elf. Einen ganzen Film schaffe ich heute nicht mehr«, erwidert Judith und gähnt demonstrativ.

Ich fühle mich hin- und hergerissen. Einerseits möchte ich nichts lieber, als mit Timo allein zu sein, andererseits will ich nicht, dass sich Judith genötigt fühlt zu verschwinden. Außerdem soll sie Timo kennenlernen. Ich bin mir sicher, sie wird ihn mögen. »Bleib doch noch ein bisschen«, sage ich und schaue sie fragend an.

Sie versteht sofort, lächelt und nickt, obwohl sie antwortet: »Nein, ich gehe lieber ins Bett. Wir können ja morgen zusammen frühstücken.« Dann reckt sie hinter Timos Rücken, der gerade den Vorrat an Süßem inspiziert, den Daumen hoch.

»Glaubst du, sie fühlt sich von meiner Anwesenheit gestört?«, fragt Timo zerknirscht, nachdem Judith im ersten Stock verschwunden ist.

»Mach dir keine Gedanken! Gut möglich, dass sie uns Privatsphäre geben will. Aber sie hat vorhin auf der Terrasse schon gesagt, dass sie in Ruhe nachdenken muss. Um ihre Ehe steht es gerade nicht gut.«

»Oje.« Er sieht zur Treppe, über die Judith eben verschwunden ist. »Das ist unangenehm.«

Er kennt so was ja, erinnere ich mich. Wobei das Aus seiner Beziehung sicher überhaupt nichts mit dem gemein hatte, was Judith gerade durchmacht.

Ich schüttele den Gedanken an Yvonne ab und lächele Timo an. »Schön, dass du da bist«, zerstreue ich seine Bedenken.

»Finde ich auch«, antwortet er und zieht mich in seine Arme. »Worauf hast du Hunger?«

»Auf dich.«

Kapitel 17

JUDITH

Erst als ich unter dem warmen Duschstrahl stehe, spüre ich, wie durchgefroren ich bin. Die vielen Stunden im Freien haben mich trotz Decke und Feuerschale bis auf die Knochen ausgekühlt. Die aufwühlenden Geständnisse und der Alkohol haben wohl davon abgelenkt. Und die Wärme, die sich bei unserem Gespräch in meinem Herzen ausgebreitet hat. So nahe waren Eva und ich uns schon lange nicht mehr.

Obwohl ich sonst eher eine Speed-Duscherin bin, lasse ich mir diesmal Zeit. Nach und nach stelle ich die Temperatur heißer und ganz am Ende wieder auf kalt. Dann trockne ich mich schnell ab, schlüpfe in meinen Frottee-Schlafanzug und föhne die Haare.

»Bad ist frei«, rufe ich, während ich über den Flur in mein Schlafzimmer husche, doch aus Evas Zimmer dringt nur Gemurmel und leises Gelächter. Die beiden sind anderweitig beschäftigt. Ich freue mich für Eva. So verknallt war sie noch nie. Und Timo ist auch ganz vernarrt in sie, das sieht man auf den ersten Blick. Allein schon, dass er diesen weiten Weg auf sich genommen hat, um uns den

Ersatzschlüssel zu bringen, spricht Bände. Mir war er sofort megasympathisch. Jemanden, der meine beste Freundin dermaßen zum Strahlen bringt, muss ich einfach mögen.

Nachdem ich den Tee ausgetrunken habe, krieche ich ins Bett und decke mich bis zum Hals zu. Die Packung Kekse, die ich mit nach oben genommen habe, liegt unberührt auf dem Nachttisch. Ich habe keinen Appetit darauf. Und obwohl ich unendlich erschöpft bin, ist an Schlaf ebenfalls nicht zu denken. Wie könnte ich auch nach diesem Abend und der Bombe, die Eva hat platzen lassen! Mit nur einem Satz hat sie dafür gesorgt, dass ich mich fühle, als verlöre mein ganzes Leben das stabile Fundament, und alles, was ich über die Jahre hinweg so mühsam ausbalanciert habe, gerät gefährlich ins Wanken.

Frank hat also versucht, bei ihr zu landen. Wie dreist! Kein Wunder, dass sie ihn nie leiden konnte. Genauso wie ich Timo mag, weil er Eva glücklich macht, mochte sie meinen Mann nicht, weil sie wusste, dass er ... Ja, was eigentlich? Untreu ist? Das ist nach wie vor bloß eine Vermutung. Aber immerhin ist er Eva zu nahe gekommen. Meiner besten Freundin. Und das zu einem Zeitpunkt, zu dem meine Welt noch in Ordnung schien. Oder war ich einfach nur zu beschäftigt, um die Wahrheit zu sehen? Womöglich habe ich mich von Anfang an in Frank getäuscht. Das ist das Schlimmste an der ganzen Geschichte. Dass ich nachträglich alles infrage stelle.

Ich schließe die Augen, und mein Gedächtnis spült mir Erinnerungsfetzen ins Bewusstsein. Szenen unserer Ehe. Aber anders als sonst sind es nicht die angenehmen Momente, an die ich gerne zurückdenke, sondern diejenigen, die ich lieber verdränge.

Ich sehe mich im Wartebereich des Krankenhauses, während Linus mit Blinddarmdurchbruch notoperiert wird. So dringend hätte ich Frank an meiner Seite gebraucht, aber er steckte in einem Meeting fest. Wie wichtig kann eine geschäftliche Besprechung sein, wenn das Leben des eigenen Kindes in Gefahr ist? Sein Argument, Linus sei ja in besten Händen und er könnte da eh nichts tun, außer zu warten und sich aufzuregen, hat mich damals sprachlos gemacht. Auf die Idee, mir in meiner Panik beizustehen, ist er gar nicht gekommen. Ich habe sein Verhalten im Nachhinein damit entschuldigt, dass jeder mit Stress anders umgeht und Frank sich wohl einfach ablenken musste, um nicht durchzudrehen.

Oder damals, als er schlichtweg vergessen hatte, dass wir Besuch erwarteten, und er erst zum Dessert aufkreuzte – und zwar angetrunken. Die Gäste taten zwar so, als glaubten sie die Story mit dem eiligen Projekt und den Überstunden, aber natürlich war die Notlüge leicht zu durchschauen. Mir war die Situation megapeinlich, schließlich waren es unsere Nachbarn. Das Verhältnis zu ihnen kühlte nach dieser Einladung merklich ab. Wir absolvierten zwar noch einen Gegenbesuch, aber dann schlief der engere Kontakt ein. Was einerseits sehr schade war, denn ich fand die beiden ausgesprochen unterhaltsam und sympathisch, doch andererseits las ich seit jenem Tag Mitleid aus ihren Blicken, was für mich noch unerträglicher war als Franks Zuspätkommen. Auf einmal hielt ich sie für hochnäsig und gönnerhaft. Es fiel mir leichter, schlecht von den Nachbarn zu denken als von meinem Mann.

Dabei hat er mich wirklich oft genug enttäuscht. Nicht nur durch seine mangelnde Unterstützung bei den Kindern oder im Haushalt, sondern auch, weil er meine Bedürfnisse nicht wichtig nahm. So wie damals, als er im Alleingang sein Traumauto bestellte, das zwar sportlich und schick, aber für Reisen zu viert einfach unpraktisch war. Ich hatte für einen Kombi plädiert.

Plötzlich fällt mir der Spanischkurs ein, auf den ich mich so gefreut hatte. Leider konnte ich nur drei Mal daran teilnehmen, weil Frank fast nie sein Versprechen einhielt, an diesen Tagen pünktlich Feierabend zu machen, um für die Jungs da zu sein. Und als ich ihn zur Rede stellte, verdrehte er bloß die Augen. Was er dachte, war klar: unnützes Hobby einer gelangweilten Hausfrau.

Ich kommentierte das damals nicht, weil ich es gewohnt war, meine Wünsche hintanzustellen. Zuerst kamen für mich die Jungs. Dann der Job und der Haushalt.

Und natürlich hat Frank schon immer mehr als ich verdient, also hält er seinen Beruf für wichtiger – einschließlich der dazugehörigen Erholungsphasen. Schließlich muss er leistungsfähig bleiben. Ich fürchte, mit der Zeit glaubte ich das selbst. Aber irgendwann begann ich zu zweifeln. Denn fair war die Gewichtung nie. Und sollte eine Partnerschaft nicht genau das sein? Fair, ausgewogen, wertschätzend?

Das Gefühl, nur dann gut für mich und mein Wohlbefinden sorgen zu können, wenn ich mich aus dieser ungesunden Beziehung befreie, habe ich lange genug unterdrückt. Doch heute ist mir klar geworden, dass ich mir selbst etwas vormache, wenn ich diese Ehe um jeden Preis zu retten versuche, nur damit unseren Kindern nicht dasselbe widerfährt wie mir damals.

Aber die Jungs sind erwachsen, psychisch stabil und glücklich. Sie leben bereits ihr eigenes Leben.

Wie Linus und Robin wohl reagieren würden, wenn wir uns trennen? Vermutlich entsetzt. Ganz gleich, wie alt man ist, so etwas lässt niemanden kalt. Ob sie mich verstehen würden? Ich kann es nur hoffen.

Aber ich mache gerade den zweiten Schritt vor dem ersten. Oder besser gesagt: den fünften oder sechsten vor allen anderen, die notwendig wären, um so etwas durchzuziehen.

Ich stehe auf, um in der Tasche nach meinem Notizbuch und einem Bleistift zu kramen. Dann krieche ich wieder ins Bett, stopfe mir das Kissen ins Kreuz, um gemütlicher zu sitzen, und wickele mich in die Decke, sodass nur die rechte Hand frei bleibt. Ich fange an zu schreiben.

1. eine Entscheidung treffen

2. mit Frank reden

3. eine Paartherapie vorschlagen

Ich halte inne. Das sind bereits drei Riesenbaustellen, und ich merke selbst, dass ich mir gar nicht im Klaren darüber bin, was ich eigentlich will. Während ich die drei Punkte notiert habe, war ich davon überzeugt, dass der erste unweigerlich eine Trennung beinhaltet. Beim dritten war ich mir da wohl nicht mehr so ganz sicher, denn wozu sollte eine Therapie nützen, wenn mein Entschluss schon feststünde?

Zweifel überkommen mich. Es wäre doch wirklich unfair, so etwas Wichtiges im Alleingang zu entscheiden, ohne Frank wenigstens die Chance auf eine Reaktion zu lassen. Er würde aus allen Wolken fallen, so viel ist sicher. Ich wette, er ahnt nicht einmal, wie unzufrieden ich bin. Was zugegebenermaßen auch an mir liegt. Mein Harmoniebedürfnis ist meist stärker als die Bereitschaft, für eigene Wünsche einzustehen. Ich muss es mir selbst ankreiden, dass ich nie klar kommuniziert habe, was mich stört. Dabei weiß ich doch, dass mein Mann in Sachen Empathie oftmals auf der Leitung steht. Vielleicht hätte er sich ja geändert, wenn er gewusst hätte, wie ich mich fühle?

Okay, von vorn.

Eine Entscheidung treffen – ist abgehakt, falls ich es so definiere, dass ich nicht mehr weiterleben möchte wie bisher. Es muss sich was ändern.

Mit Frank reden – das wird eine Herausforderung. Ich sollte mir genau überlegen, was ich sagen will. Damit er mich ernst nimmt und begreift, dass es um alles geht. Auch um seine Zukunft. Er darf mein Anliegen nicht als Wechseljahrlaune abtun, die von selbst vorübergeht, wenn er nur abwartet und gar nichts tut.

Eine Paartherapie vorschlagen – puh, das wird definitiv noch schwieriger. Denn ich ahne schon, was Frank davon hält – von Therapien im Allgemeinen: Er braucht so was nicht, schließlich ist er ja ein echter Kerl, der alles mit sich selbst ausmacht. Ich kenne seinen Standpunkt. Wie kann ich ihn dazu bringen, dass er dennoch zustimmt? Ich schlucke. Es könnte eventuell funktionieren, wenn so eine Therapie die einzige Alternative zur Trennung ist. Ob ihn das überzeugt? Was, wenn er am Fortbestand unserer Ehe gar nicht interessiert ist? Wenn er froh ist, mich loszuwerden?

Mein Hals wird ganz trocken. Ich gehe ins Bad, um ein paar Schlucke Wasser zu trinken, direkt aus dem Hahn.

Mir fällt der Nick-Hornby-Roman über die Eheleute ein, die sich einmal in der Woche in einem Pub treffen, um von dort aus gemeinsam zur Paartherapie zu gehen. Was dabei besprochen wird, erfährt man beim Lesen nur indirekt, erzählt werden ausschließlich die Dialoge im Pub. Wie lautet der Titel noch gleich? Irgendwas mit Ausziehen. Jetzt hab ich's: *Keiner hat gesagt, dass du ausziehen sollst*. Ich mochte die Geschichte sehr. Die beiden Hauptfiguren sind herrlich normal und dabei urkomisch.

Wenn ich mir ausmale, etwas Ähnliches gemeinsam mit Frank durchzumachen, stelle ich mir das allerdings kein bisschen lustig vor. Im Gegenteil – mein Innerstes krampft sich zusammen, wenn ich nur daran denke.

Ist das wirklich, was ich will?

Alles wäre viel einfacher, wenn Frank tot wäre.

Ich erschrecke. Hab ich das gerade tatsächlich gedacht? Was bin ich bloß für ein Mensch!

Ich schleiche zurück ins Zimmer, schließe die Tür und trete ans Fenster. Draußen ist es stockdunkel, abgesehen von den Straßenlaternen und einem Lichtkegel, der in regelmäßigen Abständen vorbeihuscht. Das ist wohl der Leuchtturm.

Ich öffne einen Flügel und lasse die frische Nachtluft hereinströmen. Mich fröstelt, doch gleichzeitig genieße ich es, tief durchzuatmen. Ich muss meine Gedanken sortieren, und die Kälte gibt mir das Gefühl von Klarheit.

Natürlich wünsche ich mir nicht, dass Frank stirbt. Aber so ein Schicksalsschlag würde mir die Last einer Entscheidung abnehmen. Die Aussicht auf das, was mir bevorsteht, erdrückt mich geradezu: die schwierigen Gespräche, das schlechte Gewissen, die Zweifel, die Konflikte … Bin ich ein Feigling, bloß weil mir davor graut? Denn das tut es. So sehr, dass mir eine derart furchtbare Vorstellung fast einfacher erschienen ist – jedenfalls für einen Moment.

Ich habe Angst vor meiner eigenen Courage. Aber ein Rückzieher kommt auch nicht infrage. Nicht nach dem, was Eva mir erzählt hat.

Aber sollte ich den Ereignissen von damals überhaupt so viel Gewicht beimessen? Was, wenn der Vorfall auf dieser Party tatsächlich eine Ausnahme war? Ein alkoholumnebelter Ausrutscher, bei dem letztendlich ja überhaupt nichts passiert ist?

Doch was, wenn das Gegenteil der Fall ist? Wenn Frank ein Weiberheld ist, der ständig Frauen angräbt? Der die Signale, die diese aussenden, grundsätzlich so versteht, als seien sie völlig verrückt nach ihm? Weil er sich gar nicht vorstellen kann, dass ihm eine nicht verfällt? Würde das zu ihm passen?

Ich weiß es nicht. Der Frank, in den ich mich damals verliebt habe, war anders. Oder habe ich ihn bloß anders wahrgenommen? Weil ich wollte, dass er so ist, wie ich ihn mir wünsche? War ich nur naiv?

Nun, das jedenfalls bin ich inzwischen nicht mehr. Und sollte mein Mann tatsächlich ein notorischer Fremdgeher sein, dann will ich es wissen. So schmerzhaft eine solche Enthüllung auch sein mag. Denn das wird sie sein – selbst wenn ich mir die ganze Zeit über eingeredet habe, es sei anders.

Ich schließe das Fenster und gehe wieder ins Bett. Auf dem Notizblock stehen nach wie vor bloß drei Punkte. Ich schreibe weiter.

3a. unsere Ehe retten

3b. Trennung durchziehen

Ich starre die Punkte an. Ergeben sie einen Sinn? Ja, das tun sie. Aber lässt sich das Ganze auch umsetzen? Keine Ahnung. Für Variante a brauchen wir in jedem Fall Hilfe. So eine Therapie muss ergebnisoffen sein. Ich wäre bereit dazu. Es hängt also alles von Frank ab. Wie immer.

Doch bei Variante b müsste ich aktiv werden. Eine Trennung durchziehen – wie macht man so etwas? Nach einem Vierteljahrhundert Ehe? Meine Gedanken drehen sich im Kreis.

Ich greife zum Handy und googele nach Dingen, die man in solchen Situationen beachten sollte.

Meine Liste wächst weiter:

4. Finanzübersicht erstellen

5. wichtige Unterlagen kopieren

6. Wohnsituation klären

7. Angehörige informieren

8. moralische Unterstützung suchen

9. rechtlichen Beistand einschalten

10. neu anfangen

Vier und fünf sind einfach. Ebenso Punkt acht. Eva ist die beste moralische Unterstützung, die man sich nur wünschen kann. Und ich wette, sie kennt auch eine gute Anwältin.

Wovor mir graut, ist das Gespräch mit den Jungs. Und die Sache mit der Wohnsituation. Ich liebe unser Haus! Aber für mich allein ist es definitiv zu groß. Für Frank ebenso – und er bräuchte eine Haushälterin, damit er nicht im Chaos versinkt.

Bleibt nur verkaufen. Damit würden wir Linus und Robin allerdings das Zuhause nehmen, in dem sie aufgewachsen sind. Das kann ich ihnen unmöglich antun!

Oder doch?

Und überhaupt – würde Frank da mitspielen? Was, wenn es eine schmutzige Scheidung wird?

Ich klappe das Notizbuch zu. Über solche Details sollte ich mir nicht den Kopf zerbrechen, bevor es so weit ist. Falls die Situation jemals eintritt, ist dann genug Zeit dafür. Es steht ja noch nicht einmal fest, dass es zur Trennung kommt, da denke ich schon über Scheidung nach. Völlig paradox.

Vielleicht wird ja doch alles gut. Sogar, wenn wir es wirklich durchziehen. Es gibt schließlich auch friedliche Scheidungen. Manche Paare schaffen es, trotzdem noch fair und zivilisiert miteinander umzugehen. Warum sollten wir das nicht hinkriegen?

Ich muss mit Frank reden. Unbedingt. Am besten direkt nach meiner Rückkehr. Ich darf die Sache nicht weiter hinauszögern, sonst verlässt mich womöglich noch der

Mut. Am liebsten würde ich es jetzt gleich erledigen. Ihn zumindest warnen. Damit er sich vorbereiten kann.

Mein Blick fällt auf das Handy. Es liegt in Griffweite. Soll ich? Nein, es ist zu spät. Schon fast Mitternacht. Andererseits ist Frank eine Nachteule. Bestimmt ist er noch wach. Und ich kann auch nicht schlafen, trotz der Aufregungen und Anstrengungen des Tages. Vielleicht komme ich zur Ruhe, wenn ich es hinter mich bringe. Soll ich es wagen? Oder lieber nicht? Immerhin bin ich nicht ganz nüchtern, und derart wichtige Gespräche sollte man bei klarem Verstand führen. Und persönlich!

Mein Kopf sagt Nein – aber meine Hände machen, was sie wollen. Sie greifen nach dem Handy und tippen auf Franks Nummer. Mein Herz pocht. Ich bin nicht ich selbst! Jetzt habe ich mir noch nicht mal zurechtgelegt, wie ich anfangen will. Am besten ganz direkt. *Frank, wir müssen reden. Über uns. So geht es nicht weiter. Ich bin unglücklich. Und ich hab da was erfahren, das so nicht im Raum stehen bleiben kann …*

Der Freiton dröhnt in meinen Ohren, dann bricht er ab. Ich erreiche bloß die Mailbox. Vermutlich hat Frank das Telefon auf lautlos gestellt. Enttäuscht lege ich auf und lasse das Handy sinken.

Bestimmt sollte ich es für heute gut sein lassen. Das wäre vernünftiger. Aber ich war lange genug vernünftig. Und womöglich ist es ja sogar ganz gut, dass ich mir etwas Mut angetrunken habe. Der Wein bringt mich dazu, Gedanken zuzulassen und Dinge zu tun, die ich mir sonst nie erlauben würde.

Am besten, ich schicke ihm eine Sprachnachricht. Jetzt gleich. Entschlossen öffne ich die Messenger-App und tippe auf das Mikrofon-Symbol.

»Hallo Frank, ich bin's, Judith. Wie du ja hörst. Ich … also ich weiß, es ist spät, aber ich habe sehr viel nachgedacht. Und wenn ich zurück bin, will ich mit dir reden. Ernsthaft. Über unsere Ehe. Ich bin … Also ich will … Es kann so nicht weitergehen. Du musst wissen, dass ich unzufrieden bin. Unglücklich, genauer gesagt. Und dann hat mir Eva auch noch erzählt, dass du … Ach, Mist.« Ich bin mit dem Finger abgerutscht, die Aufnahme ist dahin. Ist wohl besser so. Mit diesem Gestammel hätte ich bestimmt einen völlig falschen Eindruck hinterlassen. Das würde Frank ohnehin nicht ernst nehmen.

Statt es erneut zu probieren, tippe ich eine kurze Botschaft:

Hallo Frank! Eva hat mir alles erzählt. Ich weiß
Bescheid. Wir müssen reden, wenn ich zurück
bin.
Judith

Erschöpft sinke ich ins Kissen. Mir ist, als hätte ich einen gewaltigen Felsbrocken gestemmt. Jetzt ist er ins Rollen geraten. Was das auslöst, kann ich nicht absehen – aber wenigstens liegt er mir nicht mehr auf der Brust. Und mit einem Mal wird mir klar, dass es fast unausweichlich ist, wie meine Entscheidung ausfallen wird.

Vom Zimmer gegenüber erklingt gedämpftes Gelächter.

Die beiden Turteltäubchen sind also noch wach. Natürlich sind sie das. Als Frank und ich frisch verliebt waren, konnten wir auch nicht genug voneinander kriegen. »Schlaf wird überbewertet«, haben wir damals immer gesagt.

So sehr ich Eva ihr Glück gönne, so traurig macht es mich, dass dieses wunderbare Gefühl für mich nur eine ferne Erinnerung ist.

Ich stecke mir Stöpsel in die Ohren, die ich für die Bahnfahrt mitgenommen habe, um unterwegs in Ruhe lesen zu können. Dann drehe ich mich auf die Seite und denke an gar nichts mehr, sondern falle in bleiernen Schlaf.

Kapitel 18

EVA

Ich liege auf Timos nackter Brust und höre zu, wie sich sein Herzschlag langsam wieder beruhigt. Sein Atem wird flacher und geht bald so gleichmäßig, dass ich denke, er ist eingeschlafen. Vorsichtig hebe ich den Kopf.

Doch mein Blick trifft direkt auf seinen. Er lächelt mich mit blitzenden Augen an.

»Schön, dass du da bist«, sage ich.

»O ja, das finde ich auch.«

»Musst du wirklich morgen früh schon wieder zurück nach Köln? Wahrscheinlich hast du Termine, oder?«

Er streicht mir die Haare hinters Ohr. »Keine, die ich nicht verschieben könnte. Erst Samstag früh kommen die Mädchen nach Hause.«

»Dann bleib noch bis morgen Abend!«

»Bist du sicher? Das hier sollte doch eigentlich Freundinnenzeit sein.«

Ich weiß, dass er recht hat. Judith braucht mich jetzt. Wenn sie bereit ist zu reden, möchte ich für sie da sein. Da stört Timo nur. Ich sollte mir nichts vormachen – solange er in meiner Nähe ist, kann ich Judith keine gute Freundin sein. Aber es kostet dennoch Überwindung zu sagen: »Stimmt, du solltest am Morgen wieder fahren. Es ist wichtig, dass ich mich auf Judith konzentriere.« Ich rutsche ein wenig hoch und küsse ihn.

Als wir uns voneinander lösen, zieht er mich in seine Arme. So liegen wir eine Zeit lang da und hängen unseren Gedanken nach. Ich versuche mir vorzustellen, wie es für Judith sein muss, vor dem Ende ihrer Ehe zu stehen. Sie hat erlebt, wie schwer es ihre Mutter nach der Scheidung hatte – also ist die Situation bestimmt beängstigend. Auch wenn die Voraussetzungen natürlich komplett andere sind.

»Sag mal, wie war das damals bei der Trennung von Yvonne?« Ich rappele mich hoch, setze mich in den Schneidersitz und füge hinzu: »Ich will keine neugierigen Fragen zu etwas stellen, was mich nichts angeht. Aber du würdest mir wirklich helfen, wenn du mir zumindest ein paar Tipps geben könntest, wie ich Judith am besten unterstütze.« Das ist nur die halbe Wahrheit, denn eigentlich will ich durchaus wissen, was zwischen ihm und seiner Ex vorgefallen ist. Ich schiele zu ihrem Bild und fühle mich aufs Neue eingeschüchtert von dieser wunderschönen, dynamischen, hochintelligenten Frau.

Timo stützt sich auf seine Ellbogen. »Ich war nach dem, was wir gerade getan haben, nicht unbedingt darauf eingestellt, über meine Ehe zu sprechen, aber wenn es das ist, was du willst …« Er zieht eine Augenbraue hoch.

»Sorry«, antworte ich kleinlaut.

»Schon okay.« Er setzt sich ebenfalls auf und lehnt sich an das Kopfende des Bettes, dann legt er die Decke über seine

Beine. »Yvonne und ich kennen uns seit der Schulzeit. Wir sind früh zusammengekommen – als halbe Kinder. Irgendwann haben wir festgestellt, dass wir uns zwar nach wie vor sehr mögen, aber mittlerweile wie Bruder und Schwester zusammenleben. Und dafür sind wir zu jung. Also haben wir beschlossen, uns in Freundschaft zu trennen. Das ist uns über weite Strecken auch ganz gut gelungen.«

»Warst du traurig?«, frage ich.

»Ja. Sehr. Weil unsere Familie ja trotz aller Friedlichkeit zerbrochen ist. Wir fünf als Team – das gibt es nicht mehr, auch wenn da noch immer viel Zusammenhalt zwischen Yvonne und mir ist.«

»Hast du es je bereut?«

Er überlegt kurz, dann antwortet er: »Am Anfang vielleicht schon ab und zu. Aber mir war bald klar, dass wir uns richtig entschieden haben. Warum legst du den Kopf schief? Glaubst du mir nicht?«

»Ich frage mich nur, ob es bei Judith und ihrem Mann ähnlich ist. Ich denke, auch sie haben sich schon vor längerer Zeit entliebt.«

Was rede ich denn da? Frank ist Frank. Er ist kein Stück wie Timo. Und damit kann es bei Judith und ihm per se nicht so sein wie bei den Faßbenders.

Weil mir plötzlich kühl ist, krabbele ich aus dem Bett und schlüpfe in meinen Pyjama. »Wie kann ich Judith helfen? Sie ist schon lange unglücklich in ihrer Ehe, und ich denke, sie sollte sich schleunigst trennen. Ihr Mann ist ein … wie drücke ich das jetzt möglichst elegant aus? … Esel.«

Timo schmunzelt. »Drei Fragen: Hat Judith gesagt, dass sie unglücklich ist? Will sie sich denn trennen? Und findet sie auch, ihr Mann ist ein Esel?«

Ich halte beim Anziehen meiner Socken inne. »Ja, sicher … Nein … Vielleicht hat sie es nicht so direkt gesagt, aber ich merke, wie verzweifelt sie ist. Sie wäre definitiv besser ohne ihn dran – das liegt einfach auf der Hand.«

»Geschmäcker sind verschieden.«

Ich knie mich auf die Bettkante neben Timos Beine. »Vor zehn Jahren hat er mich auf einer Party versucht zu küssen, während Judith zu Hause bei ihrem kranken Sohn war. Das hat mit Männergeschmack nichts zu tun. Judith hat was Besseres verdient als das. Und dieses Wochenende hat er mich am Telefon angemacht.«

Timo runzelt die Stirn. »Was ist das denn für eine Drecksau?!«

»Sag ich doch.«

»Was hat er zu dir gesagt?« Ich sehe die plötzliche Anspannung in Timos Körper. Ist er wirklich eifersüchtig?

Das sollte mir nicht gefallen, aber – Himmel – ich fühle mich geschmeichelt!

»Das ist nicht wichtig«, erwidere ich und mache eine wegwerfende Handbewegung. »Er blitzt mit so etwas bei mir sowieso auf ganzer Linie ab. Es ist auch gar nicht so sehr, was er sagt, sondern eher, wie er es sagt. Sein Tonfall. Und heute Morgen, als ich ihn aus Versehen angerufen habe, war eine Frau bei ihm. Natürlich gibt es keinerlei Beweis dafür, dass da irgendwas läuft, aber für mich schreit das laut und deutlich ›Untreue‹.«

»Du Arme. Das alles klingt fürchterlich unangenehm. Wie hat Judith darauf reagiert?«, fragt Timo.

»Ich habe ihr heute von dieser unseligen Party erzählt. Das hat sie natürlich aufgeregt. Dann hat sie sich aber relativ schnell wieder gefasst. Da wollte ich ihr nicht auch noch das mit den Telefonaten um die Ohren hauen. Mir ist klar, ich sollte es ihr sagen. Gerade weil sie unglücklich zu sein scheint. Sie kann bessere Entscheidungen treffen, wenn sie alles weiß.« Bei dem Gedanken lastet wieder ein zentnerschweres Gewicht auf meiner Brust. Damit, dass Judith Schmerzen leiden muss, will ich nichts zu tun haben. »Ach, wenn ich doch nur wüsste, wie ich am besten für sie da sein kann!«

Timo scheint meine schlechten Gefühle zu spüren, denn er zieht mich auf seinen Schoß und legt die Arme um mich. »Wie hast du selbst so etwas empfunden, wenn du dich getrennt hast?«, fragt er sanft. »Vielleicht helfen dir eigene Erfahrungen weiter.«

»Ich war noch nie verheiratet. Und auch nicht lange genug mit jemandem liiert, um mich da reindenken zu können. Ich führe einfach nicht diese Art von Beziehungen …«

»Stimmt.«

Ich suche seinen Blick und entdecke Enttäuschung in seinen Augen. Jahrzehntelang habe ich den Männern klargemacht, dass ich nichts Festes möchte. Wer Zeit mit mir verbringen wollte, musste damit leben. Doch bei Timo spüre ich erstmals den Impuls, den nächsten Schritt zu machen. Da ich aber keine Ahnung habe, wie man so etwas formuliert, stottere ich: »Nein, also … ich meine … es könnte vielleicht …«

Timo winkt ab. »Alles okay. Du hast von Anfang an gesagt, wie das hier laufen wird, und ich war einverstanden. Sorry, dass ich dir gerade das Gefühl gebe, du müsstest dich rechtfertigen. Zurück zu deiner Freundin: Bist du sicher, dass sie und ihr Mann nicht ebenfalls irgendwelche Absprachen haben? Du weißt schon, offene Ehe oder so was in der Art.«

»Bestimmt nicht. Dafür ist Judith nicht der Typ. Und ganz abgesehen davon, bleibt es ja nicht nur bei der im Raum stehenden Untreue. Frank ist einfach ein Kotzbrocken! Null Engagement bei der Kindererziehung oder für den Haushalt. Zusätzlich macht er Judith klein, trampelt auf ihren Träumen rum und boykottiert ihre Wünsche. Da könnte er treu sein, so viel er will – sie wäre trotzdem nicht glücklich mit dem.« Ich spiele gedankenverloren mit der Naht der Bettdecke.

Timo streicht sanft über meinen Arm. »Das ist bestimmt nicht leicht. Sie ist deine Freundin, und du möchtest das Beste für sie. Aber weil du vorhin gefragt hast, wie das bei meiner Trennung war: Etwa ein halbes Jahr, bevor Yvonne und ich erstmals darüber geredet haben, dass wir auf diese Art nicht weitermachen wollen, hat meine Schwester bereits die Lage durchschaut. Sie kennt mich so gut, dass sie es weit vor mir erkannt hat, wie sehr wir nur noch nebeneinanderher lebten. Aber zu dem Zeitpunkt kam das zu früh. Also reagierte ich stocksauer. Ich habe unsere Partnerschaft verteidigt, was das Zeug hielt. Deshalb denke ich:

Du solltest abwarten, bis Judith so weit ist. Bis dahin kannst du nur für sie da sein, aber nicht viel tun. Erzähl gern mir, wie sehr du dich über ihren Mann ärgerst, aber halte dich ihr gegenüber zurück.«

Ich beiße mir auf die Unterlippe. Genau das, was er mir gerade rät, habe ich jetzt jahrelang praktiziert. Und ich weiß nicht, ob es tatsächlich gut war. Uns als Freundinnen hat es auf jeden Fall auseinandergebracht. Irgendwie erscheint es mir verdammt schwer, das Richtige zu tun.

»Danke, dass du mir zugehört hast und mich an deinen Erfahrungen hast teilhaben lassen«, sage ich und küsse ihn auf die Lippen.

»Sehr gern. Wann immer du reden willst, stehe ich zur Verfügung.« Er fährt mir mit der Hand durch die Haare, lässt sie auf dem Hinterkopf liegen und krault mich dort. Schauer rieseln durch meinen Körper.

Judith schläft. Heute kann ich sowieso nichts mehr tun. Es ist also sicher vollkommen in Ordnung, wenn ich das hier jetzt genieße.

Ich öffne die Lippen und setze sie auf Timos Mund. Seine Zunge tastet sofort nach meiner, dringt tiefer und lässt mir das Blut in die Lenden schießen. Dass seine Barthaare über meine Haut kratzen, während sich der Kuss intensiviert, stachelt mich noch zusätzlich an. Ich setze mich so, dass ich ihn besser spüre – und bereue, mich vorhin angezogen zu haben, denn plötzlich habe ich das Gefühl, keine Zeit mehr zu haben. Denn ich will Timo ohne Verzögerung – und zwar ganz.

Ihm scheint es ähnlich zu gehen, denn mit einem Ruck

zieht er mir das Pyjamaoberteil über den Kopf. »Du machst mich total scharf«, murmelt er, während er meine Brust küsst.

Das Blut rauscht durch meine Adern.

Nachdem ich mich der Hose entledigt habe, setzte ich mich wieder auf ihn und blicke ihm dabei in die Augen. Seine Pupillen sind so geweitet, dass das Blau seiner Iris kaum noch zu sehen ist.

»Also bitte, ich höre doch, wie dein Magen knurrt«, sagt Timo.

Ich fühle mich so schlapp und gleichzeitig wohlig schwer, dass es mir zu mühsam erscheint, mich noch einmal anzuziehen und hinunter in die Küche zu gehen. »Ich brauche nichts.« Meine Atemzüge kommen träge, als bräuchte ich kaum Luft zum Leben.

»Wann hast du das letzte Mal was gegessen?«

»Am Abend. Auf der Terrasse.«

»Und was war das?«

Ich halte meine Augen geschlossen, spüre aber an den Bewegungen des Bettes, dass Timo aufsteht.

»Ein paar Käsestangen. Fünf Oliven. Eine halbe Flasche Wein. Die hat viele Kalorien. Außerdem bin ich eine robuste Frau.«

»Was?«

Ich lache und öffne die Lider. »So hat mich eine Zuschauerin genannt, die wir heute zufällig getroffen haben.«

Timo schlüpft gerade in seine Jeans. »Und was soll das bedeuten?«

»Ich glaube, es war eine nette Umschreibung von füllig. Plus Size. XL.«

Er verdreht die Augen. »Ich hoffe, du musst dir nicht oft solche Unverschämtheiten anhören. Und noch mehr hoffe ich, dass du daraus nicht die falschen Schlüsse ziehst. Jede Kurve weniger an deinem Traumkörper wäre eine Sünde an der Menschheit. Und jetzt beweg deinen süßen Hintern aus dem Bett und komm mit mir in die Küche.« Er greift nach meinen Händen und hilft mir hoch. »Sonst ziehe ich die falschen Schlüsse: Nämlich, dass ich deine Gesundheit gefährde, wenn ich mit dir schlafe. Weil du nachher zu schwach für lebenserhaltende Maßnahmen – wie Essen und Trinken – bist.«

Ich muss wieder lachen. »Okay, ich komme mit. Aber nur, damit du nicht eingebildet wirst und dich für den großartigsten Hengst aller Zeiten hältst.«

»Pyjama oder Jogginganzug?«, fragt er und deutet zum wirren Kleiderhaufen auf dem Boden.

Erst jetzt wird mir bewusst, was für ein Chaos ich in seinem Schlafzimmer angerichtet habe.

Ich wusste ja nicht, dass er herkommt, sonst hätte ich aufgeräumt. Mist, hoffentlich hält er mich nicht für einen Messie! Andererseits: Er kennt meine Wohnung und hat sich bisher nicht von ihr in die Flucht schlagen lassen.

»Jogginghose und dein Kaschmir-Pulli«, antworte ich und grinse schief.

Er reicht mir die Sachen, und während ich mich anziehe, schlüpft er in sein Hemd, das er dann aber offen lässt, als wüsste er, wie gern ich seinen nackten Oberkörper sehe.

»Ich glaube, im Tiefkühlfach ist noch Hühnereintopf. Möchtest du den?«, fragt er, als wir die Treppe hinuntersteigen. »Was Warmes im Magen kann nicht schaden.«

»Klingt super.«

Er schaltet den Fernseher ein und zappt zu Arte, wo gerade eine Doku über afrikanische Modeschöpfer läuft, dann rückt er das Schaffell auf dem Sofa einladend zurecht. »Mach's dir bequem.«

Ich lasse mich nieder und sehe ihm hinterher, wie er in die Küche geht.

Er ist einfach unfassbar lieb. So fürsorglich. In seiner Gegenwart kann man gar nicht anders, als sich wie eine Königin zu fühlen.

Wie schon so oft in dieser Nacht denke ich an Judith. Ich würde mir für sie wünschen, dass sie auch so verwöhnt und auf Händen getragen wird. Stattdessen strampelt sie sich pausenlos für Frank ab, und das wird nicht mal gewürdigt. Und anstatt schreiend davonzulaufen, bleibt sie ein Jahr ums andere bei dieser Nullnummer. Wahrscheinlich müsste sie einfach ihren Traummann treffen, damit sie merkt, wie es sein könnte. Warum kann sie nicht im Supermarkt in jemanden rennen und sich Hals über Kopf verlieben? Dann wäre das mit der Trennung von Frank bestimmt leichter. Aber so ist Judith leider nicht. Wenn sie über Superman höchstpersönlich stolpert, würde sie sich nur entschuldigen und dann weiter zur Reinigung eilen, um Franks Anzüge abzuholen.

Ich seufze, ziehe eine der bereitliegenden Decken über meine Beine und beobachte Timo, wie er in der Küche hantiert. Wieder legt sich das wunderbare Geborgenheitsgefühl um mich, hüllt mich ein und lässt Glücksgefühle durch mich strömen.

Kapitel 19

JUDITH

Als ich aufwache, fühle ich mich wie benommen. Ich habe geschlafen wie ein Stein. Es ist halb neun. Von unten höre ich schon Stimmen und Geschirrgeklapper. Einen Moment lang bin ich irritiert, dann fällt mir ein, dass Timo da ist. Und auch alles andere, was gestern Abend los war, kommt mir wieder in den Sinn. Und was ich von Eva erfahren habe. Über Franks unmögliches Verhalten damals auf der Party. Mein Gedankenkarussell und der zum Glück erfolglose Anrufversuch.

Ich angele nach meinem Handy und checke die Nachrichten. Frank hat mir nicht geantwortet. In der Familiengruppe allerdings gibt es drei neue Fotos von Robin in Sydneys Chinatown und entsprechende Kommentare von Linus sowie ein väterliches Daumen-hoch-Emoji. Ich kommentiere die Bilder, wünsche meinen Lieben einen schönen Tag und füge noch eine Reihe von Herz- und Kuss-Emojis hinzu. Erst hinterher fällt mir ein, dass sich Frank bestimmt mitgemeint fühlt. Sei's drum, das ist jetzt nicht mehr zu ändern. Es bringt sowieso nichts, wenn ich mir weiter den Kopf über unsere Eheprobleme zerbreche und dadurch den Urlaub verderbe. Das hat Zeit bis nächste Woche. Warum ich heute Nacht so ungeduldig war und dringend alles sofort klären wollte, verstehe ich jetzt selbst nicht mehr.

Ich stehe auf und mache vor dem weit geöffneten Fenster ein paar Dehnübungen. Die kühle Morgenluft strömt herein, doch die Sonne scheint mir ins Gesicht und verspricht einen milden Tag. Ich bin wild entschlossen, ihn zu genießen! Ganz ohne negative Gedanken jeglicher Art.

Pfeifend klettere ich die steile Treppe hinunter in die Wohnküche. Damit hebe ich meine Laune noch ein Stückchen und gebe den beiden Turteltäubchen zugleich ein Warnsignal.

Sie fahren auseinander.

»Ich bin's doch nur«, rufe ich. »Guten Morgen, ihr Lovebirds. Meinetwegen müsst ihr euch nicht zusammenreißen.«

»Tun wir nicht«, behauptet Eva, nur um sich gleich darauf zu korrigieren: »Okay, vielleicht ein bisschen. Aber nur, damit es beim Frühstück jugendfrei bleibt.«

»Möchtest du Kaffee?«, fragt Timo.

»Klar, gerne. Ein doppelter Espresso wäre super.«

»Mach ihr lieber einen vierfachen«, sagt Eva. »Sie will danach sowieso noch einen.«

»Verrate nicht gleich all meine Geheimnisse, sonst geb ich deine auch preis«, pariere ich.

»Klingt interessant.« Schmunzelnd bereitet Timo den Espresso zu und reicht mir die Tasse, dann legt er den Arm um Evas Taille und küsst sie auf die Schläfe.

Eva lächelt. »Meine Geheimnisse verrate ich lieber selbst«, verkündet sie. »Aber ein anderes Mal. Jetzt habe ich Hunger wie eine Bärin.«

»Geht mir genauso.« Kein Wunder, nachdem gestern das Mittagessen lediglich aus *poffertjes* bestand und das Abendessen aus Käsestangen und Oliven. Wenigstens hatte ich doppelt gefrühstückt.

Apropos – der Tisch ist reich gedeckt. Eva und Timo haben sogar Rühreier gemacht und frische Brötchen geholt. Ich bin begeistert. »Das sieht super aus. Guten Appetit!«

Während wir es uns schmecken lassen, wechseln Eva und Timo permanent verliebte Blicke. Das muss ja eine magische Nacht gewesen sein. Ich sehe ihnen an, dass sie am liebsten noch ganz viel Zeit miteinander verbringen würden.

Aber Timo plant schon seine Rückfahrt. »Bei Schiphol gibt es Stau nach einem Unfall«, murmelt er, in die Navi-App seines Handys vertieft. »Da fahre ich wohl lieber über die A10, wobei – nein, da stockt der Verkehr ebenfalls. Dann am besten über den Abschlussdeich.«

»Du meinst den Damm, der die Nordsee vom Ijsselmeer trennt?«, erkundigt sich Eva.

»Wie bitte?« Timo scheint gar nicht mitbekommen zu haben, dass er laut gedacht hat. »Ach so, ja, genau.«

»Musst du denn heute noch arbeiten?«, frage ich zwischen zwei Bissen in mein Brötchen mit Gouda und Rührei.

»Nein, die heutigen Termine habe ich alle verschoben,

damit ich gemütlicher nach Hause fahren kann. So wie's aussieht, ist ordentlich was los auf den Autobahnen«, erklärt Timo.

»Und warum bist du dann überhaupt dermaßen in Eile?«

Er wirkt so überrascht, als hätte ich gefragt, warum das Meer nass ist. »Na ja, das hier ist schließlich euer Freundinnenurlaub.«

»Genau«, ergänzt Eva. »Wir wollen die gemeinsame Zeit doch für uns. Worauf hast du heute Lust?«

Ihren schnellen Blickwechsel habe ich durchaus bemerkt. Und ich ahne, was er bedeutet. Es fällt den beiden bestimmt schwer, sich zu trennen, auch wenn sie sich in wenigen Tagen schon wieder sehen.

Obwohl mir die Zweisamkeit mit Eva heilig ist, möchte ich auf keinen Fall, dass sie ihrerseits mit dem negativen Gefühl von Verzicht verbunden ist. »Ach was, du musst doch meinetwegen nicht abhauen, wenn du noch bleiben könntest. Ich würde mich freuen!«

»Ist das dein Ernst?« Eva springt auf und umarmt mich.

Ich muss lachen. »Klar, Liebende soll man nun mal nicht trennen.«

Timos Blick wandert von Eva zu mir und wieder zurück, wobei sein Mienenspiel von Bedenken zu purer Freude wechselt. Schließlich breitet sich ein strahlendes Lächeln auf seinem Gesicht aus. »Wenn das so ist, bleibe ich gern noch bis zum Abend. Dann kann ich den Stau gleich mal vergessen.« Er schließt die App und legt sein Handy beiseite. »Wie wäre es, wenn ich euch heute meine Lieblingsplätze zeige? Ich kenne die Gegend seit vielen

Jahren und kann euch ein paar tolle Geheimtipps verraten. Zum Beispiel die Lagunen mitten in den Dünen bei Petten. Oder das Naturschutzgebiet Zwanenwater. Oder wie wäre es mit dem Tulpenpark? Und …«

»Das klingt alles großartig«, fällt ihm Eva begeistert ins Wort. »Was meinst du, Judith – worauf hast du am meisten Lust?«

Ich trinke den letzten Schluck Espresso und stelle die Tasse ab. »Ach, wisst ihr, ich klinke mich einfach mal komplett aus. Es gibt da einiges, worüber ich nachdenken muss, und dabei möchte ich wirklich lieber allein sein.«

Zugegeben, das ist ein wenig geschwindelt. Denn heute will ich definitiv nicht schon wieder grübeln. Aber ich will mich auch nicht wie das fünfte – oder genauer gesagt: dritte – Rad am Wagen fühlen. Lieber bleibe ich für mich, genieße die Sonne, lese ein bisschen und mache es mir gemütlich.

»Bist du sicher?« Eva scheint ein schlechtes Gewissen zu haben – was total überflüssig ist.

»Absolut sicher. Genießt den Tag! Ich freue mich so für euch.« Und das meine ich vollkommen ehrlich.

Während Timo einen Picknickkorb richtet und ins Auto packt, besteht Eva darauf, mir beim Abräumen und Spülen zu helfen.

»Ist es für dich wirklich okay, dass ich den Tag mit Timo verbringe?«, hakt sie zum bestimmt dritten Mal nach, als sie die letzte Tasse abtrocknet.

Ich lasse das Spülwasser ab und wische das Becken trocken. »Und wenn du noch hundert Mal fragst, die Antwort wird sich nicht ändern«, erwidere ich.

Sie drückt mir einen Kuss auf die Wange. »Ich wünschte, ich könnte dir heute eine große Portion von meinen Glücksgefühlen abgeben.«

Ich lache. »Du bist ein Schatz. Und glaub mir: Meiner Ehe ginge es nicht besser, wenn du weniger verliebt wärst.«

Sie zieht eine Grimasse. »Ist es wirklich so offensichtlich? Es ist superoffensichtlich, oder?«

Ich nicke.

»Hach, ja. Ich bin total verliebt. Timo ist einfach nur großartig! Jemanden wie ihn habe ich noch nie kennengelernt.«

»Er ist toll!«

»Es tut mir so leid, wie mies es bei dir gerade läuft. Mir kommt es wirklich komisch vor, auf Wolke sieben zu schweben, während du down bist.«

»Mach dir keine Sorgen. Teilweise bin ich ja selber daran schuld«, sage ich. »Ich hätte in meiner Ehe viel klarer kommunizieren müssen, was ich will – und was mich stört. Und gelegentlich ist vielleicht auch das Gegenteil der Fall.«

Eva stutzt. »Wie meinst du das?«

»Na ja, ich habe gestern Nacht möglicherweise etwas ziemlich Dummes gemacht.«

»Du hast ihn doch hoffentlich nicht angerufen?« Manchmal könnte man glauben, Eva kann Gedanken lesen. Sie kennt mich eben in- und auswendig.

»Ich hab's versucht. Zum Glück ging er nicht ran.«

»Puh!« Eva tut, als wische sie sich den Schweiß von der

Stirn. »Das war wohl auch besser so. Krisengespräche sollte man von Angesicht zu Angesicht und in nüchternem Zustand führen.«

»Weiß ich selbst. Jedenfalls wollte ich ihm dann eine Sprachnachricht schicken, aber zum Glück bin ich mit dem Finger abgerutscht, sodass mein Gestammel futsch war.«

Eva legt die Hand vor die Augen. »Judith! Bist du noch zu retten?«

»Ist ja zum Glück nichts passiert.« Ich mache ein zerknirschtes Gesicht.

»Aber?«

Ich kann ihr einfach nichts vormachen.

»Aber ich habe ihm geschrieben, dass ich über die Party Bescheid weiß. Und darauf hat er nicht geantwortet, obwohl er inzwischen in der Familiengruppe etwas kommentiert hat.«

»Zeig mal!«

Ich trockne die Hände ab und ziehe mein Smartphone aus der Hosentasche.

Eva liest meine Nachricht halblaut vor. Dann schaut sie mich an. »Schon krass, dass er darauf so gar nicht reagiert. Denn gesehen hat er sie, da sind zwei blaue Häkchen.«

»Finde ich auch. Aber das ist sein Problem. Ich will heute nicht an Frank denken.«

»Okay. Falls sich der, dessen Namen wir jetzt nicht nennen werden, allerdings doch noch meldet, sag mir Bescheid.«

Ein bisschen verdattert schaue ich sie an. »Du glaubst, ich brauche moralische Unterstützung? Rechnest du mit einer so heftigen Antwort?«

Eva steht gerade mit dem Rücken zu mir, weil sie das Geschirr in den Schrank räumt. »Keine Ahnung. Ich möchte dir unbedingt beistehen, das ist alles. Am besten, du öffnest seine Nachrichten gar nicht erst, wenn du ihn aus deinem Kopf verbannen willst.«

Nachdem ich Eva und Timo, die mit seinem Wagen davonbrausen, hinterhergewinkt habe, halte ich es doch nicht aus und checke erneut Franks und meinen Chat. Und starre darauf, als könne ich mit purer Willenskraft eine Reaktion erzwingen. Natürlich funktioniert es nicht: Die Nachricht steht weiterhin unbeantwortet da.

Was habe ich bloß angerichtet? Warum kommentiert Frank meine Sätze nicht? Vielleicht weiß er überhaupt nicht, was ich damit gemeint habe. Aber würde er dann nicht erst recht nachhaken?

Ich spüre, wie das Misstrauen sofort wieder erwacht, und es gefällt mir nicht, was es aus mir macht. Bin ich etwa eifersüchtig? Würde mir mein im Grunde unausweichlicher Entschluss, mich von ihm zu trennen, wohl leichter fallen, wenn er tatsächlich untreu wäre?

Ich brauche Gewissheit. Das ist alles, was mich gerade antreibt. Nicht Eifersucht, nicht Neugier, sondern einfach nur der Wunsch nach Klarheit.

Ich mache es mir im Garten auf einer der windgeschützten Liegen bequem und stelle verwundert fest, dass Frank heute früh in seinem WhatsApp-Status ein Foto eingestellt hat – diese Funktion nutzt er sonst nie. Neugierig tippe ich darauf. Frank beim Bogenschießen. Eine weitere

Trendsportart, die er ausprobiert. Und im Profil hat er sein Motto geändert: *Unleashing my inner Robin Hood*, steht da jetzt, und in einer Mischung von Fremdscham und skeptischer Verwunderung stöhne ich auf. Er frönt also wieder einem neuen Hobby und macht sich sogar wichtig damit. Statt meine Nachricht ernst zu nehmen und sich endlich mit mir auseinanderzusetzen. Ärger steigt in mir hoch. Und Enttäuschung. Mal wieder.

Stopp, Judith! Du wolltest heute nicht mehr an ihn denken.

So viel dazu. Ich muss das Handy zur Seite legen, wenn mir das wirklich gelingen soll!

Ich schließe Franks Status, da fällt mein Blick auf den vorletzten Chat. Wer hat mir da geschrieben? Als Absender erscheint nur eine Nummer, kein Name. Neugierig öffne ich die Nachricht.

> Hallo, liebe Dünenförsterpraktikantin und künftige Bestsellerautorin! Jetzt hast du also meine Nummer. Falls sich deine Pläne für morgen ändern, melde dich einfach – ich habe Zeit und würde mich freuen. Maarten

Ich starre die Buchstaben an, als wäre eine geheime Information darin versteckt, die ich entschlüsseln müsste. Doch eigentlich ist alles ganz klar, die Botschaft liegt auf der Hand.

Wie ferngesteuert speichere ich die Nummer ab und tippe dann kurz entschlossen auf das Telefon-Symbol. Einfach nur, um auf andere Gedanken zu kommen und eine freundliche Stimme zu hören.

Es dauert keine drei Sekunden, bis Maarten sich meldet. Wobei – ist er das überhaupt? Das Geschrei einer vorbeifliegenden Möwe übertönt alles, und ich verstehe nur teilweise, was gesagt wird. Es klingt jedenfalls nicht nach »Maarten Visser«.

»Entschuldigung, da muss ich mich wohl verwählt haben«, murmele ich und will das Gespräch schon beenden, als ich Maartens Lachen erkenne und das Handy wieder ans Ohr presse, um kein weiteres Wort von ihm zu verpassen.

»Bist du es doch? Irgendwie habe ich etwas ganz Merkwürdiges verstanden, und dann noch diese dämliche Möwe … hier ist übrigens Judith.« Man sollte meinen, ich führte zum ersten Mal im Leben ein Telefonat.

»Kein Wunder, dass du mich nicht erkannt hast«, erwidert er gut gelaunt. »Ich hab *Met Maarten* gesagt. Wir Niederländer melden uns immer so am Telefon. Als wäre das Klingeln die ungestellte Frage, mit wem der Anrufer gleich sprechen wird, und die beantworten wir dann quasi.«

»Darauf wäre ich nie gekommen«, erwidere ich. »Und ich dachte, ein Herr Metma wäre dran.«

Maarten prustet los. »Jetzt hast du gerade mal eine Minute gebraucht, um mich zum Lachen zu bringen. Bringst du mich auch zum Jubeln? Hast du doch Zeit?«

»Das habe ich tatsächlich!« Ich erzähle ihm von der Sache mit dem vergessenen Schlüssel und Timos Rettungsaktion.

»Wie romantisch«, sagt Maarten und klingt dabei ein bisschen wie Rudi Carrell in der Sendung *Herzblatt*.

»Total. Die beiden haben sich beim Frühstück dermaßen angeschmachtet … Ich konnte es einfach nicht zulassen, dass sie sich meinetwegen früher als nötig trennen.«

»Wohnen sie denn auch so weit voneinander entfernt wie deine Freundin und du?«

»Nein, in derselben Stadt. Aber sie sind nun mal frisch verliebt.«

»Verstehe. Und ich finde es gut. Super sogar!«

»War das schon der Jubel?«

Ich muss das Handy etwas vom Ohr weghalten, weil das nun folgende Triumphgeheul so laut ist.

»*Das* war er!«, sagt er, und ich weiß genau, dass er dabei breit grinst.

»Klang gefährlich. Fast ein bisschen nach King Kong. Vielleicht sollte ich mir die ganze Sache noch mal überlegen«, ziehe ich ihn auf.

»Du willst wirklich auf eine Radtour verzichten? Das Wetter ist perfekt dafür.« Er gibt sich enttäuscht, aber ich merke, dass er nur so tut, als nähme er meinen Scherz für bare Münze. »Und auf den besten Burger weit und breit? Und den köstlichsten Blaubeerkuchen von ganz Nordholland?«

»Bin schon überzeugt. Das klingt toll.«

»In einer halben Stunde kann ich bei dir sein. Gibst du mir deine Adresse?«

»Ich bin bereit. Aber die Adresse? Keine Ahnung. Auf dem Haus steht auf jeden Fall *Dotterbloem*.«

Erneut muss Maarten lachen. Es klingt so warmherzig und sympathisch, dass ich am liebsten einen Gag nach dem anderen reißen würde, um es immer wieder zu hören. Doch dass ich nicht weiß, wie unsere Straße heißt, ist tatsächlich kein Scherz.

»Soll ich es dir beschreiben?«

»Ich hab eine bessere Idee: Mach einfach ein Foto und schick es mir. In den Ferienparks kenne ich mich einigermaßen gut aus und finde dich dann schon.«

»Sicher?«

»Du wirst es ja sehen.«

»Wenn du länger als dreißig Minuten brauchst, geht das erste Getränk auf dich«, sage ich.

»Challenge accepted«, erwidert er.

Kapitel 20

EVA

Ich war zwar schon einmal auf der beeindruckenden Blumeninsel Mainau, aber der Tulpengarten in Anna Paulowna bringt mich noch mehr zum Staunen. Der Park ist voll von Beeten mit unterschiedlichen Tulpen, Hyazinthen und Narzissen, die sich wie ein bunter Flickenteppich über den Boden legen. Völlig hingerissen stehe ich inmitten dieses blühenden Paradieses und lasse meinen Blick über die Farbenpracht schweifen.

»Das ist zauberhaft! Wie ein Gemälde!«

Timo lächelt mich liebevoll an. »Freut mich, dass es dir gefällt.«

Ich beuge mich über eines der blühenden Wunderwerke. Diese Tulpe hat rosafarbene Blütenblätter außen und ist innen weiß gefüllt. *Ice Cream* steht auf dem Schildchen im Beet. »Solche Züchtungen habe ich noch nie gesehen. Mir ist es ein großes Rätsel, wie man so etwas zustande bringt.«

»Auf jeden Fall ist sicher viel Geduld vonnöten.« Er betritt eine der kleinen Brücken und schaut auf den silbrig glitzernden Bach, der sich durch die farbenfrohe Bepflanzung windet.

Ich sehe, wie er die Augen schließt und tief einatmet, also tue ich es ihm gleich. Etwas Blumiges liegt in der Luft und mischt sich mit dem Duft der großen Bäume und dem Geruch der Erde. Mit jedem Atemzug habe ich das Gefühl, mehr Kraft würde in mich fließen – als könne ich sie direkt aus diesem herrlichen Fleckchen Natur schöpfen.

»Es tut gut, sich den Park einmal in Ruhe anschauen zu dürfen«, höre ich Timo sagen, also öffne ich die Lider wieder und trete neben ihn. »Wenn ich mit meinen Töchtern hier bin, muss ich sie permanent in den verschiedensten Posen mit den Blumen für Social Media fotografieren.« Er lacht.

Mein Herz macht einen kleinen aufgeregten Satz, denn mir wird klar, dass ich jetzt das sagen kann, wovon ich mich in der Nacht allzu leicht habe abbringen lassen. Timo serviert mir die nächste Chance dazu quasi auf dem Silbertablett. Ich bin längst nicht mehr in dem Alter, in dem man alles immer aufschieben kann. Ich sollte endlich zu meinen Gefühlen stehen. Zumal ich jetzt bei Judith miterlebe, wohin es führt, sich selbst etwas vorzumachen. Lange genug habe ich gedacht, ich wäre allein besser dran. Aber eigentlich glaube ich nicht mehr, dass das stimmt.

»Darf ich deine Mädchen bei Gelegenheit mal kennenlernen?« Ich atme aus und spüre, wie mit der Luft auch Anspannung aus meinem Körper entweicht. Es fühlt sich an, als würde sich etwas in meiner Brust lockern, was ewige Zeit verkrampft gewesen war.

Timo dreht ruckartig den Kopf zu mir. »Was?«

»Ich würde mich freuen, wenn du mir die drei mal vorstellst. Natürlich nur, falls es für dich noch passt.«

»Selbstverständlich! Es würde mich sehr glücklich machen. Du weißt, dass ich mir das wirklich wünsche.« Sein Blick scannt mein Gesicht ab. »Warum jetzt? Ich meine, was hat sich verändert?«

»Die Tage hier habe ich viel nachgedacht. Die Missstimmung, die es mit Judith gab, aber auch ihre Eheprobleme … und das Verhalten ihres Mannes am Telefon. Das alles bringt mich dazu, mein eigenes Leben in einem neuen Licht zu sehen. Ich habe erkannt, dass nicht nur Judith feige ist. Ich traue mich genauso wenig, mein Leben umzukrempeln.«

Er legt die Hände auf meine Hüften. »Wovor hast du Angst?«

»Ich weiß nicht, ob es Angst ist. Eher total überzogene Ansprüche und die fehlende Entschlossenheit, sie runterzuschrauben, um endlich glücklich zu werden.«

»Warum setzen wir uns nicht auf die Bank und du erzählst mir, was du damit meinst?« Er nimmt meine Hand, und wir gehen zusammen zu einem ruhigen Plätzchen inmitten der bunten Beete mit Blick auf den Kanal, der den Park säumt. Die Sonne scheint hier zwischen den mit erstem Grün überzogenen Kronen der Bäume hindurch und bringt die Tulpen zum Leuchten. Im sanften Wind wiegen sich ihre hübschen Köpfe hin und her.

Timo lässt meine Finger auch nicht los, als wir uns niederlassen. Es ist, als würde er spüren, dass mir das Thema nicht leichtfällt, denn er wartet geduldig ab, bis ich zu sprechen beginne: »Denk an die beste Partnerschaft, die du in deinem Umfeld kennst. Dann mach sie in Gedanken noch ein wenig vollkommener. Mal dir ein Paar aus, das einander auf ganzer Linie respektiert, versteht und ergänzt. Das die richtige Balance aus Zweisamkeit und Freiraum gefunden hat. Die Interessen teilt, aber doch die jeweilige Eigenständigkeit fördert. Und über all dem steht auch nach Jahrzehnten ungeschmälerte Liebe und Leidenschaft.«

»Wow, das klingt unerreichbar. Ich glaube nicht, dass ich Leute kenne, bei denen es so perfekt läuft.«

Ich nicke. »Ich schon: meine Eltern.« Mit der Fußspitze schiebe ich ein kleines Steinchen hin und her. »Sie führen seit über fünfzig Jahren die absolute Traumehe. Ich habe keine Ahnung, ob sie einfach Glück hatten, so gut zusammenzupassen und sich nie auseinanderentwickelt zu haben, oder ob sie schlicht den Dreh raushaben, um als Paar ständig aufs Neue zu wachsen. Fakt ist aber, dass sie mit ihren weit über siebzig miteinander in einer Art umgehen, dass dir der Mund offen stehen bleibt, weil du nicht glaubst, wie viel Romantik man leben kann.«

Timo streicht sachte mit dem Daumen über meinen Handrücken. »Das klingt wirklich großartig. Wenn ich das sagen darf, ohne eine Grenze zu überschreiten: Ich bin total neugierig auf deine Eltern und würde sie gern kennenlernen.« Er lacht – wohl um zu zeigen, dass er das nicht unbedingt ernst meint, falls mir dieser Wunsch zu weit geht.

»Klar kannst du sie treffen. Vielleicht ist das keine schlechte Idee. Damit du verstehst, warum ich in Beziehungsfragen so eingeschüchtert bin. Denn das, was die zwei miteinander haben, hatte ich zeitlebens als Vorbild vor Augen. In jungen Jahren war ich aktiv auf der Suche nach jemandem, mit dem ich dasselbe erleben kann wie meine Eltern …«

»… und bist gescheitert«, vollendet er meinen Satz.

»Irgendwas hatte ich immer auszusetzen: ein unterschiedlicher Humor, verschiedene politische Ansichten, auseinandergehende Wertvorstellungen, schlecht abstimmbare Hobbys oder nicht deckungsgleiche Zukunftspläne. Mitunter waren es auch nur Kleinigkeiten wie abweichende Biorhythmen. Dann dachte ich: Aber als Paar geht man doch gleichzeitig zu Bett und wacht morgens miteinander auf. Ich kannte es nicht anders.«

»Das klingt wirklich nach einer extrem hoch hängenden Messlatte.«

Ich nicke. »Und zusätzlich habe ich mitbekommen, was sich zwischen meiner besten Freundin und ihrem Mann entwickelte. Ihre Ehe hat mich nicht gerade davon überzeugt, dass man auch mit weniger Idylle zufrieden sein kann. Sieh nur dich und Yvonne an. Ihr habt euch wirklich bemüht und nach allem, was ich weiß, mit größtem Respekt, Zuneigung und Wertschätzung behandelt. Und trotzdem …« Kurz überkommt mich Angst, dass es unverschämt wirken könnte, seine gescheiterte Ehe als Beispiel für das heranzuziehen, was ich erklären will.

Aber Timo lächelt mich an. »Ich verstehe, was du meinst.«

»In meinem Bekanntenkreis haben sich die Leute reihenweise getrennt. Da sind wirklich üble Schlammschlachten über die Bühne gegangen. Das alles hat mir gezeigt, wie außergewöhnlich und unerreichbar das ist, was meine Eltern vorleben. Denn sie haben es nicht wie andere nur deshalb geschafft, ihre Beziehung bis ins Alter fortzuführen, weil sie viel Mühsal und tausend Kompromisse auf sich genommen haben. Nein, sie scheinen sich jeden einzelnen Tag füreinander zu entscheiden.«

»Sie haben wirklich großes Glück.«

»Weißt du, ich war immer gern in männlicher Gesellschaft. Aber eine richtige Beziehung wollte ich nur führen, falls ich etwas ähnlich Perfektes finde.«

Timo wiegt den Kopf hin und her. »Das ist zwar ein wenig extrem, aber ich kann es nachvollziehen. Danke, dass du mir das alles erzählt hast. Jetzt verstehe ich besser, wieso es zwischen uns läuft, wie es läuft.« In seinen Augen entdecke ich Traurigkeit, aber er sieht mich liebevoll an. »Wenn ich ehrlich bin, fällt es mir manchmal nicht ganz leicht, zu akzeptieren, warum du keine feste Beziehung willst. Weil ich dich sehr mag und mir mehr wünsche. Aber ich respektiere deine Grenzen, Eva.«

Ich runzele die Stirn, weil ich merke, dass ich das Gespräch in die falsche Richtung gelenkt habe. Behutsam lege ich die Hand an Timos Wange und sehe ihm in die Augen. »Ich bin verliebt in dich! So sehr wie noch nie zuvor in einen Mann. Wenn du nicht da bist, denke ich pausenlos nur daran, wann wir uns endlich wiedersehen. Und so richtig komplett fühle ich mich nur in deiner Gegenwart. Glücksgefühl und Geborgenheit schwappt über mich, sobald du den Raum betrittst. Das habe ich noch nie erlebt.«

Während ich rede, kann ich beobachten, wie sich Timos Miene immer weiter aufhellt. Am Ende spricht pure Emotion aus seinen Augen. »Ist das wirklich wahr?«

»Es ist das Wahrste, was ich seit sehr langer Zeit von mir gegeben habe.«

»Eva …« Ich merke, dass er nach Worten ringt.

Also spreche ich weiter. »Könntest du dir vorstellen, es mit mir zu versuchen? In einer echten Beziehung mit allem Drum und Dran? Mich so richtig in dein Leben zu lassen und auch in mein – zugegebenermaßen ziemlich chaotisches – einzutauchen?«

Er nimmt meine Hand und drückt einen Kuss in die Handfläche. »Ich glaube, ich habe in den letzten Monaten nie einen Zweifel daran gelassen, dass die Antwort darauf Ja ist. Weil ich schon gleich nach unserer ersten Begegnung vor einem Jahr hoffnungslos verliebt in dich war und meine Gefühle für dich seitdem ständig stärker geworden sind. Ich will dich spätestens seit unserem ersten Date vor ein paar Monaten mit Haut und Haaren, weil du für mich die großartigste Frau von allen bist.« Nach jedem Satz drückt er seine Lippen auf meinen Handrücken. »Du machst mich glücklich.«

Wir küssen uns überschwänglich, fallen uns dann in die Arme und drücken die Körper aneinander, so gut es im Sitzen möglich ist.

»Ich hoffe, dass ich dir eine ähnlich perfekte Beziehung bieten kann, wie deine Eltern sie führen«, höre ich ihn leise sagen.

Bestürzt rücke ich ein wenig von ihm ab. »Eines muss

ich vielleicht noch erklären. Mir ist in den letzten Tagen klar geworden: Judiths Ehe ist Judiths Ehe. Die Beziehung meiner Eltern ist die Beziehung meiner Eltern. Verstehst du?«

Er legt den Kopf schief. »Nicht ganz.«

»Ich möchte mit dir unsere Beziehung führen und nicht die meiner Eltern. Wir sind wir. Unsere Partnerschaft gestalten wir. Jeden Tag aufs Neue. Nicht nach irgendeinem Vorbild oder entgegen einem Negativbeispiel. Ich will mit dir zusammen sein. So wie du und ich nun mal als Paar funktionieren.«

Wahrscheinlich ist dies das Erwachsenste, was ich in meinem ganzen Leben von mir gegeben habe. Es fühlt sich so stark und stimmig an, dass ich noch hinterherschicke: »Du bist der Mann, mit dem ich eine unperfekte Beziehung führen möchte.«

Er lacht.

»Sorry, das klingt furchtbar, aber vielleicht kannst du nach meiner ganzen Schwafelei ein wenig verstehen, was ich damit sagen will.«

»Absolut«, antwortet er und küsst mich erneut. Er tut dies so zärtlich und gefühlvoll, dass es mich schier überwältigt. Bisher hat er mir diese Seite von sich noch nicht gezeigt.

Wie geht es dir? Mein Freund und ich haben es wunderschön. Was machst du? Wenn es dir langsam zu einsam wird, kommen wir gern zurück, schreibe ich Judith später am Tag.

Timo und ich liegen am Rand einer Düne im sonnenwarmen Sand, lauschen den Wellen und schauen in den blauen Himmel hinauf. Ununterbrochen halten wir einander an den Händen, als hätten wir Angst davor, aus diesem wunderbaren Traum aufzuwachen, wenn wir die körperliche Verbindung auch nur für eine Sekunde unterbrechen.

Judith versteht den Subtext meiner Nachricht natürlich sofort.

Dass ich den Tag noch erleben darf!
Dein Freund? Nicht dein Lover?
Oder dein Bekannter?

Nein, ich bin zur Vernunft gekommen.
Bin mit MEINEM Timo unterwegs. 😍

Genieß es! Und mach dir keine Sorgen, mir geht es blendend. Ich bin auf einer wunderschönen Radtour und bestens aufgehoben. Nordholland ist echt zum Verlieben!

»Klingt, als würde es Judith gut gehen«, informiere ich Timo.

»Da bin ich froh.«

Ich setze mich auf und schaue aufs Meer hinaus. Die Wellen rollen über den Sand, dann ziehen sie sich langsam zurück, nur um anschließend wieder dorthin zurückzuklettern, wo sie eben schon waren. Ist es so in einer längeren Partnerschaft? Dass es einfach unterschiedliche Phasen gibt, die sich abwechseln? Liegt Judith gar nicht so falsch, wenn sie alles aussitzt und auf bessere Zeiten hofft? Könnte ich das?

Vermutlich nicht.

»Ich denke, ich werde Judith doch von den Telefonaten erzählen«, überlege ich laut. »Ich weiß, du hast mir davon abgeraten, aber irgendwie fühlt es sich falsch an, ihr noch länger was zu verschweigen.«

»Ich bin sicher, du weißt besser, was für Judith gut ist, als ich. Vertrau auf dein Gefühl!« Timo lässt meine Finger los, um mir die Hand auf den Rücken zu legen. Die kleine Geste empfinde ich als derart unterstützend, dass mir völlig unvermutet Tränen in die Augen schießen.

Fühlt sich so eine richtige Partnerschaft an? Wie diese warme Hand auf meinem Rücken? Ein weiteres Mal überrollt mich eine Welle von intensiven Gefühlen, die mein Herz zum Anschwellen bringen.

Heimlich wische ich mir über die Augen, dann lasse ich mich wieder in den Sand fallen, drehe mich zu Timo und lege den Kopf auf seine Brust.

Sofort schlingt er den Arm um mich. »Ist alles okay, Süße?«

»Ja. Ich fühle mich nur wie die totale Anfängerin.«

»Bei der Eheberatung?«

Ich lache. »Bei der auch. Aber ich meinte jetzt eher bei dem hier.« Ich deute zwischen ihm und mir hin und her.

»Wieso? Du schlägst dich doch ganz ausgezeichnet.« Er legt sein Bein über meine Oberschenkel, sodass ich komplett von ihm umfangen bin.

»An keinem Ort der Welt wäre ich jetzt lieber als genau hier«, sage ich.

»Geht mir genauso.«

Eine Zeit lang liegen wir in der Umarmung. Ich genieße Timos Nähe und hänge meinen Gedanken nach.

Irgendwann flüstere ich: »Ich frage mich, wann es okay ist, es zu sagen. Da gibt es sicher Konventionen, von denen ich nichts weiß.« Mein Herz schlägt so heftig, dass es mir so vorkommt, als hämmerte es von unten gegen meinen Kehlkopf und jeder im Umkreis von mehreren Kilometern könnte es genauso deutlich hören wie ich.

»Was sagen?«

»Ich liebe dich … Wann kann man das sagen, ohne sich komplett zu blamieren, weil es viel zu früh dafür ist?«

Timo hebt mein Kinn mit der Hand, um mich anzusehen. »Sobald man es fühlt.«

»Ehrlich?« Ich schlucke. »Okay.«

Er wartet einen kleinen Augenblick, als ich dann aber schweige, legt er seinen Kopf wieder im Sand ab.

Ich höre, wie schnell sein Puls plötzlich geht, und muss lächeln. Zuerst drücke ich einen Kuss auf seine Rippen – genau dorthin, wo sein Herz liegt. Danach sage ich leise: »Ich liebe dich, Timo.«

Kapitel 21

JUDITH

Ein Fahrradausflug also. Ich flitze hinauf in mein Zimmer und ziehe mich um. Die Jeans lasse ich an, sie sitzt schön locker und ist megabequem, aber die Bluse tausche ich gegen ein blau-weiß gestreiftes Langarmshirt. Mit der ärmellosen Steppweste darüber ist das warm genug. Zur Sicherheit stopfe ich noch einen Hoodie in den Rucksack. Dazu packe ich eine Wasserflasche, meine Sonnenbrille und den Geldbeutel. Nicht zu vergessen den Schlüssel, den Timo mitgebracht hat – damit ich nicht wieder vor verschlossener Tür stehe, sollte ich früher als die beiden zurückkehren.

Mein Herz klopft, aber nur wegen der Eile, sicher nicht wegen Maarten. Höchstens ein klein wenig. Aber das hier ist definitiv kein Date, also kein Grund, nervös zu werden. Ich verzichte auch darauf, meine Haare in Ordnung zu bringen – bei dem Wind hier ist das sowieso überflüssig. Außerdem sah ich, als wir uns zum ersten Mal begegnet sind, aus wie ein gerupftes Huhn. Da ist kein Ruf mehr zu ruinieren, also bleibe ich ganz entspannt.

Als Nächstes schaue ich im Schuppen nach Fahrrädern.

Ich entdecke ein Herrenrad, Kinder- und Jugend-Bikes in verschiedenen Größen und ein hübsches blaues Hollandrad mit nicht zu dünnen Reifen und – wie ich erfreut herausfinde – Rücktrittbremse. Schön altmodisch, so wie ich es von früher gewohnt bin. Ehrlich gesagt bin ich schon seit Jahren nicht mehr geradelt, aber wie eine Proberunde vor dem Haus beweist: Ich kann's noch. Man scheint das Radfahren wohl tatsächlich nicht zu verlernen.

Was ich dabei allerdings feststelle, ist, dass die Reifen dringend Luft brauchen.

Ich bin gerade fertig mit dem Aufpumpen, als Maarten um die Ecke gebraust kommt. »Achtundzwanzig Minuten, ich hab gewonnen!«, ruft er mir entgegen.

»Tatsächlich«, stelle ich nach einem raschen Blick auf die Armbanduhr fest. »Du hast mich also gefunden.«

»Mit dem Foto, das du mir geschickt hast, war es easy.« Er steigt ab, lehnt sein Rad an die Hauswand und kommt auf mich zu. »Hallo erst mal. Ich freu mich total auf den Tag mit dir.«

Diesmal bin ich auf die Umarmung und das Dreifachküsschen – links, rechts, links – gefasst. Er duftet nach Kaffee, Seife und salziger Meeresluft. Heute fühlt sich seine Wange nicht so kratzig an, er ist frisch rasiert, und auch das steht ihm hervorragend. Ebenso wie die dunkelblaue Cargohose und das lässige hellgraue Henleyshirt, das perfekt zu seinem sonnengebräunten Teint passt. Viel zu schnell ist die Nähe der Begrüßung vorbei, und Maarten mustert kritisch mein Rad.

»Ich finde es hübsch«, sage ich.

»*Ja, maar zonder versnelling …*« Er runzelt die Stirn und fährt sich nachdenklich durch die Haare. Was die Frage beantwortet, ob seine verwuschelte Just-out-of-Bed-Frisur das Ergebnis mühevollen Stylings ist. Offenbar nicht. Würde auch gar nicht zu ihm passen.

»Was bedeutet das?«

»Sorry, ich meinte: ohne Gangschaltung. Das ist nicht ideal.«

»Aber wir sind doch hier im Flachland. Da ist das ja sicher nicht so wichtig.«

Maarten wirkt skeptisch. »Darauf würde ich nicht wetten.«

Tatsächlich sind wir kaum fünf Minuten unterwegs, als ich schon absteigen und mein Rad ein Stück schieben muss. Maarten bremst und tut es mir gleich. Dabei ist er – im Gegensatz zu mir – kein bisschen außer Atem.

»Verflixt, ist das steil«, keuche ich. Dass es in den Dünen ganz schön auf und ab geht, ist mir bei meinem Spaziergang überhaupt nicht aufgefallen. Aber auf dem Rad macht sich jede noch so sanfte Steigung bemerkbar, und dieser Hügel hat es definitiv in sich. »Du hast recht – mit Gangschaltung wäre es leichter.«

Wir werden von einer Gruppe weißhaariger Radler in Popelinejacken überholt.

»Himmel, sogar die schaffen das mühelos! Dabei bin ich locker zwanzig Jahre jünger.«

Maarten feixt. »Mit einem E-Bike sind die Dünen natürlich kein Problem. Wenn sich die Herrschaften auf deinem Rad abstrampeln müssten, wären sie wohl kaum dermaßen flott unterwegs.«

Na immerhin. Das ist nicht ganz so frustrierend, als wäre diese Rentnertruppe mir an Fitness überlegen. Aber es macht den Anstieg nicht weniger mühsam.

»Weißt du was? Wir tauschen«, sagt Maarten, und ehe ich recht begreife, was er damit meint, hat er sein Rad geparkt, Sitz- und Lenkerhöhe niedriger gestellt und sich meins geschnappt.

»Was? Wie? Aber das geht doch nicht«, protestiere ich halbherzig, aber er ist schon dabei, meinen Sattel auf seine Größe anzupassen. Dann steigt er einfach auf und strampelt los, sodass mir nichts anderes übrig bleibt, als seinem Beispiel zu folgen.

»Wow, das ist ja ein Unterschied wie Tag und Nacht«, stelle ich erfreut fest. Im zweiten Gang ist der Hügel ein Kinderspiel. »Aber jetzt ist es für dich total strapaziös.«

»Kein Ding, meine Beine sind das gewohnt.« Tatsächlich ist ihm die Anstrengung kaum anzumerken. Also schiebe ich mein schlechtes Gewissen beiseite und freue mich einfach über seine Großzügigkeit. Dass er mir sein Einundzwanzig-Gang-Rad überlassen hat, nur damit der Ausflug für mich angenehmer wird, ist mit das Netteste, was ein Mann je für mich getan hat. Ein Gedanke, der mich einerseits rührt, andererseits aber auch erschreckt. Denn mir wird klar: Frank käme nie auf so eine Idee. Tränen schießen mir in die Augen. Ich wische sie mit dem Handrücken weg.

Schluss damit, Judith! Du wirst diese Radtour genießen. Und zwar ohne an Frank zu denken.

Und irgendwie gelingt mir das sogar. Die noch etwas schräg stehende Frühlingssonne scheint mir ins Gesicht. Um mich herum ist alles grün, von silbrig glänzenden Seegrastönen bis hin zu warmem Moosgrün. Dazwischen gelb leuchtende Oasen prachtvoll blühender Narzissen. Und Maarten, der neben mir fährt und mich anlächelt. Seine Augen blitzen unternehmungslustig. Ich lächele zurück. Das Leben ist schön. Ich fühle mich so frei und glücklich wie schon lange nicht mehr.

In der Nähe des Leuchtturms steuert Maarten ein kleines Lokal an. Wir parken unsere Räder davor und betreten den gemütlichen Gastraum.

»Draußen ist es noch schöner«, verspricht Maarten.

Ich folge ihm auf die windgeschützte Sonnenterrasse mit Blick auf die Nordsee. »Wow, das ist ja spektakulär«, rufe ich begeistert und meine damit nicht nur den Meeresblick, sondern die Kitesurfer, die auf ihren Boards – mit Lenkdrachen in den Händen – rasant über die Wellen gleiten und dabei komplizierte Moves vollführen. »Hast du diesen Sprung gesehen? Einfach atemberaubend!«

»Ein toller Sport«, sagt Maarten, während wir uns setzen. »Ich könnte ihn dir beibringen.«

»Du kannst so was?«

»Hier an der Küste wachsen wir alle mit Wassersport auf. Früher haben meine Schwester und ich sogar an Wettbewerben teilgenommen, aber inzwischen bin ich in einem Alter, in dem es einen weniger reizt, sich mit anderen zu messen. Viel wichtiger ist, dass es Spaß macht und sich gut anfühlt.«

Ist es Zufall, dass er just in diesem Moment meine Hand berührt? Nur ganz kurz – wir greifen gleichzeitig nach der Karte.

Wie recht er hat. Es kommt drauf an, was sich gut anfühlt.

»Was ist ein *skuumkoppe*?«, frage ich, nachdem ich das Getränkeangebot studiert habe. Eigentlich wollte ich ein stilles Wasser bestellen, aber auf einmal habe ich Lust auf ein Bier. Das machen vermutlich die Anstrengung und die frische Seeluft.

»Das ist ein traditionell gebrautes Weizenbier. Es kommt von der Insel Texel und ist nur hier in Nordholland bekannt. Solltest du unbedingt mal probieren – ich genehmige mir auch eins.«

Maarten übernimmt für uns die Bestellung. Ich lausche dem rasanten niederländischen Wortwechsel, aber so sehr ich mich auch anstrenge, ich verstehe so gut wie nichts.

»Wollen wir gleich unser Essen ordern? Ich nehme auf jeden Fall den Burger, und du?«

Ich habe noch keinen großen Hunger, schließlich haben wir spät und ausgiebig gefrühstückt. »Für mich einfach einen Salat Caprese«, erwidere ich.

Das Bier wird serviert, und wir stoßen an.

»Hmmm, das ist ja lecker.«

»Finde ich auch. Wir Texeler lieben unser heimisches Bier.«

»Du stammst von der Insel?«

»Jazeker. Ik ben een Texelaar«, erwidert er auf Niederländisch, und diesmal verstehe ich ihn problemlos, obwohl er das X wie ein scharfes S ausspricht.

»Wie ist es, auf einer Insel aufzuwachsen?«

»Wundervoll. Eine eigene Welt. Als Jugendlicher fühlt man sich zwar isoliert und will unbedingt aufs Festland, am liebsten in die Stadt, aber irgendwann kehren alle zurück – und sei es nur in den Ferien.«

Unser Essen kommt. Es sieht köstlich aus und duftet verführerisch. Ich bereue es, nur Tomaten mit Mozzarella bestellt zu haben, aber Maarten lässt mich so ausgiebig von seinem Burger probieren, dass für ihn bestimmt nicht genug übrig bleibt. Jedenfalls besteht er auf einem Nachtisch, und diesmal lasse ich mich von ihm überreden. Zum Glück, denn das Melonensorbet mit Minzsoße ist ein Gedicht.

Ich denke an unsere erste Begegnung und daran, wie er bei dieser Redewendung auf dem Schlauch stand.

»Du siehst schön aus, wenn du lächelst«, sagt Maarten. Es klingt beiläufig, fast wie eine Bemerkung zum Wetter oder zur Speisekarte, und gerade deshalb bringt sie mich aus dem Konzept.

»Sorry, ich wollte dich nicht verärgern.« Maarten hat meine Reaktion offenbar falsch verstanden.

»Hast du nicht. Im Gegenteil, ich bin's wohl einfach nicht gewohnt, dass jemand so charmant ist.«

Maartens blaugrüne Augen werden einen Tick dunkler, als sein sanfter Blick auf mir ruht. Ich mag es sonst nicht, wenn man mich mustert, doch diesmal fühle ich mich weder unbehaglich noch verlegen, sondern irgendwie … gesehen.

Natürlich besteht Maarten darauf, die Rechnung zu begleichen. Schließlich sei der ganze Ausflug seine Idee gewesen. Ich bedanke mich, ringe ihm aber die Zusage ab, dass bei unserer zweiten Rast ich dran bin.

Ohne zu besprechen, welches Ziel wir als Nächstes ansteuern, schwingen wir uns auf die Räder und fahren los.

Die Dünenlandschaft geht über in einen künstlich errichteten Deich zum Schutz der Stadt, die hier oben – anders als die Dörfer südlich davon – direkt bis an die Küste reicht. Zuerst passieren wir den Leuchtturm, der *de Lange Jaap* heißt, dann folgen wir dem Radweg entlang der Küstenlinie bis zu einem Aussichtspunkt, an dem wir haltmachen.

»Da vorne legt die Fähre nach Texel ab«, sagt Maarten. »Und dort startet gerade ein zweites Schiff von der Insel in Richtung *overkant*. So nennen wir *Texelaar* das Festland. Eigentlich bedeutet es *die andere Seite*, aber für uns ist damit der komplette Rest der Niederlande gemeint.«

Ich staune. »So nah ist die Insel? Das sieht aus wie ein Katzensprung.«

»Ein paar Kilometer sind es schon. Die Fähre ist gut zwanzig Minuten unterwegs.«

»Da kann man ja fast hinschwimmen«

»Nicht ungefährlich«, erwidert Maarten, »aber für geübte Schwimmer tatsächlich machbar. Allerdings ist das nur bei speziellen Events erlaubt, wenn Sicherheitsboote die Strecke begleiten. Es gibt dort starke Strömungen, teilweise auch eisiges Wasser, man kann Seehunden und Schweinswalen begegnen, und die Wellen sind da draußen höher, als sie von hier aussehen.«

»Ich glaube, dann würde ich wohl doch lieber die Fähre nehmen.«

»Nächstes Mal zeig ich dir meine Insel.« Maarten scheint keine Sekunde daran zu zweifeln, dass ich wiederkomme. »Sie existiert übrigens seit dem Jahr 1170. Da wurde sie bei der Allerheiligenflut vom Festland abgetrennt. Die anderen Westfriesischen Inseln sind als Wanderdünen im Watt entstanden, deshalb unterscheidet sich Texel landschaftlich stark von ihnen.«

»Heute ist keine Zeit mehr für einen Besuch?«

Maarten lacht. »Wir würden es schon hin und wieder zurück schaffen, bevor der Fährbetrieb am Abend eingestellt wird, aber Texel steht nun mal für Entschleunigung und Entspannung. Und das kann man im Eiltempo einfach nicht erleben.« Er berührt mich am Arm. »Texel läuft dir nicht weg. Jetzt zeige ich dir erst mal Den Helder. Der alte Hafen ist wirklich sehenswert.«

Wir stellen unsere Räder ab und bummeln über das weitläufige Gelände. Als ich das Handy aus der Tasche ziehe, um Fotos zu machen, entdecke ich eine Nachricht von Eva. Sie will wissen, ob bei mir alles okay ist. Und sie bezeichnet Timo als ihren Freund. Ich kann es kaum fassen und freue mich riesig für Eva. Na endlich! Dass sie sich auf eine echte Beziehung einlässt, ist für sie ein Riesenschritt. Natürlich muss ich das kommentieren. Außerdem schreibe ich ihr, dass sie sich keine Sorgen machen soll. Sie wird bestimmt staunen, wenn ich ihr morgen von meinem Tag mit Maarten erzähle. Auf einmal weiß ich selbst nicht mehr, warum ich ihn bisher verschwiegen habe.

Nachdem die Nachricht abgeschickt ist, schieße ich ein Selfie von Maarten und mir vor einem historischen Segelschiff und dann noch ein paar Fotos von einem knallroten Schiff mit Namen *Texel*.

»Siehst du die große Signallaterne? Die *Texel* ist ein Feuerschiff«, erzählt Maarten. »Das älteste der Niederlande sogar. Früher war es quasi als mobiler Leuchtturm unterwegs, aber seit über zwanzig Jahren ist es außer Betrieb und nur noch Teil dieses Museumshafens.« Maarten ist in seinem Element. Es macht ihm offensichtlich große Freude, mir die Gegend zu zeigen. Ich finde es süß, wie wichtig es ihm zu sein scheint, dass mir alles gefällt.

»Du bist ein erstklassiger Guide«, sage ich.

Statt einer Antwort reicht er mir seine Hand, um mir über eine etwas wackelige, schmale Brücke zu helfen. Ich hätte es auch allein geschafft, aber seine Hand fühlt sich sanft und zugleich stark an – also genieße ich jede Sekunde dieser Berührung.

Nachdem wir genug gesehen haben, spazieren wir in die Innenstadt, wo es allerhand kleine Läden und Cafés gibt. Eins davon sieht besonders nett aus. Die Tische im Freien sind aus den gusseisernen Gestellen alter Nähmaschinen gemacht, auf denen einfach dicke Holzplatten befestigt wurden.

»Da wird gerade was frei«, stellt Maarten erfreut fest. Ich folge ihm und nehme Platz. Die Stühle stehen so dicht nebeneinander, dass unsere Schultern sich berühren. Und die Knie. Wenn ich wollte, könnte ich mein Bein ein paar Zentimeter wegziehen. Aber ich rühre mich nicht.

Erstaunlicherweise habe ich schon wieder Appetit, und als Maarten mir den weltbesten Blaubeerkuchen anpreist, kann ich nicht widerstehen. Dazu einen *koffie verkeerd*. Eine Wahl, die ich nicht bereue – beides schmeckt einfach sensationell.

Für die Rückfahrt durch die Stadt lassen wir uns Zeit. Zum Glück gibt es überall Radwege, und im Kreisverkehr gewähren die Autofahrer uns Vorfahrt, was mir erstaunlich großzügig vorkommt, bis ich von Maarten erfahre, dass das in den Niederlanden so geregelt ist. »Wir sind eben das Land der *fietsers*. Fahrräder gehören zu Holland wie Tulpen, Käse und Windmühlen.«

»Gilt das auch in Großstädten?«

»Dort erst recht. In Utrecht und Amsterdam gibt es sogar Fahrradparkhäuser mit Platz für Hunderttausende Räder.«

»Du liebe Zeit, wer braucht denn so was?«

»Zum Beispiel die Pendler, die mit dem Rad zum Bahnhof fahren und von dort zur Arbeit.«

Ich denke an das autoverstopfte München. Stop-and-go im Berufsverkehr gehört bei uns zur Tagesordnung. Neulich las ich sogar, dass wir dabei bundesweit den traurigen Rekord der höchsten innerstädtischen Staurate halten. Radfahrer dagegen sind eher die wagemutige Minderheit. Und Vorfahrt gewährt ihnen so gut wie niemand.

Nach einer Weile erreichen wir den Stadtrand, und Maarten biegt in ein kleines Wäldchen ab. Wir steigen von den Rädern und schieben sie, denn der Weg ist steinig und von dicken Wurzeln durchzogen.

»Wie wunderschön! Hier sieht es richtig … verwunschen aus«, staune ich. Noch immer fasziniert mich die landschaftliche Vielfalt dieser Region. Wie konnte ich sie zu Beginn nur für eintönig und langweilig halten?

»Die *Donkere Duinen* sind ein echter Geheimtipp, vor allem im Sommer, wenn es überall sonst zu warm ist. Hier trifft man zu jeder Jahreszeit Jogger und Hundebesitzer.«

»Und Dünenförster«, ergänze ich.

»Und womöglich sogar Wilddiebe. Vielleicht solltest du deinen Roman hier spielen lassen?«

»Gute Idee. In diesem Wäldchen gibt es garantiert viele gute Verstecke. Und ein bisschen unheimlich ist es auch, jedenfalls nachts und im Nebel.«

»Ich kenne sogar einen Krimi, der genau hier spielt. Er handelt von einer Leiche, die in den dunklen Dünen vergraben ist. Superspannend.«

Und definitiv zu gruselig für meinen Geschmack! Obwohl die Frühlingssonne ihre Strahlen durch die hellgrünen, noch nicht sehr dichten Kronen der Bäume schickt, fröstelt es mich.

»Schau mal, eine wilde Orchidee«, sagt Maarten. Er scheint zu spüren, dass mir das Thema Angst macht. Ich bin ihm dankbar für die Empathie – und für den Hinweis auf die lilafarbene Blüte, die da mitten im Schilf eines kleinen Tümpels wächst.

»Traumhaft«, flüstere ich ergriffen.

»Eine *paarse rietorchis*«, sagt Maarten ebenso leise. »Den deutschen Namen kenne ich leider nicht, nur den lateinischen. *Dactylorhiza praetermissa.*«

Ich mache schnell ein Handyfoto. »Das finde ich später heraus. Jetzt genieße ich erst einmal den Anblick.«

Als wir das kleine Wäldchen verlassen und wieder auf den Dünenweg stoßen, ist es schon Abend. Ich bedauere, dass sich unser Ausflug unausweichlich dem Ende zuneigt, doch dann biegt Maarten auf einmal in Richtung Meer ab. Wir parken die Räder, ziehen die Schuhe aus und laufen barfuß durch den Sand. Er fühlt sich kühl, aber trocken an.

Abrupt bleibe ich stehen und deute auf ein Schild. »Ernsthaft? Ein Nacktbadestrand?«

»Im Sommer schon. Natürlich wird niemand gezwungen, sich auszuziehen.« In Maartens Grinsen liegt nichts Anzügliches. Er ist so herrlich unkompliziert. Das gefällt mir. Unter anderem. »Ein paar Hartgesottene springen allerdings bei jedem Wetter ins Meer, ob mit oder ohne Badekleidung, sogar im Winter.« Er deutet zu einer einladend aussehenden Stelle direkt am Dünenrand. »Wollen wir es uns dort bequem machen?«

»Ist es dazu nicht zu kühl?«

»Im Schutz der Dünen ist es warm genug.« Er holt eine Picknickdecke aus dem Rucksack, außerdem eine Packung Cashewnüsse, einen Rotwein und zwei Becher.

Ich stelle meine Wasserflasche dazu und ziehe meinen Hoodie über, dann setze ich mich zu ihm.

»Okay, das ist gemütlich. Aber ins Meer würden mich jetzt keine zehn Pferde kriegen.«

»Das heißt, das Neujahrsschwimmen wäre wohl nichts für dich.« Maarten lacht über meine entsetzte Miene.

»Nur wenn es um das Leben meiner Söhne ginge!«

»Ist ein Riesenspaß.«

»Hast du da etwa schon mal mitgemacht?«

»Als junger Mann – das machen hier alle.« Er füllt die Becher mit Rotwein und reicht mir einen. »Prost, Judith. Auf diesen wunderschönen Tag.«

»Darauf trinken wir.« Ich nehme einen Schluck. Der Wein schmeckt gut. Leicht und trocken.

Schweigend sitzen wir nebeneinander und blicken aufs Meer. Das hat etwas wunderbar Beruhigendes, beinahe Meditatives.

»Wie spiegelglatt die Nordsee ist«, sage ich nach einer Weile.

»Kaum zu glauben, dass sie auch wild und zerstörerisch sein kann«, erwidert Maarten. »In der Geschichte kam es immer wieder zu schrecklichen Sturmfluten. Nicht umsonst wurden die Dörfer alle ein paar Kilometer von der Küste entfernt gebaut. Zum Schutz.« Was meine Frage von gestern beantwortet.

Ich habe jegliches Zeitgefühl verloren. Der Himmel färbt sich bereits orange und violett, ein weiterer spektakulärer Sonnenuntergang kündigt sich an.

Irgendwann wird es mir trotz Picknickdecke und Hoodie kühl. Maarten legt wie selbstverständlich den Arm um mich, und ich lehne mich an ihn.

Mein Herz pocht, und in mir erwacht eine Sehnsucht, die viel zu lange geschlummert hat. Ohne groß nachzudenken, rücke ich noch etwas dichter an Maarten heran. Er schaut mir tief in die Augen. Ich zittere leicht. Sein

Blick geht durch und durch, und am liebsten würde ich darin versinken.

»Übrigens – ich habe ganz vergessen, dir meine drei Fragen zu stellen.«

Für einen Moment stehe ich auf der Leitung, dann fällt mir unsere gestrige Begegnung wieder ein. Wie kann er jetzt bloß an so etwas denken? »Stimmt, was möchtest du von mir wissen?« Der Abstand zwischen uns wird immer kleiner.

»Genau genommen habe ich nur eine einzige Frage.«

Ich spüre seinen warmen Atem an meiner Wange. Es ist, als ob mich jedes seiner Worte liebkost.

»Welche?«, erwidere ich, obwohl ich eigentlich gar nicht mehr reden will.

»Bist du sicher, dass du das hier willst?« Seine Stimme klingt rau.

»Ganz sicher«, wispere ich.

Als sich unsere Lippen endlich berühren, vergesse ich alles um mich herum. Mich durchflutet das wohlig warme Gefühl der Leidenschaft, nach dem ich mich schon so lange sehne. Es gibt jetzt nur noch Maarten, mich und das Meer.

Kapitel 22

EVA

Als ich die Augen aufschlage, weiß ich nicht, wo ich bin. Doch ein kurzer Blick durch das Faßbender-Schlafzimmer macht mir bewusst, dass ich auf dem Bett liege. Sonnenstrahlen fallen durchs Fenster.

Bin ich doch tatsächlich eingeschlafen! Ich wollte mich nur kurz ausruhen, weil ich so müde war, nachdem sich Timo verabschiedet hatte. Einfach entspannen, bis Judith heimkommt. Aber ich war wohl zu erschöpft von der Nacht, in der wir kaum Schlaf gefunden haben, und dem aufregenden Tag.

Ich strecke mich und denke an die wunderbaren Erlebnisse, die mich selig grinsen lassen. Auch wenn ich in den letzten Monaten immer wieder mal traumhafte Tage und Nächte mit Timo erlebt habe, fühlt es sich jetzt anders an. Eine Emotion erfüllt mich, die ich so nicht kenne. Ich habe den Eindruck, pure Energie fließt durch meine Adern und spült Zufriedenheit mit.

Ein Blick auf mein Handy zeigt mir, dass Timo in der Nacht, gleich nach seiner Ankunft in Köln, noch geschrieben hat. Die Nachricht enthält jede Menge Komplimente, schöne Worte und Emojis. Lächelnd antworte ich und stecke das Telefon dann zum Laden an.

Frisch geduscht entzünde ich für mehr Atmosphäre das Holz im Kamin und bereite ein Frühstück am Feuer vor. Kaum habe ich das letzte Gläschen Marmelade auf den Couchtisch gestellt, kommt Judith im Pyjama die Treppe herab.

»Guten Morgen!« Mir scheint, ich spreche viel zu laut, aber ich kann meine Euphorie einfach nicht bremsen.

Judith gähnt. »Heute so fit? Als ich gestern um zehn bei dir reingeschaut habe, hast du schon selig geschlafen.«

Ich reiche ihr die erste Tasse Kaffee. »Ich wollte wach bleiben, bis du kommst, habe es aber nicht geschafft. Tut mir leid.«

»Ist doch egal. War es schön mit Timo?« Judith grinst wissend. »Ich habe mich sehr gefreut zu lesen, dass sich eure Beziehung nun weiterentwickelt hat.«

Wir setzen uns so aufs Sofa, dass wir ins Feuer schauen können.

»Ich bin unglaublich happy. Irgendwie fühlt es sich an, als wäre ich mein Leben lang festgebunden gewesen. Und nun hat sich das Seil gelöst, und ich kann mich frei bewegen.«

Judith lacht. »Die meisten würden den Schritt in eine feste Beziehung genau andersrum beschreiben. Wenn ich daran denke, wie viel Unsinn Frank und seine Freunde auf unserer Hochzeit verzapft haben. So von wegen, dass er ja jetzt seine Freiheit aufgeben muss. Erinnerst du dich?«

Ich nicke. »Alles Vollpfosten. Vergiss die! Wenn man mit so einer Einstellung reingeht, kann's ja nur schiefgehen.«

Als Judith den Blick senkt, schlage ich die Hand vor den Mund. »Entschuldige, das war jetzt wirklich unsensibel. Ich habe heute nicht alle Sinne beisammen.«

Ich muss mich unbedingt ein wenig am Riemen reißen. Mein verliebtes Geschwafel ist sicher das Letzte, was sich in Judiths Situation gut anfühlt.

»Ich gebe dir recht, Evalein. In Zukunft werden mich solche Sprüche auch hellhörig werden lassen. Versprochen!«

Ich hebe die Augenbrauen. »In Zukunft?«

Judith nimmt sich ein Brötchen aus dem Korb und erzählt in beiläufigem Tonfall: »Ich habe in den letzten Tagen jemanden kennengelernt. Maarten würde so etwas niemals von sich geben, denke ich.«

Mir klappt die Kinnlade hinunter. »Du hast was?!«

Auch wenn sie beginnt zu essen, als wäre nichts, kann ich sehen, dass sich ihre Wangen leicht röten. Also rudere ich schnell zurück. »Ich meine, das ist ja fantastisch. Erzähl doch mal!« Ich bin wirklich überrascht, will ihr aber auf keinen Fall das Gefühl geben, es wäre etwas Außergewöhnliches, dass sie einen Mann getroffen hat. Das ist schließlich nichts, wofür sie sich rechtfertigen müsste.

»Er ist Dünenförster, und wir sind uns bei meinem ersten Spaziergang über den Weg gelaufen. Später dann noch mal. Und gestern haben wir uns zum Radfahren verabredet. Maarten ist Witwer, sehr unterhaltsam und sieht gut aus. Ein echter Naturbursche. Und wir haben uns geküsst.«

Ich bin mir ziemlich sicher, dass ich meine Miene nicht

unter Kontrolle habe, auch wenn ich mich redlich um Gelassenheit bemühe.

Judith hat einen Mann geküsst? Meine geradlinige, vernünftige Judith? Hier in Nordholland? Gestern, während ich mit Timo unterwegs war? Und sie zum Nachdenken allein sein wollte?

»Das ist ja … großartig. Ich freue mich total. Wann, ich meine, wie …?« Ich breche ab, weil ich plötzlich überhaupt kein Gefühl dafür habe, was ich fragen darf und was nicht. Über meine Bekanntschaften haben wir immer ganz locker geredet. Doch das hier ist etwas völlig anderes.

Judith lächelt. »Ich bin selbst auch ziemlich erstaunt über mich. Aber mir war danach. Nicht als Rache an Frank, nicht als Befreiungsakt – einfach, weil es sich gut angefühlt hat und ich den Moment genießen wollte.«

Ich stelle den Teller zurück auf den Couchtisch, beuge mich zu Judith und umarme sie. »Das ist wunderbar!«

»Finde ich auch. Maarten küsst sehr gut. Er hat überhaupt jede Menge Ahnung, wie er eine Frau verwöhnen kann.«

»Ich freue mich so für dich! Wirst du ihn wiedersehen?«

Sie zuckt mit den Schultern. »Jetzt zählen erst mal nur die schönen Stunden, die wir miteinander verbracht haben.«

Eine Zeit lang essen wir schweigend weiter. Mittlerweile hat es zu regnen begonnen. Die Tropfen am Fenster prasseln mit dem Feuer um die Wette, und es fühlt sich richtig gemütlich an, hier in der Geborgenheit des Hauses zu sitzen und es warm zu haben. Ich kann verstehen, warum

Timo es liebt, hier zu sein, und hoffe, dass er mich in Zukunft öfter mal mitnimmt.

Nur allzu gern möchten meine Gedanken bei ihm verweilen, aber nach dem Tag verlorener Freundinnenzeit will ich jetzt wirklich hundertprozentig bei Judith bleiben. »Konntest du auch ein wenig über Frank nachdenken?«, frage ich vorsichtig. »Oder hast du gestern komplett abgeschaltet und dich auf die holländischen Sehenswürdigkeiten konzentriert?«

Judith versteht die Zweideutigkeit, denn sie lacht. »Gestern war ich wirklich ziemlich im Hier und Jetzt. Aber vorgestern Abend war ich am Grübeln.«

Ich trinke einen Schluck Kaffee. »Bist du zu einem Ergebnis gekommen?« Auf keinen Fall werde ich ihr die gute Laune vermiesen, die dieser Maarten in ihr wachgeküsst hat. Aber dennoch hoffe ich, dass wir wieder ins Gespräch kommen.

»Zuerst war ich ziemlich hin- und hergerissen, was ich tun soll. Dass ich in meinem Leben nicht mehr glücklich bin, liegt ja wirklich auf der Hand. Nur weil Frank so tut, als würde es für immer weiterlaufen wie bisher, muss ich ja nicht zwingend auch den Kopf in den Sand stecken.«

Sehr gut! Das klingt viel besser als das, was sie zu Beginn des Urlaubs von sich gegeben hat. Von wegen fürsorglich und ein guter Vater – selbst seine Rücksichtslosigkeiten hat sie damit entschuldigt, er sei eben »pragmatisch veranlagt«. Zum Glück ist sie über dieses Stadium endlich hinweg.

»Ich habe mir zuerst überlegt, ob eine Paartherapie vielleicht das Richtige für Frank und mich wäre.«

»Wozu das denn?« Ich wollte eigentlich in erster Linie zuhören, aber ihre Aussage lockt mich jetzt doch aus der Reserve. »Glaubst du etwa, irgendwas würde sich durch ein paar Gesprächseinheiten beim Therapeuten ändern? Weißt du noch, wie Frank bei meinem letzten Besuch über seinen Kollegen hergezogen ist? Er fand es unmännlich und verweichlicht, dass der sich wegen seiner Belastungsdepression in Therapie begeben hat. So was macht man doch mit sich selbst aus! Die Psycho-Fritzen cashen nur ab! Solche Sachen hat er von sich gegeben.«

»Ich weiß.«

Es ist mir unmöglich, mich zu bremsen, so sehr bringt mich allein die Idee auf die Palme, um diese Ehe noch großartig zu kämpfen. »Und selbst wenn ein Wunder geschieht und er mit dir hingeht: Was soll das bringen? Dass ihr euch wieder liebt wie am ersten Tag? Dass sich Frank um hundertachtzig Grad dreht und plötzlich ein Traumehemann wird? Bitte denk doch mal drüber nach, was sich alles ändern müsste, damit du glücklich bist! Entschuldige, aber das ärgert mich echt.« Ganz bestimmt gehe ich gerade zu weit, doch ich kann einfach nicht anders. Ich will Judith schütteln, bis sie zur Vernunft kommt und endlich auf den Tisch haut. Fünfundzwanzig Jahre lang hat sie ihm alles durchgehen lassen, während er sich null Mühe gegeben hat. Und dann denkt sie an Paartherapie?

»Beruhig dich, ich habe dir doch nur von meinen Überlegungen erzählt. In der Zwischenzeit ist bereits eine völlig andere Entscheidung gefallen: Wenn ich zurück in München bin, werde ich zuerst mit Frank sprechen und dann mit den Jungs. Nichts führt mehr an einer Trennung vorbei.«

Das zu hören, erleichtert mich so sehr, dass ich förmlich spüren kann, wie sich jeder Muskel meines Körpers entspannt.

»Es ist, wie du sagst: So viel wird sich niemals ändern, dass ich wieder mit Frank glücklich sein könnte – das habe ich inzwischen begriffen. Ich liebe ihn nicht mehr, und ich bin mir ziemlich sicher, das beruht auf Gegenseitigkeit. Wahrscheinlich schon länger. Die Geschichte von der Party hat das deutlich gemacht.«

Während sie das sagt, liegt erstmals am heutigen Tag Schmerz in ihren Augen. Sie tut mir leid, also erwidere ich reflexartig: »Vielleicht hat die Episode damals wirklich nichts bedeutet.« Dann wiege ich jedoch den Kopf hin und her und verziehe das Gesicht.

»Das mag sein, und es spielt auch keine allzu große Rolle mehr. Welche Bedeutung hat schon körperliche Untreue, wenn man jahrzehntelang emotional betrogen wird? Mir ist nämlich klar geworden, dass Frank genau das getan hat. Er hat mich immer wieder im Stich gelassen. Gestern zum Beispiel: Auf meine Nachricht hat er nicht geantwortet. So unwichtig bin ich ihm.« Sie steht auf, tritt vor den Kamin und schaut ins Feuer. »Er hätte alles abstreiten können. Er hätte darum bitten können, dass wir nach meiner Rückkehr in Ruhe darüber reden. Wenn er nicht verstanden hat, was ich mit der etwas vagen Andeutung meine, hätte er nachfragen können. Man muss sich emotional von einer Person schon unglaublich weit entfernt haben, um auf so eine WhatsApp nicht zu reagieren, findest du nicht?« Sie dreht sich wieder zu mir.

Ich nicke.

»Gut, er war nie der empathischste Mensch. Aber selbst für ihn ist dieses Verhalten ein neuer Tiefpunkt. Maarten hat auf seine Gangschaltung verzichtet und mit mir das Rad getauscht, damit ich es bequem habe. Timo ist von Köln für dich bis Nordholland gefahren. Und mein eigener Mann beantwortet nicht mal eine Nachricht, um mir miese Gefühle zu nehmen?« Sie setzt sich wieder hin. »Aber – um das noch mal klarzustellen – die Entscheidung hat nichts mit Maarten oder Timo zu tun. Nur mit Frank und mir. Diese Ehe ist zu Ende. Schon lange. Höchste Zeit, die formellen Schritte einzuleiten.«

Während sie gesprochen hat, ist meine Hand wie automatisch an mein Herz gewandert. Es ist, als müsste ich es vor dem Schmerz der Freundin schützen. Ein nutzloses Unterfangen, denn ich spüre Judiths Kummer mit voller Wucht. »Ich unterstütze dich«, sage ich mit rauer Stimme.

»Danke. Dass du mir vorgestern von seinem Verhalten auf der Party erzählt hast, hat mir sehr geholfen. Es ist sicher nicht der Trennungsgrund, aber zumindest ein weiterer Augenöffner.« Sie legt ihre Finger auf meinen Arm und drückt ihn leicht.

Als sie die Hand wieder zurückziehen will, greife ich danach und halte sie fest. »Während du am ersten Tag hier frühmorgens spazieren warst, hat Frank auf deinem Handy angerufen. Du erinnerst dich, ich habe dir ausgerichtet, dass du ihn zurückrufen sollst. Da hat er es wieder gemacht: Er hat mich angemacht. Ich kann dir gar nicht wiedergeben, was er von sich gegeben hat, aber es war anzüglich und unangenehm.«

Auch wenn sie gerade erst vor wenigen Minuten klipp und klar gesagt hat, dass sie Frank nicht mehr liebt, sehe ich ihr an, wie sehr mein Bericht sie verletzt. Sie schließt kurz die Augen und nickt tapfer.

»Ich finde es vollkommen richtig, dass du dich nicht wegen körperlicher Untreue trennen willst. Sie ist nicht alles und irgendwie nichtig, wenn man bedenkt, was Frank sonst noch falsch gemacht hat. Aber dennoch möchte ich, dass du diese Dinge weißt.«

Erneut nickt sie. »Ich danke dir. Wenn ich das Ausmaß der Katastrophe kenne, kann ich gewappnet ins Gefecht ziehen.« Sie will damit wohl einen Scherz machen, ist aber selbst nicht in der Lage, darüber zu lachen. Ihr Grinsen sieht aus wie eine Grimasse.

Ich räuspere mich und spreche leise weiter. »Da ist noch was: Als ich ausgesperrt war, wollte ich dich anrufen und habe wohl stattdessen auf den Telefonbucheintrag mit Franks Nummer getippt. Er war kurz angebunden … Und da war eine Frau bei ihm. Ich weiß, das muss gar nichts bedeuten. Bestimmt gibt es eine harmlose Erklärung dafür. Aber ich will es dir zumindest sagen.«

Das alles ist nun doch zu viel für Judith. Im selben Moment, in dem sie die Hände vors Gesicht legt, schluchzt sie auch schon auf.

Bestürzt gehe ich vor ihr in die Hocke und lege meine Arme um sie. »Es tut mir so leid, Judith! Hätte ich es doch für mich behalten sollen, anstatt dir das alles zuzumuten? Irgendwie dachte ich … ach, ich unsensible Kuh!«

Sie schüttelte den Kopf. »Nein. Ich muss jedes Detail wissen! Gibt es noch mehr?«

»Nein.« Ich streiche ihr die Haare zurück. »Es liegt nicht an dir, Süße! Du bist so eine großartige Frau. Gescheit, wunderschön, fürsorglich. Frank ist blind, dass er nicht sieht, was er an dir hat. Jeder andere würde die Welt dafür in Bewegung setzen, dich glücklich zu machen. Weil du so ein wertvoller Schatz bist.«

Sie verdreht die tränennassen Augen. »Wenn ich nicht gesehen hätte, wie du flennende Talkshowgäste in deiner Sendung tröstest, würde ich dir jetzt glauben.«

»Also bitte«, protestiere ich. »Jedes Wort ist wahr. Frag doch mal deinen Martin!«

»Maarten.«

»Genau. Er wird es dir bestätigen.«

Sie schnieft. »Er hat gesagt, dass er mich hübsch findet.«

»Siehst du? Und er hat bestimmt auch noch jede Menge andere positive Dinge über dich gedacht. Frank war jahrelang so ein Versager darin, dich spüren zu lassen, wie wertvoll du bist, dass du jetzt selbst daran zweifelst.« Wahrscheinlich ist das genau das, was ich Frank am übelsten nehme: Er hat Judiths Selbstbewusstsein massiv geschadet.

»Setz dich wieder hin. Mir geht es gut«, sagt sie, schnappt sich eine Serviette vom Tisch und wischt die Tränen ab. Wohl, um zu unterstreichen, dass die kleine Krise vorüber ist, isst sie demonstrativ weiter. Sie bestreicht eine Scheibe Weißbrot dick mit Butter und streut dann Schokostreusel drauf. *Hagelslag* – diese niederländische Spezialität hat Timo uns gestern gezeigt. Anschließend geht sie neuen Kaffee holen.

Als sie sich wieder zu mir setzt, sagt sie: »Mein Entschluss, mich zu trennen, steht fest. So oder so. Aber ich will Gewissheit. Wer war die Frau, die bei ihm war?«

Kapitel 23

JUDITH

Eva zuckt mit den Schultern. »Das könnte völlig harmlos gewesen sein. Im Büro oder sonst wo. Versteh mich nicht falsch, ich will Frank auf keinen Fall in Schutz nehmen. Aber ich habe dir das nicht erzählt, damit du dich verrückt machst, sondern um dich in deinem Entschluss zu bestärken, Frank zu verlassen.«

Ich runzele die Stirn. Einerseits hat Eva recht. Andererseits passt an der Telefon-Geschichte etwas ganz und gar nicht. Doch das, was mich daran irritiert, kriege ich einfach nicht zu fassen. Ich lasse das Brötchen, in das ich gerade beißen wollte, wieder auf den Teller sinken. »Wie gesagt: Ich will Klarheit. Und dazu muss ich sämtliche Fakten kennen. Und sei es nur für mich selbst.« Ich lache bitter auf. »Damit ich keinen Feigheitsanfall bekomme und doch einen Rückzieher mache.«

»Das wirst du nicht.« Eva klingt überzeugt. Als bestünde nicht der geringste Zweifel daran, dass aus dem braven Hausmütterchen Judith mit einem Mal eine Jeanne d'Arc geworden ist. Oder wenigstens eine starke Frau, die für ihre Rechte und ihr Glück eintritt. So eine wie Eva.

Ich bin sicher, bei ihrem zufälligen Telefonat mit Frank hat Eva ihn ganz schön abblitzen lassen …

Da fällt bei mir der Groschen. »Du sagst, du hast Frank aus Versehen auf seinem Handy erreicht?«

Eva nickt. »Genau. Eigentlich wollte ich dich anrufen, aber dann hatte ich plötzlich ihn an der Strippe.«

Endlich weiß ich, was mich an der Erzählung schon die ganze Zeit über stört. »Frank hat seit ein paar Monaten eine neue Nummer. Hast du die überhaupt?«

»Nein.« Eva runzelt die Stirn.

»Auf seiner alten Nummer kannst du ihn unmöglich erreicht haben, die gilt längst nicht mehr. Da stimmt doch was nicht.« Ich bin verwirrt.

Eva steht auf. »Lass mich das mal eben checken. Bin gleich zurück – mein Handy hängt am Ladegerät.«

Als sie wenig später wieder mit dem Smartphone in der Hand die Treppe herunterkommt, wirkt sie aufgebracht.

»Und?«

»Es war gar nicht Franks Handynummer, die ich versehentlich angerufen habe. Sondern euer Festnetzanschluss.«

Die Worte muss ich erst einmal sacken lassen. »Frank war also mit einer Frau in unserem Haus?«, murmele ich. »Wow. Das hätte ich ihm echt nicht zugetraut. Dass er eine Geliebte dorthin mitnimmt, meine ich.«

Eva legt mir eine Hand auf den Rücken. Für eine Weile sitzen wir einfach nur da und sagen gar nichts.

»Willst du einen Schnaps?«, unterbricht Eva die Stille irgendwann.

Ich schüttele den Kopf.

»Oder noch einen Espresso?« Offensichtlich hält sie es nicht mehr aus, dazuhocken und nichts zu tun.

»Gern.« Ich stehe ebenfalls auf und beginne, den Frühstückstisch abzuräumen.

Wenig später sitzen wir mit frischem Kaffee wieder im Schneidersitz auf der Couch. Es regnet noch immer, aber das Kaminfeuer prasselt und verbreitet eine wohlige Wärme. Vielleicht sollte ich das Thema aufschieben und einfach diesen letzten Urlaubstag mit Eva genießen, ohne mich weiter von Franks Aktivitäten in München runterziehen zu lassen. Eva hat völlig recht – meine Entscheidung ist ja längst getroffen, und das ganz unabhängig davon, ob und mit welcher Frau sich mein Mann in unserem Zuhause möglicherweise vergnügt hat. Auch wenn diese Kaltschnäuzigkeit für mich besonders schlimm wäre.

»Moment, da fällt mir noch was ein.« Eva legt den Kopf schief. »Ich glaube, er hat während dieses Telefonats sogar einen Namen genannt. Wenn ich nur drauf käme! Es klang ein bisschen altmodisch und hat mich an ein Theaterstück erinnert.«

Aufgeregt springe ich auf. »Ein Theaterstück? War es vielleicht Julia, wie bei *Romeo und Julia*? Oder Gretchen, wie in *Faust*?«

Eva schüttelt den Kopf. »Nein. Aber so ähnlich. Glaube ich jedenfalls.«

Ich seufze. »So ähnlich wie Julia oder Gretchen? Das ist ein weites Feld.« Ich konzentriere mich und gehe die klassischen Theaterstücke durch, die mir einfallen. *»Salome,*

Elektra, Johanna von Orléans«, zähle ich auf, während ich im Zimmer hin und her tigere. *»Effi Briest, Das Käthchen von Heilbronn, Maria Stuart, Nora oder Ein Puppenheim …«*

Verblüfft starrt mich Eva an. »Du bist ja ein wandelndes Bühnenlexikon!«

»Ich arbeite in einer Bibliothek, schon vergessen?« Ich zucke mit den Schultern. »War der richtige Name denn wenigstens dabei?«

»Leider nicht.«

Ich überlege. *»Emilia Galotti, Stella, Iphigenie auf Tauris, Frau Jenny Treibel, Hedda Gabler, Minna von Barnhelm …«*

»Stopp!« Eva wirkt plötzlich ganz aufgeregt. »Das war's. Hedda.«

»Bist du sicher?«

»Hundertprozentig sicher. Warum? Kennst du eine Hedda?«

»Ja, aber die ist Mitte achtzig, trägt mit Vorliebe Kittelschürzen und mästet die Nachbarschaft mit ihren frisch gebackenen Muffins, Weihnachtsplätzchen, üppigen Aufläufen und selbst gemachten Marmeladen.«

»Klingt nett.«

»Hedda ist auch supernett! Die beste Nachbarin, die man sich wünschen kann. Aber mit ihr hat Frank garantiert keine Affäre.« Ich leere meine Tasse und starre aus dem Fenster. Der Regen lässt nicht nach, alles ist grau in grau. Heute ist wohl auf einen plötzlichen Wetterumschwung nicht zu hoffen. Schade. »Wir sollten es dabei bewenden lassen. Sonst schafft er es am Ende noch, aus fast tausend

Kilometern Entfernung unsere gemeinsame Zeit zu verderben.«

Eva legt ein Stück Holz nach. »Du hast recht. Wahrscheinlich war's bloß diese Nachbarin.«

»Gut möglich. Ich würde es ihr zutrauen, dass sie den armen Strohwitwer mit einer Riesenschüssel Nudelsalat versorgt hat.« Ich verdrehe die Augen. Nicht wegen der Gutmütigkeit meiner lieben Nachbarin, sondern beim Gedanken, dass sie Frank für hilfsbedürftig halten könnte.

Eva lacht. »So wird's wohl sein. Wenn du keine andere Hedda kennst …«

Ich erstarre. Mir wird heiß und kalt zugleich. Und ich muss mich setzen.

»Alles okay?«

»Ich weiß nicht. Aber das wäre ja das ultimative Klischee …«

»Du sprichst in Rätseln.«

»Hedda – es gibt eine weitere Frau in Franks Leben, die so heißt. Seine Sekretärin.« Meine Stimme klingt heiser, fast tonlos. Dachte ich nicht eben noch, dass das alles keine Rolle mehr spielt? Da hab ich mir wohl was vorgemacht. Aus dem theoretischen Gedankenspiel ist ein höchst konkreter Verdacht geworden, und der ist mir nicht einerlei. In mir zieht sich alles zusammen.

»Seine Sekretärin? Das ist ja wie aus einem schlechten Film.« Eva atmet tief durch. »Wir kriegen das raus – wenn du wirklich willst.«

Ich überlege nicht lange. »Ich muss es einfach wissen!«

Eva nickt. »In Ordnung. Du entscheidest. Ich recherchiere.« Sie schnappt sich ihr Handy und öffnet Facebook. »Weißt du zufällig, wie diese Hedda mit Nachnamen heißt?«

»Nein, leider nicht. Wobei, doch! Meier. Allerdings habe ich keine Ahnung, in welcher Schreibweise.«

Eva probiert sie alle durch. Meyer, Maier, Mayer, Mayr …

»Mist – da gibt's etliche Treffer. Der Vorname ist zwar ungewöhnlich, aber so ein Allerweltsnachname.«

»Wir wissen ja nicht einmal, wie sie aussieht. Denn ich hab die Frau noch nie gesehen, nur mit ihr telefoniert.« Ich will schon aufgeben.

Eva schnipst mit den Fingern. »Dass ich darauf nicht sofort gekommen bin! Wir müssen ja bloß Franks Freundesliste durchgehen.« Sie öffnet das Facebook-Profil meines Mannes. Sein letztes Posting ist drei Jahre alt.

»Er war noch nie sehr aktiv auf Social Media«, sage ich. »Das hat keinen Sinn.«

»Er hat bloß dreiundzwanzig Freunde, und darunter ist keine Hedda.« Eva wirkt enttäuscht. Dann bekommen ihre Augen wieder dieses typische Funkeln, das mir verrät, dass sie längst noch nicht daran denkt, sich geschlagen zu geben.

»Ich nehme an, diese Hedda ist deutlich jünger als Frank, richtig?«

»Hm. Ja, ich geh mal davon aus. Wenn mich nicht alles täuscht, gab es vor ein paar Monaten im Büro einen Umtrunk zu ihrem fünfunddreißigsten Geburtstag.« Und damit ist sie nicht nur deutlich jünger als Frank, sondern auch als ich. Über zehn Jahre liegen zwischen uns. O Mann, das ist alles so seifenopernhaft …

»Dann ist sie natürlich nicht auf Facebook aktiv, sondern auf Instagram.« Eva wechselt die App.

Ich halte die Untätigkeit nicht länger aus und beginne währenddessen unser Frühstücksgeschirr zu spülen.

»Wenn ich nur wüsste, welche Schreibweise«, murmelt Eva vor sich hin.

»Hast du Meyr mit E-Y-R probiert?«

Sie stutzt. »Nein, diese Variante hab ich tatsächlich vergessen.« Sie tippt sie ein. »Yes! Ein Treffer. Und zwar eine Frau im passenden Alter. Aus München.«

Ohne übertriebene Eile stelle ich den Teller, den ich gerade abgetrocknet habe, ins Regal. »Sieht sie gut aus?«

»Auf keinen Fall besser als du! Sie hat viel zu lange künstliche Wimpern und scheußlich aufgespritzte Lippen. Total unecht, die Frau. Und ihre blonden Locken sind eindeutig Extensions.«

Blonde Locken – also wie ich. Frank hat einmal gesagt, dass meine Mähne das war, was ihm als Erstes an mir aufgefallen ist. Hat er mich etwa durch eine jüngere und unnatürlich aufgebrezelte Ausgabe meiner selbst ersetzt?

»Bestimmt nur ein Zufall«, versuche ich das Ganze herunterzuspielen. »München hat anderthalb Millionen Einwohner, darunter sicher so einige Blondinen.«

»Die Hedda Meyr heißen, Mitte dreißig sind und ihre Fotos mit #LoveLife, #AgeDifference, #AgeGapLove, #LoveWins #esistkompliziert und #InLove versehen?«

Ich schnaube. »Ich werde wohl nie begreifen, warum man dermaßen private Details mit der Welt teilen muss.

Da lesen doch unzählige Menschen mit, die man überhaupt nicht kennt.«

»Ja, zum Beispiel wir. Und wir finden jetzt raus, ob es sich um die besagte Hedda handelt oder nicht.«

»Und wie wollen wir das anstellen?« Ich lasse mich neben Eva aufs Sofa fallen.

»Heißt es nicht, Bilder sagen mehr als tausend Worte? Wir müssen uns einfach nur ihre Galerie ganz genau anschauen. Vielleicht entdecken wir ja irgendwo einen Hinweis auf Frank.«

Das Feuer ist inzwischen heruntergebrannt. Bei all der Aufregung ist uns auch so warm genug.

Eva klickt das aktuellste Posting an. Es zeigt eine junge, ziemlich gut aussehende, aber für meinen Geschmack etwas zu stark geschminkte Frau im knappen Minikleid beim Tanzen.

»Offenbar feiert sie gerne. Das wurde im P1 aufgenommen. Frank hasst Clubs«, kommentiere ich.

Auf dem nächsten Bild sieht man sie beim Westernreiten. »Er mag auch keine Pferde. Ich glaube, er fürchtet sich vor ihnen, was er allerdings nie zugeben würde.«

Weiter geht es mit Hedda nur in ein Handtuch gehüllt beim Schminken, Hedda in einem knallengen bauchfreien Outfit beim Workout, Hedda beim Bogenschießen.

»Das könnte eine Verbindung sein«, sage ich und merke, wie sich mein Puls beschleunigt. »Gestern, als ich auf Franks Antwort gewartet habe, die übrigens immer noch nicht gekommen ist, habe ich in seinem Status ein Foto entdeckt, in dem er seinem neuesten Hobby frönt. Bogenschießen.«

Ich will es Eva zeigen, aber es ist nicht mehr online. Also präsentiere ich ihr stattdessen das aktuelle Motto in seinem Profil.

»Ernsthaft, *Unleashing my inner Robin Hood*? Wie peinlich ist das denn?« Eva kann es kaum fassen. »Leider hilft uns das nicht viel. Es ist bloß ein vages Indiz.«

Wir gehen Hedda Meyrs Galerie weiter durch. Und sehen sie beim Eisessen, beim Shopping mit Freundinnen und auf einem knallroten Motorrad sitzend.

»Dieses Foto hat sie schon im Januar gepostet«, sagt Eva. »Wir gehen immer weiter in die Vergangenheit.«

Es zeigt Hedda spärlich bekleidet beim Frühstück im Bett. Sie ist zwar perfekt geschminkt und frisiert, trägt aber lediglich einen Slip und ein offenes Herrenhemd, das mehr preisgibt als verbirgt.

»Das bringt doch alles nichts. Diese Bilder zeigen nur, dass diese Frau eine Möchtegern-Influencerin ist und dass sie – den Hashtags nach zu schließen – eine Affäre mit einem älteren Mann hat, aber das heißt längst nicht, dass das meiner ist … Moment!« Ich schlucke. »Gib mir mal das Handy.«

Eva reicht es mir. Ich starre das Frühstück-im-Bett-Foto an und kann kaum glauben, was ich sehe.

»Was ist damit?« Eva spürt meine Aufregung und zwirbelt nervös eine Haarsträhne.

Ich ziehe das Bild mit Daumen und Zeigefinger größer. Fast hätte ich dieses Detail übersehen, aber jetzt ist kein Zweifel mehr möglich.

»Das ist Franks Hemd«, sage ich mit zittriger Stimme.

»Warum? Hat nicht fast jeder Mann ein hellblaues Hemd? Das ist doch vollkommen nullachtfünfzehn … Ich erkenne nicht mal ein Logo.«

»Der Knopf.«

Eva greift nach dem Handy und vergrößert das Foto mit gerunzelter Stirn nun selbst. »Meinst du den alleruntersten Knopf? Den schwarzen?«

Ich nicke. Mir wird schwindelig, und ich bekomme einen ganz trockenen Hals. Obwohl ich versuche, mich zusammenzureißen, kann ich nicht verhindern, dass mir heiße Tränen über die Wangen laufen. »Er hatte den Knopf verloren und mich gebeten, ihm einen neuen anzunähen. Und weil ich keinen weißen griffbereit hatte, habe ich einfach diesen genommen. Weil der unterste Knopf ja eh immer in der Hose steckt und nicht zu sehen ist. Es sei denn …«

»Es sei denn, jemand posiert damit für ein Instagram-Foto«, vollendet Eva meinen Satz. »Bist du dir wirklich hundertprozentig sicher?«

»Absolut. Wir hatten sogar einen kleinen Streit wegen dieses Knopfes, sonst hätte ich die ganze Sache inzwischen garantiert vergessen. Aber dieser Zoff hat sich auf ewig in mein Gedächtnis gebrannt. Frank war richtig pampig, und alles nur wegen eines blöden Knopfes, den eh niemand zu sehen bekommt. Statt sich für meine Mühe zu bedanken. Oder selbst einen neuen anzunähen.« Ich schluchze auf und schnaube gleichzeitig empört, was sich irgendwie nach einem missglückten Niesen anhört. »Und jetzt hat ihn genau dieser Knopf entlarvt. Mieses Karma!«

Eva reicht mir wortlos ein Papiertaschentuch. »Tut trotz allem weh, oder?«, sagt sie.

»Ganz furchtbar.« Die Klarheit, die ich mir ja so dringend gewünscht habe, trifft mich härter als erwartet. Ich fühle mich verraten. Dass er Eva damals auf der Party angebaggert hat, war also kein Einzelfall unter Alkoholeinfluss. Bestimmt ist er mir schon lange untreu, möglicherweise sogar von Anfang an. Dabei habe ich ihm vorbehaltlos vertraut. »So ein … Schuft.«

»Armleuchter.«

»Rindvieh.«

»Vollpfosten!« Eva spuckt dieses Schimpfwort regelrecht aus.

Offenbar das perfekte Ventil, um Druck abzulassen. Ich probiere es ebenfalls: »Kotzbrocken!«

»Arschgeige!«

»Stenz!«

»Windhund, Schwerenöter!«

Ich gluckse. »Casanova, Hallodri, Honk, Flachpfeife, Dämlack, Hornochse, Playboy!«

Eva prustet los. »Sorry«, japst sie, »du bist unübertrefflich. Ich hätte dir so einen Riesenvorrat an Beleidigungen gar nicht zugetraut.«

»Hab ich alle für meinen untreuen Taugenichts von Ehemann aufgespart, diesen Halunken.« Ich muss jetzt ebenfalls lachen. Eva und ich können uns gar nicht mehr beruhigen und stecken uns immer wieder gegenseitig an. Genau wie damals in der Schule, nur dass wir diesmal keinen Tadel dafür bekommen.

»Hilfe, mein Bauch tut weh«, keucht sie schließlich.

»Morgen haben wir garantiert Muskelkater.« Ich atme tief durch. »Ach, hat das gutgetan.«

Ich höre Vogelgezwitscher und schaue aus dem Fenster. Wie durch ein Wunder sind die grauen Regenwolken verschwunden, der Himmel ist tiefblau, und die Frühlingssonne scheint wieder, als wäre nichts gewesen. Nur ein paar Pfützen zeugen noch davon, dass der Tag nicht so herrlich angefangen hat, wie er sich jetzt präsentiert.

»Ist das zu fassen?« Eva ist meinem Blick gefolgt und staunt ebenso. »Wir haben die Wolken weggelacht!«

Ich öffne die Terrassentür und trete hinaus in den Garten. »Es ist richtig mild. Zum Hinsetzen zwar nicht so ideal, weil die Stühle und Liegen noch nass sind, aber zum Drinbleiben ist es einfach zu schön.«

»Hast du vielleicht Lust auf einen Spaziergang?«, schlägt Eva vor. »Durch ein Naturschutzgebiet? In dem es nicht nur seltene Pflanzen und wunderschöne kleine Teiche gibt, sondern auch Gänse- und Entenküken?«

»Bin schon überzeugt!«

»Super – ich habe da nämlich einen tollen Tipp von Timo.«

»Ich zieh mich nur noch schnell um. Gib mir fünf Minuten.«

»Ich brauche nur drei«, grinst Eva und saust los.

Ich flitze hinterher.

Gerade als ich in die Jeans schlüpfe, vibriert mein Handy auf dem Nachttisch. Es gibt neue Fotos in der Familiengruppe. Eins von Robin vor einem riesigen Teller voller

Meeresfrüchte. Eins von Linus, der sich eine Butterbrezel wie eine Brille vors Gesicht hält. Und eins von Frank vor einer Portion Makkaroniauflauf.

Das Geschirr kenne ich doch! Es gehört unserer Nachbarin Hedda.

»Das glaubst du jetzt nicht, Eva!«

Kapitel 24

EVA

Der Himmel strahlt mittlerweile tiefblau, und die Luft ist warm, als hätte in den letzten Tagen nicht ein ziemlich wechselhaftes Aprilwetter geherrscht. Jetzt fühlt es sich fast ein wenig nach Frühsommer an. Judith und ich nutzen die Gelegenheit und klappen Cary Grants Faltdach zurück. Die Sonne scheint uns in die Gesichter, und der Fahrtwind verwirbelt unsere Haare, als wir zum Naturpark Zwanenwater fahren.

Es ist so warm, dass wir dann unsere Jacken im Auto lassen können, und während wir durch den Park spazieren, ziehen wir auch noch unsere Pullis aus.

Wir wandern um die Sumpfseen, bleiben immer wieder zum Beobachten der Wasservögel stehen und schießen unzählige Fotos. Judith haben es vor allem die Haubentaucher angetan, die auf der glatten Wasseroberfläche dahinschwimmen, irgendwann unvermutet von der Bildfläche verschwinden und dann an völlig anderer Stelle wieder auftauchen. Mich berührt vor allem der putzige Nachwuchs der Wildgänse. In Reih und Glied folgen die flauschigen Küken dem Muttertier, wenn sie die Spazierwege passieren. Manchmal bleibt eins zurück, weil es sich für irgendeinen Grashalm interessiert, und muss dann im gestreckten Galopp versuchen, die Familie wieder einzuholen.

So stockend unsere Unterhaltungen am Beginn dieses Urlaubs verlaufen sind, so ungebremst reden Judith und ich jetzt. Ein permanentes Schnattern und Kreischen der Wasservögel liegt dabei in der Luft und untermalt unser Gespräch.

»Auch wenn das alles natürlich total aufwühlend ist, bin ich dennoch erleichtert, dass die Dinge jetzt in Gang kommen«, sagt Judith. »Ich könnte mir gar nicht mehr vorstellen, morgen in mein altes Leben zurückzukehren und es so weiterzuführen, wie es am Mittwoch bei meinem Aufbruch war. Mir scheint, ich fahre als völlig anderer Mensch nach Hause.«

Die Meeresbrise weht mir die Haare ins Gesicht. »Ich mochte die alte Judith auch, aber das klingt natürlich prima.« Ich streiche die flatternden Strähnen zurück und mustere meine Freundin. »Bitte sag ganz ehrlich! Geht es dir wirklich gut? Du steckst das alles meiner Meinung nach ein bisschen zu abgeklärt weg. Nicht dass dich das heulende Elend dann einholt, sobald du in München ankommst.«

»Mach dir keine Sorgen. Im Grunde ist der Entschluss zur Rundumveränderung schon lange in mir gereift. Ich habe nur noch einen letzten etwas heftigeren Schubs gebraucht. Genau das ärgert mich jetzt, ehrlich gesagt. Was sollte diese Trägheit? Wieso, zum Henker, habe ich gedacht, es gäbe keinen echten Anlass zur Trennung? Als ob meine Unzufriedenheit nicht genug wäre.«

»Vor allem warst du ja nicht nur unzufrieden, sondern richtiggehend unglücklich, nicht wahr?«

Sie nickt und zuckt dann mit den Schultern. »Mir wäre es lieber, ich hätte mich getrennt, bevor Franks Untreue rauskam. So habe ich jetzt das Gefühl, ich war mir all die Jahre selbst zu wenig wert. Aber nun ist es, wie es ist, und ich schaue nur noch nach vorne.«

»Du hast ja vor allem für die Jungs durchgehalten. Das ist schon ein guter Grund.«

»Da hast du recht. Die Gefühle der Kinder zu verletzen, ist im Moment auch meine größte Sorge.« Sie schließt kurz die Augen und atmet durch.

Ich lege ihr die Hand auf den Arm. »Ich kann es nur wiederholen: Ich unterstütze dich! Wann immer du Hilfe brauchst, rufst du mich sofort an. Vielleicht bringt es ja zum Beispiel was, wenn ich mit Linus und Robin spreche.«

»Das könnte gut sein. Danke. Dass ich dich habe, ist so schön. Es fühlt sich an, als müsste ich nicht völlig allein in die Schlacht ziehen.«

»Genau! Aber vielleicht wird es ja gar keine Schlacht. Gut möglich, dass sich alles ohne große Widerstände fügt.«

»Du hast recht. Frank ist wahrscheinlich froh, wenn er mich los ist.« Sie lacht.

Ich bleibe stehen, wodurch auch sie anhält, nehme sie an den Schultern und drehe sie zu mir. »Jetzt hör mir mal gut zu: Du bist eine großartige Frau, und nur der allergrößte Esel wäre nicht megatraurig, dich zu verlieren.«

Ich hoffe inständig, dass die Begegnung mit Maarten ihr gezeigt hat, was sie wert ist.

Sofort, als ich das gedacht habe, finde ich die Überlegung schon wieder überflüssig, denn eigentlich sollte Judith auch ohne männliche Bestätigung wissen, wer sie ist.

Wir gehen über hölzerne Stege durch Sumpfwiesen bis hinaus auf einen See, wo es verborgene Vogelbeobachtungsplätze gibt. In einem dieser gezimmerten Verschläge lassen wir uns nieder und schauen durch den Fensterschlitz aufs glitzernde Wasser hinaus. Der Wind wiegt das gelb gewordene Schilfgras aus dem Vorjahr und kräuselt die Wasseroberfläche. In den mit zartem Grün durchwirkten Baumkronen am Ufer umflattern Kormorane ihre Nester. Und auch im kühlen Nass herrscht reges Treiben.

»Es gibt noch mehr, was ich in meinem Leben ändern möchte«, sagt Judith irgendwann. »Ich war ja nicht nur von meiner Ehe gelangweilt, sondern genauso vom Job. Klar, die Arbeit in der Bibliothek ist in Ordnung. Ich liebe Bücher, und sie beschert mir ein geregeltes Einkommen. Aber vielleicht habe ich im Bestreben nach Absicherung ganz vergessen, was meine Träume sind. Ich habe mich nie getraut, Dinge einfach auszuprobieren, so wie du. Und damit sollte ich jetzt in der zweiten Lebenshälfte endlich anfangen.«

»Heißt das, du möchtest kündigen?«, frage ich überrascht.

»Ich denke, darauf wird es hinauslaufen. Oder ich nehme mir erst mal ein Sabbatjahr, bis ich weiß, was ich wirklich will.«

»Du könntest um die Welt reisen.«

»Das wäre schön.«

»Zumindest kannst du, bis die Trennung durch ist, Frank auszieht und du das Haus für dich hast, bei mir in Köln wohnen.« Beim Gedanken, dass wir zusammenleben wie damals in der Unizeit, werde ich ganz aufgeregt. »Ich verspreche, ich räume vorher meine Bude auf.«

Judith gluckst. »Also grundsätzlich komme ich gern zu dir. Völlig egal, ob du aufräumst. Aber ich denke, ich suche mir lieber eine Wohnung in München. Allein in dem riesigen Haus? Was will ich denn da?«

»Wie eine Königin residieren, wie es dir zusteht.«

»Das klingt echt anstrengend. Nein, ich glaube, ich möchte das alles nicht mehr. Wobei ich aber natürlich auch nicht zulassen werde, dass Frank das Haus sang- und klanglos einstreicht.« Sie runzelt die Stirn.

»Und was, wenn die Jungs es bekommen? Und ihr sie dort abwechselnd besucht? Das wäre dann so wie bei den Faßbenders. Ich habe den Eindruck, es funktioniert super. Natürlich sind eure Kinder erwachsen, da ist das noch mal ein wenig anders. Aber so von der Grundidee her …«

Judith wiegt den Kopf. »Wäre eine Überlegung wert. Ich will auf jeden Fall einen Schreibtisch mit schöner Aussicht. Denn vielleicht nehme ich meinen alten Jugendtraum wieder auf und schreibe ein Buch.«

Das zu hören, begeistert mich. Während wir weitergehen, feuere ich meine Freundin an, den Plan auch tatsächlich umzusetzen. Denn wann soll sie so etwas sonst versuchen, wenn nicht jetzt?

Der Himmel spiegelt sich auf der Oberfläche des Wassers und lässt es blitzblau wirken, obwohl es in Wahrheit vom schlammigen Untergrund braun gefärbt ist. Am Ufer stehen dicke Büschel blühender Dotterblumen. Ich mache ein Bild, um es Timo zu schicken. Schließlich ist sein Ferienhaus nach dieser hübschen Pflanze benannt.

Immer wieder bleiben wir stehen und genießen die Umgebung. Nur um dann bald weiterzusprechen und neue Ideen zu spinnen. Mir erscheint Judiths Zukunft wie eine leere Leinwand, auf der sie malen kann, was sie möchte. Das ist so spannend, dass es auch mich dazu antreibt, über Veränderungen nachzudenken. Der Beruf und die neue Beziehung sind unveränderliche Fixpunkte – so viel steht für mich fest –, aber dazwischen gibt es jede Menge Raum für Experimente.

Wir erreichen einen Aussichtspunkt auf einer Düne. In die eine Richtung breitet sich die Sumpflandschaft vor uns aus, in der anderen sehen wir in der Ferne die bunten Teppiche der Tulpenfelder. Genau hier machen wir ein Selfie.

Ich weiß jetzt schon, dass ich es mir vergrößern lassen werde. In meinem Wohnzimmer wartet bereits eine ganze Galerie von Freundinnenbildern unserer jährlichen Reisen darauf, von mir aufgehängt zu werden. Wenn ich es doch nur besser auf die Reihe bekommen würde, so etwas auch wirklich durchzuziehen. Wie schwer kann es sein, Hammer, Nägel und Maßband aus der Abstellkammer zu kramen und die Idee von der Judith-Eva-Fotowand endlich umzusetzen?

»Wenn ich zurückkomme, packe ich's an. Ich werde organisierter und bringe mein Leben in Ordnung. Ach Quatsch, was rede ich?! Am besten, ich beginne sofort damit. Ich räume noch heute Abend den Boden von Timos Schlafzimmer leer, und wenn ich morgen meinen Ikea-Sack packe, werfe ich nicht einfach alles kreuz und quer rein, sondern trenne die saubere von der Schmutzwäsche.«

Judith lacht. »Wow, du willst es aber wirklich wissen!«

»Dass du dich über mich lustig machst, habe ich sicher verdient. Doch glaub mir, für mich ist es ein riesiger Kraftakt, an mir zu arbeiten.«

»Ich weiß. Und ich helfe dir gern. Nicht unbedingt beim Wäschesortieren. Aber ich zeige dir Organisationsmethoden, die mir immer geholfen haben.«

»Würdest du das wirklich tun? Das wäre großartig.«

»Wir kriegen das hin! Eine vernünftige Kalender-App, ein bisschen Marie Kondo und ein Listensystem. Fertig.«

»Du solltest echt zu mir nach Köln kommen und mich coachen.«

Wir kichern. Es ist ein befreites, wohltuendes Lachen.

»Hier, passt dir das so?«, fragt Judith dann und zeigt mir das eben geschossene Foto auf dem Handy.

Im Hintergrund sieht man Tulpenfelder und die Dünenlandschaft, auf der sich das frische, saftige Grün mit den silbrig-grauen Halmen aus dem vorigen Jahr mischt. Der Weg ist von Ginsterbüschen gesäumt, deren gelbe Blüten mit der Sonne um die Wette strahlen. Diese Umgebung ist wirklich zauberhaft, aber das Beste auf dem Bild sind wir: zwei nicht mehr ganz junge Freundinnen, die ihre Köpfe aneinanderlegen. Der Wind mischt ihre Haare, sie lächeln pure Glückseligkeit, und man merkt, dass sie noch eine Menge vorhaben. Jede für sich, aber auch zusammen.

»Ich hab dich so lieb, Judith!« Das habe ich viel zu lange nicht mehr gesagt, und in diesem Moment quillt mein Herz so über vor Zuneigung, dass ich ihr einfach mitteilen muss, was sie mir bedeutet.

»Ich hab dich auch lieb, Eva!«

Wir umarmen uns und halten einander fest.

Erst der Brummton einer eingehenden Nachricht bringt uns dazu loszulassen.

»Maarten schreibt mir. Er dankt mir für den wunderschönen Tag gestern«, vermeldet Judith. Ich kann förmlich Herzchen in ihren Augen sehen.

»Hast du ein Bild von ihm? Ich bin verdammt neugierig, wie er aussieht.«

Sie scrollt in ihrem Handy herum und hält es mir hin: Judith und der Holländer vor einem Hafenbecken, in dem alte Schiffe liegen. Er ist ein attraktiver Mann mit ausdrucksstarken Augen. Außerdem sieht er unglaublich entspannt und sympathisch aus. Ganz anders als Franks Verbissenheit. Aber das Beste an ihm ist, dass er meine Freundin zum Strahlen bringt. Sie wirkt auf dem Foto um Jahre jünger.

Ich hebe den Blick. Tatsächlich. Der traurige Ausdruck rund um ihre Augen ist verschwunden, und die senkrechte kleine Falte zwischen den Brauen scheint geglättet.

»Und? Wie findest du ihn?«

»Ich verstehe total, warum du für ihn schwärmst.«

»Und ich verstehe, wieso du auf Timo abfährst.«

Meine Brust ist ausgefüllt von Glück, als wir uns anlächeln.

»Wir haben es verdient, die allerbesten Männer an unserer Seite zu haben«, sagt Judith.

»Aber egal, was mit den allerbesten Männern in Zukunft sein wird, Hauptsache, wir haben einander«, ergänze ich.

Wir umarmen uns noch einmal kurz, dann gehen wir weiter.

Dieser Urlaub hat uns gezeigt, dass es das Wichtigste ist, immer füreinander da zu sein. Denn solange wir uns alles anvertrauen können, kann nichts je so schlimm sein. Mit einer besten Freundin ist selbst das tiefste Tal nicht völlig dunkel – sondern bunt wie die Tulpenfelder Nordhollands.

Ein Jahr später

Hallo Judith, danke für deine ausführlichen Rechercheergebnisse. Ich fand das alles total interessant. Wird sicher eine super Sendung! Die Buchhaltung wartet auf deine Rechnung.

Gibt es übrigens schon einen genaueren Plan für unsere Reise? 🤩

Ich habe mich für Malta entschieden. Brauche noch ein paar Details. Du bekommst bald eine Mail mit allen Infos.

Sehr gut, trage ich mir dann gleich in den Kalender ein. 💘 Bist du zu Hause? Ich muss dich dringend mal besuchen, bisher kenne ich deine neue Wohnung ja nur von Fotos.

Nein, in der WG im Haus – ich helfe den Jungs gerade, den Garten in Ordnung zu bringen. Das muss man im Frühling einfach machen. Ist von Studenten einfach zu viel verlangt.

Lass Frank auch noch ein wenig Arbeit übrig.

Keine Sorge, der hat letztes Wochenende mit den Jungs den Keller ausgemistet. Da war noch jede Menge Zeug von ihm drin, das er in sein Apartment mitgenommen hat. Wie ist es bei euch? Seid ihr bei den Mädchen im Haus oder in der Wohnung?

Bei den Mädchen. Ich muss auch gleich los. Hab versprochen, Johanna von einer Freundin abzuholen. Timo kocht in der Zwischenzeit. Er probiert ein Gericht aus dem Kochbuch, das wir beim letzten Hollandbesuch erstanden haben.

Maarten kocht auch soooo gut. Nach jedem Besuch bei ihm spannt erst mal für ein paar Tage die Hose.

Grüß ihn lieb von mir. Wäre wirklich total schön, wenn wir es bald wieder einmal schaffen, alle vier was zu unternehmen. Vielleicht auf Texel?

Finde ich auch. Wäre es okay, wenn ich dich heute Abend noch anrufe? Ich würde gern eine Stelle im Manuskript mit dir besprechen, bei der ich festhänge. Aber nur, wenn du Zeit hast. 🙏

Für dich habe ich immer Zeit! 💘